A.D.K.D.N.!

Allegory of the Spirit

A. 레톤

A.D.K.D.N.!

부제 영혼의 알레고리

초판 1쇄 찍음 2025년 10월 30일
초판 1쇄 발행 2025년 11월 6일

지은이 A. 레톤
편집 A. 레톤
표지 디자인 A. 레톤, UM-K

펴낸이 황혜민
펴낸곳 프레모니션 (premonition)
이메일 chef_io@premonition.kr
웹사이트 premonition.kr
ISBN 979-11-995095-0-4 (03800)

* 이 책은 저작권법에 따라 보호받는 저작물이므로
무단 전재, 복제, 배포를 엄금합니다.
* 이 책 내용의 전부 또는 일부를 재사용하려면 반드시 저작권자와
프레모니션 (premonition) 양측의 서면 동의를 받아야 합니다.

A♦D♦K♦D♦N♦! 영혼의 ♦ 알레고리

A.D.K.D.N.!

부제: 영혼의 알레고리

A. 레톤

8월의 어느 날들에 씀
H.H.M.

+ 목차 +

프롤로그   6

1   흑과 백   7
2   사제왕 카(Ka)의 이야기   63
3   니보의 이야기   158
4·5   황금   222
6   적 (**赤**)   284

에필로그   317
작가의 말   320

프롤로그

 희고 눈부신 것, 지상에 속하지 않고 나에게도 속하지 않는 것. 마치 실수인 듯, 나의 작은 가슴에도 가끔은 고결한 무언가가 내려앉는다. 그럴 때면 존재를 알지 못했던 내 안의 눈 하나가 살포시 꺼풀을 들어 올린다. 또 하나의 심장과, 또 다른 영혼에도 작은 생명이 깃든다. 하지만 밝은 것은 떠나가고 잠시나마 숨을 쉬었던 생명은 존재를 잊힌다. 순간을 잊지 못한 사람들, 찰나를 인식하고 들여다본 사람들, 그리고 수많은 여린 사람들과 순수한 사람들…. 그들은 필연적으로 끝이 없는 방랑길에 오르게 될 것이다. 또 다른 영혼이 숨을 쉬었던 기억을 가슴 한구석에 소복이 간직한 채, 숨어있는 자신의 조각을 찾는 길을 떠나게 되는 것이다. 갈망은 그들의 영혼을 지상에서 살짝 떼어놓아 인생을 여과하는 틀의 모양을 바꾼다. 앞으로 하게 될 모든 경험은 이 거울을 통한 것. 빛나는 틀을 통해 바라본 검고, 희고, 밝고, 붉은 경험의 길은 자신의 모습을 환하게 비추고 있을 것이다.

1. 흑과 백

1

 또 같은 꿈을 꾸었다. '받는 꿈'인 것일까? 기억나는 것만 해도 벌써 세 번째, 바로 그 꿈이 확실했다. 두 번째 같은 꿈을 꾸었을 때까지만 해도 기묘하다고 생각하고는 꿈꾼 사실조차 모두 잊은 채 그냥 지나쳤지만, 이번에는 기억이 날아가기 전에 꿈에서 있었던 일을 최대한 떠올려 보기로 했다.

 꿈속에서 나는 거대한 나무들이 촘촘히 자란 울창한 숲속에 있었다. 나무들은 내 시야가 닿지 않을 만큼 높이까지 키가 뻗어 있었다. 마치 고딕 성당 몇 채를 위로 쌓아 올린 듯 키가 큰 나무들이 빛을 가릴 법했을 텐데도 숲은 환하게 밝았다. 아니, 빛나고 있었다고 해야 맞을 것이다. 나무 자체가 빛을 뿜고 있거나, 나무의 특수한 재질이 거울처럼 끊임없이 빛을 반사하는지도 몰랐다. 숲을 두리번거리기도 잠시, 나는 저 멀리에서 뿔까지 새하얀 순록을 발견했다. 머리부터 발끝까지 새하얀 순록이 존재한다는 것은 알고 있었지만 꿈에서 발견한 백록은 조금 달랐다. 마치 세상 어디에도 속하지 않고 다른 차원에서 어떠한 상징 그 자체로 나타난 존재 같았다. 백록은 나와 눈을 맞추고는 곧장 뒤를 돌아 달리기 시작했고, 나는 마치 무언가에 홀린 듯 그의 뒤를 쫓기 시작했다. 그는 시야에서 사라질 듯 사라지지 않고 앞으로 달렸고, 나도 숲을 촘촘히 메우고 있는 나무들에 부딪히지 않도록 주의하며 그의 뒤를 쫓아 계속해서 달렸다. 나의 걸음은 점점 빨라지더니 이윽고 허공에 붕 뜬 채 나무들 사이를 빠르게 헤쳐나갔다. 어느새 나는 백록과 함께 숲을 빠져나와 강으로 치닫고 있었다. 백록은 물 위를 그대로 건너 강을 지났다. 나는 강가에 정박해 있던 나룻배를 타고 노를 저어 강을 건넜다. 강을 지나자, 드넓은 평원에 높은 탑 하나만이 우뚝 솟아 있었다. 어느새 백록은 시야에서 사라져 흔적을 찾을 수 없었지만, 분명 앞에 보이는 탑 꼭대기에 있을 것이라는 막연한 예감이 들었다. 나는 곧장 탑으로 달려갔다. 하지만 이상하게도 탑의 입구를 찾을 수 없었다. 입구를 찾으려 탑의 밑동을 돌다 푸른 잔디들 사이 한 뭉치의 빛나는 털을 발견했다. 나는 무릎을 굽히고 앉아 빛나는 가닥들을 주워 올렸다. 앞을 바라보니, 조금 전까지만 해도 있었는지 의문이 드는 작은 틈새가 보였다. 나는 틈새로 몸을 비집어 탑의 내부로 들어갈 수 있었다. 뻥 뚫린 탑의 내부에는 끝없는 나선형의 계단만이 높이높이 솟아 있었고, 뒤를 돌아보니 조금 전 들어왔던 입구는 온데간데없이 막혀 있었다. 나는 탑을 오르기 시작했다. 높이 올라갈수록 곳곳에 뚫린 창으로 거센 바람이 몰아쳐 발을 떼기가 어려웠다. 지친 숨이 턱끝까지 차올랐지만 빛나는 녀석을 놓치면 안 된다는 생각에 한 걸음 한 걸음을 가쁘게 떼었다. 그렇게 마지막 계단을 디뎌 도달한 탑의 꼭대기에는 황금빛 잔디로 가득한 정원이 있었다.

그리고 정원 한가운데에는 어디로 이어지는지 모를 황금색 문이 존재하고 있었다. 좁고 작은 문은 뿜어져 나오는 빛으로 자신을 드러내고 있었다. 그리고 백록은 문 앞에 가지런히 앉아서 나를 관찰하고 있었다. 나도 그를 바라보았다. 그의 칠흑같이 깊은 눈은 나라는 존재를 관통한 것이 틀림없었다. 그는 한참을 눈을 가늘게 뜨고 무엇인가를 생각하는 듯했다. 이곳은 아주 높은 곳임이 분명한데도 주위엔 바람 한 점 불지 않았다. 오히려 어디서도 느껴본 적 없는 따스한 햇살이 온몸을 감싸고 있었다. 그는 천천히 빛나는 흰 몸을 들어 네발로 우뚝 섰다. 그리고 나에게 말했다.

"자, 이젠?"

그는 입을 움직이지 않고 나를 바라보며 전했다. 분명히 그의 음성을 들은 듯했지만, 실제 소리로 표현된 것은 아닐 것이었다. 발걸음을 떼어 그에게로 다가갔다. 그리고 그의 등에 올라타 커다란 목을 부둥켜안았다. 그때 갑자기 황금빛 문이 열렸고, 그는 기다렸다는 듯 문 저편으로 걸어 들어갔다. 곧이어 나는 의식을 잃었고, 한참 뒤 평생 느껴본 적 없는 평안함을 느끼며 꿈속의 꿈에서 깨어났다. 그 후론 모든 게 몽롱했다. 시각이나 몸이 있었는지조차 기억나지 않았다. 다만 무한히 자유로웠고, 누군가와 대화를 한 듯도 싶었다. 꿈속의 의식은 구불구불 거대한 미끄럼틀 같은 통로를 타고 내려오며 생각했다. 이게 무엇이든 간에 지금 이 상태가 변하지 않고 영원했으면 하고.

개인적인 경험으로 꿈은 크게 세 부류로 나눌 수 있다. (물론 시각기관이 자신의 영역을 차지하려는 노력은 모든 부류의 꿈에 내재해 있을 것이다.) 첫째, 뇌에서 마주친 무작위 정보 파편들 사이에서 일말의 인과를 만들어 내려는 노력. 둘째, 경험과 일상에 기인한 의식과 무의식의 반영. 그리고 셋째, 우리가 믿고 있는 이 세상이 아닌 다른 어딘가와 연결되어 받은 신호, 혹은 내 정신의 일부가 다른 차원에서 가져온 정보를 기록해 전달하려고 하는 노력. 그리고 나는 이 세 번째 부류의 꿈을 '받는 꿈'이라고 부른다. 경험을 통해 스스로 만들어 낸 꿈과는 확연한 차이가 있기 때문이다. 그리고 언제나 받는 꿈은 영혼의 길에서 무엇인가 중요한 것을 암시한다.

나는 조금 전 꾸었던 꿈의 의미를 잠시 생각해 본 뒤, 침대 협탁으로 손을 뻗어 생수를 한 모금 마시고 다시금 깊은 잠에 빠져들었다.

*

　꿈을 꾸고 난 이튿날, 조용한 부엌으로 오월의 빛이 쏟아졌다. 그렇게 세어볼 수도 있을 것같이 선명한 빛무리는 부엌 한가운데에 동그란 자국을 만들었는데, 그것이 나에게는 마치 비밀 통로같이 느껴졌다. 찰나의 순간 오직 나만을 위해 존재하는 다른 차원으로의 문. 세상은 줄곧 나를 지켜보고 있었던 것이다. 나는 조심스레 손을 뻗어 내리는 빛에 가져다 대었다. 그리고 천천히 아래로 몸을 숙여 바닥에 완전하게 엎드렸다. 내리쬐는 빛 무덤 속으로, 그렇게 아래로 아래로. 배가 부엌 바닥을 지그시 누르는 것을 느끼며 일말의 위안을 느꼈다. 순간의 고요함이, 그리고 알 수 없는 세상과의 일체감이 나의 가려진 눈과 마음을 조금은 씻어내 주었다. 수많은 색과 소음에 상처 입은 나를 마땅히 있어야 할 곳으로 데려다 놓은 것이었다. 나는 평안한 마음과 동시에 알 수 없는 자책감이 들었다. 그리고 혼잣말로 되뇌었다. '인간은 평안하고 온전한 방법으로는 자신을 알아갈 수가 없는 거야?' 세상에 자신이 남아있을 시간이 얼마 남지 않았다고 생각한 지도 어언 셀 수 없는 시간이 지났다. 나는 도무지 알 수가 없었다. 어째서 사람은 고통 속에서도 자신의 영혼을 포기할 수 없는지를.

　책상을 정리하다 잊고 있던 미술관 표를 두 장 발견했

다. 표는 최근 읽었던 한 권의 책 속에 책갈피처럼 끼워져 있었다. 책꽂이에 다시 꽂아 넣으려다 오랜만에 책을 한 번 펼쳐 보았다. 그때 팔랑, 하고 표가 나비처럼 나풀나풀 날아 발등 위에 앉았다. 문득, 긴 여행을 떠나게 될 것 같다는 예감이 들었다. 좋아하는 책을 따라서 인생의 사건들이 만들어지는 것인지 자신의 예견된 미래를 그려낸 책에 이끌리는 것인지 알 수는 없지만, 어렴풋이 너무 좋은 것은 금방 끝날 것이라는 생각 정도는 하고 있었다. 사 년을 전부 더해도 찰나처럼 스쳤으니 아마 평생을 써도 모자랐겠지. 오랜만에 미술관에 가 볼까 싶어 얇은 외투를 걸치고 문을 나섰다. 바깥 외출은 한 달 만이었다. 문밖으로의 한 발짝이 그토록 멀게 느껴졌지만, 막상 나오고 보니 세상은 생각했던 것보다 훨씬 더 따스하고 무관심하게 그 자리에 존재하고 있었다. 내가 세상에 존재하지 않을 때도 세상은 변함없이 자신의 생을 활기차게 영위하고 있었다는 사실에 내심 소름이 돋았고, 그와 함께 위안도 받았다. 나는 먼지 같은 존재. 언제나 자유롭게 사라질 수 있는 먼지 한 톨. 나의 끝없는 고뇌도 나라는 먼지에 실려 날아갈 수 있기를. 집 밖을 나가는 것이 어려웠던 이유는 그러할 이유를 아무래도 찾지 못했기 때문이다. 나의 세상은 그녀의 부재와 함께 목적성을 상실해 버렸고, 나는 또다시 세상에서 떨어져 나와 나의 방 안에 고립된 것이었다.

밖으로 나와 걷는 동안 살결 곳곳에 닿는 자애로운 햇

살에 나의 마음도 조금은 숨을 쉬는 듯했다. 거리는 생(生)의 소리로 가득했다. 따뜻해진 날씨에 사람들은 삼삼오오 거리로 나와 모였고, 매시간 광장은 사람으로 북적였다. 광장 중앙 분수대에서는 오월의 푸르른 정취를 더하려 물이 끊임없이 뿜어져 나왔고, 물 조각들이 서로 부딪치며 내는 소리는 사람들의 이야기 소리와 한데 어우러져 어느덧 여름의 모양을 하고 있었다. 거리 곳곳에는 라일락이 피어가고 있었고, 이름 모를 꽃들이 환한 빛에 얼굴을 내밀고 있었다. 라일락이 나무마다 흐드러지게 피어있는 모습은 기억 저편의 어떠한 장면을 떠올리게 했다. 예컨대, 낮잠에서 깨어 방에서 나왔을 때 느껴지던 공간의 고요함과 어머니가 잔뜩 몰두한 표정으로 화병에 라일락을 장식하던 모습 같은 것을 말이다. 당시의 공간을 메우고 있던 공기가 석류주스의 내음과 함께 순간 코끝을 스친 듯도 싶었다. 어쩌면 순간은 지나가지 않는지도 모른다. 지나온 모든 장면은 사라지지 않고 어딘가에서 끊임없이 재생되고 있는 것이다. 단지 내 한 몸만이 빠져나와 다른 장면으로 걸어 들어갔을 뿐. 모든 순간은 내가 없이도 살아서 자신의 생을 끊임없이 지속하고 있는지도 몰랐다. 공원 한편에서는 청년들이 땀을 뻘뻘 흘리며 공놀이에 한창이었고, 그들의 활력은 지나가는 사람으로 하여금 잠시 멈추어 저녁 식사 전의 평화로운 여유를 바라보게 했다. 가로수를 한참 가로질러 도착한 공원 광장에서는 사람들이 커다란 분수대를 에워싸고 앉아서 간식을 먹기도, 책을 읽기도, 일광욕을 하기도 하며 모두 나른한 저마다의 순간에 취해 있었다.

　빛이 환히 내리쬐는 평일의 미술관은 마치 스스로 살아 숨 쉬는 잊고 있던 기억 같았다. 모두가 떠나는 공항과 매일이 반복되는 일상의 기묘한 콜라보 혹은 고전주의 그림과 보나르 그림의 아름답고, 아리송하고, 쓸쓸한 콜라주 같은 것. 특히나 마음속 공백이 생긴 사람에게 미술관은 모두가 스쳐 지나간다는 위안과 함께 일상의 안온함을 가져다준다. '모두가 떠나지만 순간은 영원합니다.' 하고 말이다. 무참했던 순간도, 지독했던 순간도 지나고 보면 그만의 형태를 띤 아름다운 순간으로 남는다. 굴곡이라 하는 것도 결국 이전과는 다른 색을 손에 쥐어 들고 새로운 스타일의 빛을 짜내는 일이 아닐까. 열연을 펼쳤으면 펼친 대로, 무감하게 관조하며 지나쳤으면 지나친 대로.

　나는 생각을 비우고 수태고지와 그리스도의 수난 한 점 한 점에 지친 마음의 눈을 맞췄다. 모든 것은 생성되고, 죽고, 열매를 맺었다. 천천히 홀을 한 바퀴 돌아오는 내내 어떤 남자가 미동도 하지 않고 오래도록 한 그림만을 바라보는 것을 발견했다. 쉰쯤 돼 보일까, 포마드로 머리를 단정히 정돈한 날렵한 인상의 남자는 고급스러워 보이는 수트 차림이었다. 나는 자연스럽게 다른 그림을 지나 그가 서 있는 그림 앞으로 다가갔다. 그가 보고 있던 그림은 피터르 브뤼헐의 <죽음의 승리>였다. 죽음이 온 사방에 난무하는 캔버스 안에서는 사람들이 해골들에 의해 너도나도 도륙당하고 있었다. 세상은 인과를 위한 공백을 만들 차례였던 것이다. 오래도록 그림을 보고 있던 남자는 느닷없이 내 쪽으로 한 발짝 걸음을 옮기더니 이야기를 시작했다.

"죽음은 너무도 공평하게 생성된 모든 것에 대해 승리합니다. 모든 것은 생성되고 파괴되어 다음 인과를 향해 달려가야 해요. 그러나 죽음도 파괴하지 못하는 것이 있죠. 바로 이미 열매가 되어버린 순간입니다."

"오른쪽 귀퉁이의 남녀처럼 말씀인가요?"

"해골을 포함한 오른쪽 귀퉁이의 기묘한 트리오처럼 말이지요. 환상에 현혹되지 않고 끊임없이 열매를 맺는 겁니다. 가야 할 필연 속을 스스로 걸어 들어가는 겁니다."

"그것이 죽음의 승리군요."

"그것이 죽음의 역할입니다."

남자는 고개를 돌려 나를 바라보았다. 그는 나를 바라보던 시선을 다시 앞의 그림으로 돌려 이야기를 계속했다.

"혹시 앙크와 십자가의 차이를 아십니까?"

"고대 이집트의 앙크 말씀인가요?"

"네, 그렇습니다."

"모양이 약간 다르다는 것 외에는 잘 모르겠습니다만."

"지금의 시대는 위로 가는 길이 열린 시대라는 겁니다. 필연적으로 그래야 하는 시기라는 이야기죠. 한 바퀴를 돌아 위로 통하는 문이 열린 겁니다. 이 역시 세상이 다음 인과의 장면으로 걸어 들어가기 위해 필요한 하나의 과정입니다. 물론 상징적인 의미의 '위'라는 이야기입니다. 아주 많은 상징 중 하나를 예로 들어 설명하고 있는 겁니다."

남자는 수트 앞주머니에서 어두운색의 메탈 케이스를 꺼내 명함 한 장을 나에게 건넸다. 어떤 일이든지 필요하다고 느낄 땐 연락하세요, 하는 말과 함께. 말을 마친 뒤 남자는 천천히 뒤를 돌아 유유히 홀 밖으로 걸어 나갔다. 이름도, 직함도 없는 명함에는 전화번호 하나만이 적혀 있었다. 무심코 바라본 창밖에서는 나무에 촘촘히 앉아 있던 까마귀 무리가 일제히 하늘로 날아오르고 있었다.

*

빗소리에 잠에서 깼다. 기운을 걸치고 발코니로 나가 내려다본 거리엔 푸르게 젖은 순간을 걸어 나가고 있는 분주한 사람들이 있었다. 잘 짜인 태피스트리에 한 땀 한 땀 각자의 맡은 바 사건을 채워 나가듯 확신에 찬 걸음을 옮기고 있는 사람들이 거리에 끊임없이 피어나고 있었다. 사람들은 피어나고, 지고, 피어나고, 지고, 그리고 피어나고 또 졌다. 나는 다시 고개를 들어 내리는 물방울에 눈을 맞추고 온몸 가득 비 내음을 맡았다. 얼굴을 타고 흘러내리는 빗방울의 감촉과 세상을 온통 채우는 빗소리, 그리고 비에서 나는 특유의 향을 나라는 물질 속에 가득 채우며 비 내음의 미묘한 일관성과 뉘앙스를 지각했다. 비가 쏟아질 때면, 색의 고리는 조금 느슨해진다. 남은 건 세상과 엉겨 붙은 거대한 자신뿐. 거대한 세상 속 여러 가지 색을 띠고 끊임없이 움직이는 사람들을 관찰했다. 가게 처마 밑에서 내리는 비를 바라보며 담배를 피우는 사람, 카페 창가에서 유리에 붙어 떨어지는 빗방울을 바라보며 무언가를 적는 사람, 비밀 이야기를 나누듯 서로의 눈을 지긋이 바라본 채 감싸안으며 거리를 가로지르는 사람⋯. '비가 온다는 것은 어떤 의미일까?' 하고 생각하며 빛이 자취를 감춘 세상 속 수놓아진 우산의 색을 하나하나 세어보았다.

그녀를 처음 만난 것도 오늘처럼 비가 많이 내리던 사 년 전 초여름 오후였다. 나는 발코니 테이블에 앉아 담배를 피우며 빗소리에 묻혀가는 담배 연기를 바라보고 있었고 그녀는 맞은편 빵집 앞에서 내리는 비를 바라보고 있었다. 연기의 방향을 좇다 발견한 그녀의 모습은 마치 촘촘한 생에서 살짝 빠져나와 주변을 몰래 관찰하는 작은 유령 같았다. 가슴께까지 오는 금빛 머리칼의 그녀는 하늘색 셔츠에 청바지 그리고 갈색 가죽 구두 차림으로 그곳에 서서 오래도록 내리는 비를 바라보고 있었다. 그녀에게 알 수 없는 동질감을 느껴서인지는 모르겠지만, 나는 손에 우산을 쥐어 들고 거리로 나갔다.

"혹시 필요하시면 쓰세요. 집에 우산이 많아서요."

"네?… 고맙습니다. 사실, 우산은 가방에 있어요. 그냥… 비가 내리는 걸 보고 싶었어요. 가끔 이렇게 비가 오는 날이면 빗소리가 작은 종소리처럼 들리거든요. 그냥 특별한 종소리를 좀 오래오래 듣고 싶었어요."

예상했던 대답은 아니었지만 낯설지도 않은 대답이었다. 단지 발코니에서 내려다봤던 그녀의 모습이 그녀의 말과 참 닮았다고 생각했을 뿐이다.

그날 우리는 함께 발코니에서 구운 치킨을 먹고 와인을 마시며 내리는 비를 바라보았다. 우리는 서로 많은 것을 묻지 않았다. 당시의 특별한 순간이 이런저런 피상적인 것으로 물들고 규정되는 것을 원치 않았기 때문이다. 지금의 순간이 나에게 말을 걸어오고 있었다. 다른 것들로 눈을 가리기에는 현재의 감각만으로도 차고 넘쳤다. 그녀의 하나하나를, 지금 이 순간의 하나하나를 깨어지지 않게 소중히 하고 싶었다. 아마 비의 탓도 있었을 것이다. 우수수 내리는 비에 세상의 색과 소음이 모두 잠겼고, 초여름의 고요한 밤공기 속에서 그녀는 하얗게 빛났다. 모든 것이 눈을 감은 어둠 속, 빛은 그녀를 중심으로 천천히 퍼져 나갔다. 입자 하나하나는 그렇게 스스로 반짝이며 어둠 속 먼 곳으로 끊임없이 멀어져 갔다. 공간 속 그녀의 하얀 얼굴이 빛났고, 미소가 빛났고, 눈이 빛났고, 그녀의 투명한 두 손이 빛났다. 그녀는 다시 고개를 흔들고, 미소를 지으며 여기저기를 바라보다 손짓을 하며 나를 불렀다. 매 순간 그녀의 빛은 마치 요정의 가루처럼 사방으로 뿜어져 나왔다. 그 순간 나는 아주 조금 느낀 것도 같았다. 끊임없이 사람을 바라보고 사랑하게 되는 이유를. 견고해만 보이던 인과의 등대 역시 끝없는 어둠에 빛이 쇠할 때, 유일하게 우리의 영혼을 이끌어 줄 수 있는 무언가가 그곳에 있기 때문이다. 다른 영혼을 진정으로 들여다보고 마음에 담는 순간, 바로 그 무언가는 우리의 영혼에 환한 빛을 비춘다. 마치 영혼이 가야 할 길이 그곳이라는 듯. 그렇기 때문에, 가슴속 정령의 노래를 끊임없이 들어야 하기 때문에, 그리고 안대에 눈이 가려진 영혼을 빛으로 이끌어야 하기 때문에 사람은 매 순간 자신의 베아트리체를 만들어내야 하는지도 몰랐다. 그 안에서 자신도 상대의 베르길리우스가 될 수 있기를 바라며.

우리는 자라나기 시작한 여러 예감과 함께 음악을 듣다 잠에 들었다. 그리고 잠이 들 때 흐르던 음악은 아마 리스트의 <La Campanella>였던 것 같다. 이후로 난 비가 오는 날이면 자연히 빗소리에 귀를 기울인다. 그리고 언제나 내리는 비에서 작은 종소리를 찾을 수 있었다. 마치 나를 어딘가로 이끌어 줄 것 같은 작은 반짝임의 울림을.

*

한 달 전, 그녀는 떠났다.

정확히 말하자면 그녀가 떠난 지 삼십 삼일이 지났다. 나는 발코니의 문을 닫고 안으로 들어와 젖은 옷가지를 세탁기에 넣었다. 어제 입은 옷은 아직 그대로 세탁 바구니에 담겨 있었다. 옷을 세탁기에 넣으려다 남방셔츠 주머니에서 미술관의 남자가 준 명함을 발견했다. 명함을 협탁에 올려두고 아직 젖어있는 몸 위로 샤워 가운을 걸쳤다. 욕조에 따뜻한 물을 받는 동안 거울을 바라보았다. 그렇게 마주한 거울 속엔 너무도 낯선 남자가 들어있었다. 그동안 매일 씻고 정돈할 때마다 봤던 모습일 텐데도 마치 아주 오랜만에 만난 어렴풋한 기억 속 지인 같은 모습이었다. 한동안 남자의 이름을 알 수가 없었다. 아마 그동안 거울에 비친 자신을 형식적으로 바라본 터일 것이다. 그녀의 모습과 서로가 함께한 장면에 조금씩 내가 가진 공간을 내어주었다. 내 모습이 하나하나 흐릿해져 흔적조차 모호해질 때까지 나를 모두 비워내고 내가 속하게 된 무언가로 자신을 가득 채웠다. 난생처음으로 아무것도 변하지 않고 이대로 시간이 멈췄으면 했다. 그리고 바로 그즈음 그녀는 나를 떠났다. 지난 사 년여간 나를 가득 메우고 있던 거대한 무언가가 빠져나간 자리에는 텅 빈 남자의 껍질만이 남았다. 그렇기에 거울 속 남자의 모습이 그토록 낯설다. 나도 너도 누구도 아닌 속이 비어버린 이름 모를 남자. 어느새 뜨거운 김이 거울로 올라와 나의 얼굴을 모두 부옇게 지워버렸다.

욕조에 몸을 담갔다. 더운물에 머리까지 몸을 담글 때면 꼭 세차게 내리는 빗속에 있는 기분이었다. 죽음에 대한 환상과도 같은 기분. 이렇게 물속에 잠길 때면 지금까지 지나온 생의 모든 장면이 아스라이 꿈처럼 느껴졌다. 과연 모두 실제로 일어났던 일이었을까. 아니, 현실이라는 것은 무엇일까. 내심 한편으로는 그녀가 나를 떠나서 다행이라고 생각했다. 그녀가 스스로 '우리'를 부수고 나가서 다행이라고. 나와 함께인 시간이 길어져 그녀 역시 세상에서 사라지게 된다면 그녀도, 그녀 주변 사람들도 그 사실을 감당하기 어려워했을 것이다. 나는 지금보다 훨씬 더 괴로웠을 테고.

그때, 갑자기 전화가 울렸다. 내 전화는 보통 울리지 않는다. 그만큼 세상과 연결되어 있지 않은 것이다. 옆에 있는 전화기를 보니 <알 수 없는 발신자>라고 떠 있었다. <발신자 표시 제한>은 봤어도 이런 것은 처음이었다. 어떻게 해야 알 수 없는 발신자가 기지국에 연결될 수 있는 것일까. 나는 보통 모르는 번호는 받지 않는다. 어차피 대부분이 광고 전화일 테고, 정말 필요한 연락이라면 전화나 문자가 다시 오게 마련이었다. 나는 욕조의 물을 팅기며 전화가 끊어질 때까지 기다렸다. 전화는 한번 끊어지더니 다시 줄기차게 진동을 시작했다. 나는 옆에 둔 핸드타월로 손의 물기를 닦고 휴대전화를 들어 올렸다.

"여보세요?"

아무런 대답이 없었다. 전화를 끊을까 하다 혹시 그녀인가 싶어 다시 물었다.

"여보세요?"

"나를… 만나러 와줄래?"

물어볼 필요도 없다. 기억 속 그녀의 목소리였다. 혹여 전화가 끊어질세라 조심스럽게 자세를 고쳐 앉았다. 그녀는 말을 이어나갔다.

"뮈스테리온으로 와서 나를 찾아 줘."

때마침 울린 휴대전화 진동 소리에 눈을 떴다. 깜빡 잠이 들었었나 보다. 확인해 보니 광고 메시지였다. 방금의 전화는 꿈이었을까. 통화 목록을 확인해 보니 아무런 통화 기록이 없다. 꿈은 가끔 너무나 갑작스럽고 생생해서 현실 감각을 흐릿하게 만든다. 나는 싱숭생숭한 기분을 뒤로하고 욕조에서 나왔다.

비록 꿈일지는 모르지만 한 달 만에 들은 그녀의 목소리에 깊은 곳 어딘가에 침잠해 있던 나의 의식은 수면 위로 잠시 빼꼼 숨을 내쉬었다. 혼자라는 것은 그런 것이다. 평안하고, 안락하고, 이해받는 곳에서 홀로 자근자근 숨을 내

쉬다 문득 밀려오는 외로움에 세상과 연결된 일말의 가지를 다시 꼭 붙잡는 일. 그렇게 붙잡은 가지를 타고 고군분투 수면 위로 올라가 세상을 눈에 채우고 다시 익숙한 곳으로 내려오는 일이다. 작은 사건에 끊임없이 의미 부여를 하며 더듬더듬 인과를 좇아 여러 가지 뿌리를 끝없이 탐색하는 일. 여정의 어딘가에서 무언가의 흔적을 찾길 바라며, 지금까지와는 다른 가능성으로의 실마리를 발견하기를 바라며. 물을 마시려 손을 뻗다가 컵 옆에 무심코 던져둔 명함이 눈에 들어왔다. 그러다가 문득, 이 남자에게 전화를 해볼까 싶었다. 어차피 비현실적인 만남이 아니었던가. 나는 휴대전화를 들어 명함에 적혀있는 숫자를 하나하나 꾹꾹 누르고 통화 버튼을 눌렀다. 그러자 연결음이 몇 번 들리고 탈칵- 하고 전화를 받는 소리가 들렸다.

"여보세요."

"네, 안녕하세요. 저, 혹시 어제 미술관에서 만났던."

"네, 생각보다 일찍 연락하셨네요."

뜬금없는 연락에 분명 당황했을 것이라는 내 생각과는 달리 마치 연락이 올 것을 알고 있었다는 듯 그는 태연했다. 아니, 어쩌면 첫 만남부터 내심 기대했는지도 몰랐다. 그래서 여러 가지를 묻지 않았던 것이다. 기묘한 그가 정해진 가능성 바깥 어디론가 나를 잠시 빼내주기를.

"혹시 뮈스테리온이라는 곳을 아십니까?"

나의 질문을 받은 뒤 그는 잠시 침묵했다.

"혹시 그곳에서 찾아야 할 무엇이라든지, 만나야 할 누군가가 있나요?"

"꼭 만나야 할 사람이 있어요."

전화기 너머로 깊은 한숨이 들렸다.

"굳이 거기까지 가실 필요는 없어요. 가는 길이 쉽지 않기도 하고요. 애초에 발을 들여놓지 않는 편이 나을 겁니다."

"저에게는 중요한 일입니다. 뮈스테리온에 가서 그녀를 꼭 만나야만 합니다."

사람은 참 신기한 존재다. 적응이 뛰어나다고나 할까, 혹은 우유부단하다고나 할까. 전화를 걸었을 때 그가 의아하다는 반응이었다면 나는 아마 정중히 사과를 한 뒤 전화를 끊었을 것이다. 그리고 얼마 지나지 않아 그녀가 꿈에 나왔다는 사실조차 까맣게 잊었겠지. 하지만 현실에서 꿈의 흔적을 조금이라도 발견했다 싶으면 곧바로 꿈이 현실과 연결되어 있다고 당연하게 이해하는 것이다. 마치 꿈을 꿀 때면 꿈속의 세상이 무엇보다도 견고한 현실이라는 것을 주저 없이 받아들이고 새로운 세상의 작동 방식을 열정적으로 탐색하다가도, 잠에서 깨고 나면 원래 속해있던 세상의 규칙을 재빠르게 떠올리며 내가 얼마나 허무맹랑한 꿈을 꿨었는가를 생각하곤 하는 것처럼 말이다. 어차피 뇌는 캄캄한 두개골 속에 갇혀있다. 눈을 떴을 때도, 감았을 때도 스스로 만들어 낸 전기 신호로 모든 세상을 만들어 내는 것이다. 어쩌면 우리가 현실이라고 생각하는 것은 불변하는 것도 아니고, 전체적인 그림이 아닌지도 모른다. 단지 큰 세상의 국소적인 파편이자 지금 차원의 환상을 지탱하기 위해 영혼들끼리 서로 맺은 암묵적인 약속인 것이다. 함께 접속해 있을 때는 규칙을 유지하도록 합시다. 우리가 환상으로 빚은 세상이 지속될 수 있도록.

그는 펜과 종이가 근처에 있는지 묻더니 주소 하나를 불러 주었다. 내일 정오에 그곳으로 오라는 말과 함께. 그리고 아마 긴 여행이 될지 모른다며 꼭 운동화를 신고 오라고 덧붙였다.

*

11시 43분. 혹시라도 늦을까 조금 일찍 도착했다. 도착한 곳은 내가 살던 곳에서 그리 멀지 않은 고급 주택가였다. 번화가의 몇 골목 안으로 들어왔을 뿐인데 마치 교외로 나온 듯 동네는 조용하고 한적했다. 도심 속 은밀하게 존재하는 작은 숲 같은 곳. 저택들은 저마다의 세상이 바깥에 물들지 않도록 견고한 담장의 품에 폭 안겨 있었다. 높은 담장은 너머의 공기에 대해서는 아무런 실마리를 주지 않았다. 그저 이름도 얼굴도 없는 채로 안과 밖의 경계를 나누며 침묵하고 있을 뿐. 나는 하늘색이라는 말로는 어떤 부분도 담을 수가 없는 복잡미묘한 하늘을 올려다보았다. 하늘을 바라보다 문득, 저기 저 하늘은 누구에게나 같은 모습을 보여주는 것일까 하는 의문이 들었다. 아마 영원히 보여주는 것과 보는 것 사이의 간극을 메울 수는 없을 것이다. 그렇기에 언제나 타인은 설레고 또 참혹하다. 언제나 그 품에 있었음에도 올려다본 하늘이 너무나 낯설었다. 내가 혼자라고 생각했을 때도, 전혀 주변을 의식하지 못하고 있을 때도 줄곧 저기서 나를 관찰하고 있었겠지. 오늘 같은 하늘에서는 천사나 악마 혹은 그 무엇인가가 우수수 떨어진대도 전혀 놀랍지가 않을 것 같다. 그냥, 그런 날이다.

열두 시 정각이 되자 주소지 차고의 육중한 오토매틱 도어가 천천히 올라갔고, 그 틈으로 고급 세단 한 대가 유유히 삐저니와 내 앞에 멈추어 섰다 운전석에 미술관의 남자가 타고 있었다. 그는 눈짓으로 나에게 옆에 타라는 시늉을 했다. 나는 메고 온 작은 배낭을 뒷좌석에 놓은 뒤 그의 옆에 앉았다. 그는 갓 매장에서 꺼내 온 듯 아무런 세월의 흔적이 느껴지지 않는 말끔한 크림색 블루종과 흰 티셔

츠, 그리고 라이트진을 입고 있었다. 우리는 서로 짧게 인사를 나눴다. 가면서 듣고 싶은 노래가 있느냐고 그가 물었다. 나는 지금은 딱히 생각나는 곡이 없다고 했다. 좁은 길목을 빠져나가며 주파수를 맞춘 라디오에서는 리스트의 <Liebesträume>이 흘러나왔다.

사랑의 꿈…. 창으로 내리쬐는 오후의 따뜻한 빛 때문이었을까, 상실된 줄로만 알았던 감정들이 살갗에 톡 톡 하고 내려앉았다. 그렇게 눈길이 멈추는 곳마다 따스하고 반짝이는 것들이 표면에 닿아 찬란하게 부서졌다. 나의 깊은 열망은 부서지는 것들과 함께 소멸하고 또 다시금 태어났다. 사랑의 흔적 같은 것들을 자아에 끊임없이 각인하며.

"듣고 싶었던 곡이 있었던 것 같네요."

그는 앞에 시선을 고정한 채 나에게 말했다.

"그러게 말입니다. 가끔은 정말 그런 느낌이 들 때가 있어요. 스스로 알아차리기도 전에 필요한 것을 세상이 먼저 알고 가져다주는 느낌 같은 거요. 뭐랄까, 세상에 마음을 빤히 들킨 것 같은 느낌."

"어쩌면 본인이 생각하는 것만큼 세상과 본인이 분리되어 있지 않아서가 아닐까요. 그리고 그 사실을 본인이 누구보다도 잘 알고 있기 때문에 그런 세상 속을 살고 있는 것이겠죠."

"그럴 수도 있겠네요."

나 역시 돌아보지 않고 창밖으로 끝없이 스쳐 지나가는 이름 모를 거리들을 눈에 끝없이 담으며 대답했다.

며칠 전까지만 해도 나는 스스로 쌓아 올린 성벽 안에서 세상과의 연결고리들, 즉 일말의 감각 창구들을 하나하나 폐쇄해 가며 아이처럼 웅크려 있었다. 유일하게 안전하다고 느끼는 공간에서 모든 문을 걸어 닫은 채로 자신의 모습을 하나하나 증발시켜 갔다. 이 세상에는 존재하지 않는 저 아래 심연 어딘가의 비밀 요새에서 세상에 대한 막연한 두려움에 몸서리치며 어디에나 있는 눈들을 피해 아래로, 더 아래로 침잠했다. 나는 자꾸만 연약해져서 더 이상 세상에 내줄 것이 없었다. 모든 것을 증발시키고 작은 것 하나로 웅크리고 있을 테니 이것만 지나쳐 줘, 하고 허공에 흩어질 소망을 전하며 자신이 자꾸자꾸 작아져 종내에는 사라지는 꿈을 꾸었다. 그랬던 내가 견고한 몸과 얼굴로 타인과 새로운 관계를 맺고, 대화를 하고 있다는 사실이 어쩐지 비현실적으로 느껴졌다. 하지만 세상은 늘 그렇듯, 멈춰있는 것을 허락하지 않았다. 매 순간은 영원할 테니 계속해서 변화하는 순간으로 걸어 나가야 한다고 말하는 것 같았다. 갑자기 나는 자신이 순간의 장면을 물질로 만들어 내는 양 떼 무리의 일원같이 느껴졌다. 양치기인 세상은 성실하게도 우리를 인생으로 몰고 또 몰아갔다. 그렇게 우리의 자아는 계속해서 살이 찌겠지.

많은 대화 없이 그저 빠르게 생성되고 소멸하는 창밖 풍경에 눈을 맞추며 세 시간 남짓을 달렸을 무렵, 우리는 간단한 식사를 하러 근처 작은 마을에 들렀다. 마을은 언덕이라고 부르기엔 조금 더 높은 곳에 있었다. 걸어서도 슬슬 한 바퀴를 돌 수 있을 정도로 크지 않았고, 집의 수나 이런저런 것들을 따져 보았을 때 마을의 주민은 채 백 명도 되지 않아 보였다. 마치 오래전 시간이 멈춰버린 하나의 요새 같은 그런 마을이었다. 마을의 집을 이루고 있는 돌들의 표면이 내보이는 각기 다른 부식의 정도나 모양, 색이나 굴곡 같은 것을 빤히 쳐다보고 있자니 오랜 시간 건물이 목격했을 수많은 이야기가 들려오는 듯도 했다. 마을 중앙 광장에는 거대한 성당이 하나 있었는데, 우리는 그 옆에 자리한 작은 식당으로 늦은 점심을 먹으러 들어갔다. 식당은 아기자기한 은방울꽃과 파랑새의 철제 간판이 눈에 띄는 곳이었다. 가게는 작고 허름했지만 마치 가정집 같은 아늑한 정취가 있었다. 가게 안 원목 테이블이나 협탁 곳곳에는 작은 동물을 조각한 골동품이 놓여 있었고, 오래된 건물의 구조적 문제로 인해 어두운 실내는 여러 촉의 촛불로 은은하게 밝혀져 있었다.

빛은 언제나 어둠을 이기는 걸까. 아무리 어두운 곳이라 할지라도 작은 빛을 비추면 공간은 내밀하게 품고 있던 자신의 얼굴을 내주었다. 어둠은 빛 속에서 얼굴을 드러내고, 빛은 어둠 속에서 자신을 드러낸다. 어쩌면 자신의 모습을 찾기 위해 끊임없이 서로를 기다리고 있는 것이다. 자신의 이름을 불러주기를 바라며. 서로가 서로의 유일한 친구이자, 그림자를 이해하는 유일한 존재. 어쩌면 내가 피하고 싶어 하는 그림자가 나를 유일하게 이해해 주는 그 무언가일까. 내보일 수 없는 그림자를 안고 가야 하기 때문에 사람은 고독한 것일까. 나는 양초가 자신을 아낌없이 태워 만드는 빛무리를 바라보며, 양초의 가능성 속 숨 쉬고 있던 빛이 그로 하여금 자신을 태워 어둠을 만나러 왔는지도 모르겠다고 생각했다. 양초는 빛이 되어야만 했고, 빛은 어둠을 만나야만 했다. 이해하고 이해받으며 서로가 온전한 자신으로 존재하기 위해. 운명은 종내 어떤 이야기를 만들고 싶은 걸까. 마음의 그림자는 특정한 사람을 사랑하게 하고, 사랑은 바로 그 그림자로 인해 지속될 수 없다. 마음의 그림자는 시간이 지나면 사라질 수 있는 걸까. 아니면 이미 그림자는 자신의 그림자 생활을 청산하고 수면 위로 올라와 얼굴 그 자체가 되어 버린 걸까. 마음의 불을 환히 밝혀 그림자까지도 밝힐 수 있을 때면 나는 스스로를 버릴 수 있을까.

눈을 돌려 나무로 된 테이블을 바라보았다. 테이블 위엔 색색의 천 조각을 기워 만든 테이블보가 씌워져 있었다. 한 사람의 손이 오래 닿은 물건엔 분명 흔적이 남는다. 어느 정도 사람과 물건이 연결되는 것이다. 작은 공간의 곳곳에는 주인의 흔적이 분명하게 미치고 있었다. 문득, 앞에 놓여있는 작은 양 모양의 조각을 주머니에 넣어 간다면 가게 주인과 나 사이에는 모종의 연결이 생길지도 모른다는 생각이 들었다. 이와 같이 흩어질 생각들을 하며 구운 닭 요리와 에스프레소를 시켰다. 그는 생선 요리와 차를 주문했다. 다즐링 차를 마시며 그는 이 마을이 아주 예전부터 있던 오래된 마을이라는 이야기를 했다. 강삭철도도 아직 없던 시절에 어떻게 무거운 자재를 구해서 언덕 위로 옮길 수 있었는지 새삼 대단하다는 생각이 들었다.

"어떻게 그 옛날에 이곳까지 저렇게 크고 무거운 돌을 옮겼을까요. 재료를 구하는 것만 해도 일이었을 텐데요."

"그렇죠. 참 대단한 일이지요. 사람의 신념이란 말이에요. 믿음과 환상, 두려움과 소망 같은 것들 말입니다."

"천국에의 소망이 이 모든 것을 가능하게 했을까요?"

"천국에의 소망과 인생이 의미 없이 사라질지도 모른다는 두려움, 아마 복합적인 요인이 있었겠죠."

"하지만 전 그 말을 믿지 않아요."

"어떠한 말을요?"

"내세가 존재하지 않으면 이 모든 것이 의미가 없다는 말이요. 왜 한때 그런 얘기가 있었잖아요. 유물론은 결국 허무주의에 도달한다는 이야기요. 저는 유물론자도 아니고 굳이 말하자면 내세를 믿는 쪽에 가깝지만, 유물론이나 실존주의가 허무주의로 연결된다는 이야기는 큰 오류같이 느껴진달까요. 뭐랄까, 중요한 연결고리가 빠진 채 정해진 결론으로 귀결되어 버린 논리적 비약같이 생각되는 거죠."

"그럼, 어차피 죽어 없어질 텐데도 모든 것이 의미가 있다고 생각하는 입장인가요?"

"그렇게 볼 수도 있겠죠. 하지만 결국 관점의 차이 아닐까요? 단 한 번뿐이라서 오히려 더 특별하고 의미 있다고 생각하는 사람들도 있을 테고요. 영원을 위한 발판으로의 의미가 있을 수도, 세상에서 단 하나뿐인 인생으로서의 의미가 있을 수도 있잖아요."

"흠, 당신은 이상주의자군요." 라고 말하며 그는 눈웃음을 지었다.

"마찬가지로 말이죠, 애초에 우리가 물질로써 세상과 맞닥뜨리며 하는 경험이 세상이 안배해 둔 큰 그림과 연관이 있는지 우리는 알 수 없지요. 사실, 우리가 여러 상황과 선택을 거치며 스스로 만들어가는 의미가 '세상의 계획'이라는 것과 서로 구분할 수 없다는 것입니다. 결국엔 둘이 서로 분리된 것이 아니라 전체 중 일부를 서로 다른 방식으로 형용한 것으로 보는 것이 가장 타당하게 느껴진다고나 할까요. 결국 느끼고 생각하는 모든 것은 우리 자신을 거쳐야만 하기 때문입니다. 그렇기에 같은 현상을 두고 이분법적으로 나눌 수 있다는 것이 오히려 환상처럼 느껴지곤 합니다. 이런 비유가 아주 적절한지는 모르겠습니다만, 우리의 영혼과 세상의 영혼, 혹은 신을 그런 식으로 구분 짓는 것이 불가능하다는 것이 저의 입장입니다. 결국 우리가 어떠한 결론에 도달하게 되는 과정은 모두 필연적으로 우리의 사고 체계나 감각기관을 거치게 되니까요. '물질 만능주의다, 영혼이 없다'라고 하는데, 우리가 삶을 대하는 방식은 유물론자나 내세주이자나 다를 바가 없어요. 사람은 상황 속에서 고통과 기쁨, 그리고 슬픔과 사랑을 느끼니까요. 그러한 현상들을 물질로써 경험하고 느낀다고 해서 영혼이 없다고 하는 것이 모순처럼 느껴진다는 것이지요. 이를테면, 같은 상황을 두고 같은 결괏값을 내는데, 어떤 사람은 이를 경험하는 대상을 물질이라는 단어로 표현하고 혹자는 영혼이라는 단어를 사용해서 표현하는 것으로 느껴진다는 것입니다. 다시 말하지만, 저는 유물론자도, 실존주의자도, 딱히 특정 종교에 대한 신앙이 있는 것도 아닙니다. 제가 알 수 있는 건, 세상은 신비한 방식으로 작동하고 그러한 세상과 나를 구분하는 것이 쉽지 않다는 것입니다. 간혹, 우리는 자신과 믿음이 다르다고 해서 '저 사람은 영혼이 없다'라고 말하는 사람들을 볼 수 있습니다. 그렇다면 사람의 영혼은 애초부터 존재하는 것이 아니라 영혼이 있다는 믿음으로 탄생하는 것인가요? 인간이 본디 영혼을 가진 존재라면, 영혼을 믿지 않는다 해도 버젓이 영혼을 가지고 있을 것이 아닙니까? 그리고 다시 말하지만, 영혼이라는 것이 물질이 세상과 관계하면서 생기는 자아와 어떤 식으로 구분 지어지는지 잘 모르겠습니다. 하지만 말을 하다 보니 이럴 수도 있겠다는 생각은 드는군요. 어쩌면 영혼이라는 것이 사람의 믿음을 통해 탄생하는 것이 아닌가 하고요. 그리고 영혼에 대한 각자의 정의가 다를 테니 사람들은 제각기 고유한 영혼을 가지게 되는 것이죠. 사실, 어쩌면 세상 모든 것이 그런지도 모르겠네요.

"흥미로운 관점인데요, 그렇다면 인간은 영혼을 가지고 있거나 혹은 창조할 수 있는 존재가 되겠군요. 어쩌면 무엇인가를 창조할 수 있다면 그것을 이미 가지고 있다고 볼 수도 있을까요. 그리고 말씀하신 것처럼 분명 사람들은 종종 설명의 편의를 위해 임시로 나눈 구분에 길을 잃곤 합니다. 하지만 이렇게 생각해 볼 수도 있지 않을까요? 논리의 인과에 위배되어 모순적으로 보이는, 혹은 본인이 가슴 답답하다고 느끼는 그런 점이 실은 강한 신념을 자아내기 위한 필수적인 장치라고 말이에요. 아이러니하게도, 모순적이고 또 말로 설명하기 어려운 무언가일수록 사람들에게서 강한 신념을 자아낼 수 있어요. 이미 인과에 척척 들어맞는 것이라면 신념을 필요로 하지 않아요. 그냥 그렇게 알고 있을 뿐이죠. 시련과 고난을 겪을 일도 없고요. 많은 시험과 고난을 견디며 맹목적으로 믿을 수 있는 그 어떤 것에는 필연적으로 모순적이고, 또 논리적 인과로는 확실하게 설명할 수 없는 무엇인가가 있어야 해요. 그것이 진리인지 어떤지는 알 수 없겠죠. 하지만 그러한 시스템 자체가 엄청나게 맹목적이기까지 한 믿음을 가려낸다는 겁니다. 그리고 그 맹목적인 신념과 믿음은 그 자체만으로도 새로운 세상을 창조할 수 있어요. 엄청난 기적이 행해지는 세상을요. 예를 들면 이 앞의 장엄한 건축물을 짓는 일과 같은 것들을 가능하게 할지도 모르죠. 다시 말하지만, 저는 분명 어떠한 진리에 대한 옳고 그름을 논하는 것이 아닌 단순한 시스템적인 이야기를 하고 있는 겁니다."

"하지만 인과의 세상에서 인과로 설명할 수 없는 것에 대해 어떻게 맹목적인 믿음을 생성할 수 있게 되는 걸까요?"

"아까도 이야기했듯 그런 것이 아닐까요, 믿음과 환상, 두려움과 소망 같은 것들…."

"인과의 세상이라고 믿었던 곳에 인과로 설명 불가능 한 것들의 자리가 너무도 견고한 것을 언제나 발견하게 되는 것이 놀랍네요."

"인과의 세상이기 때문에, 그것이 아닌 것들의 자리가 견고하게 있을 수 있는 겁니다. 그리고 아까도 말했듯, 무엇인가를 명료하게 구분한다는 것이 사실은 가능하지 않을 때가 많아요. 모든 것은 서로 아주 복잡하게 얽혀있기 때문이죠."

"그렇다면 우리는 왜 믿음이나 신념을 필요로 하는 것일까요?"

"생존에 직결된 선택 외의 다른 선택을 할 수 있게 해주는 기준이 필요하기 때문이 아닐까요? 어떠한 목적성 같은 것 말이죠. 누구든지 하루에도 수많은 선택을 해야 하니까요. 그렇기에 모든 사람은 각자의 신념이 필요한 것이 아닐까요. 시스템적으로 말이죠."

"사람들은 선택의 기준이 필요하고 그러한 선택에 대한 목적성이 되는 신념은 서로 다른 인생의 경험에 기인한다. 서로 다른 인생의 경험은 사람들이 처한 서로 다른 상황에 일정 부분 기인한다. 그렇다면 세상에는 참으로 다양한 신념, 가치관, 혹은 믿음이 존재하겠군요."

"그리고 그러한 것들이 다양한 정신적인 것들을 물질화할 수 있게 해줍니다. 그렇기에 이렇게 생각해 볼 수 있습니다. 구분이라는 환상 혹은 그 속에서 길을 잃는 일까지도 시스템적으로 필요한 것이 아닐까 하고 말이죠. 가능한 여러 가지를 물질세계로 끄집어내 놓기 위해서 말입니다."

"말 그대로 환상으로 빚어진 세상이군요."

"우리의 꿈이 물질화한 세상이지요. 개인적으로는 이것이 인간의 능력이자 목적성이라고 생각합니다. 정신과 물질의 가교라고나 할까요."

우리는 대화를 하며 어느새 접시를 다 비워가고 있었다. 작은 창을 통해 조금이나마 밝게 들어오던 빛은 마치 두꺼운 종이를 앞에 덧댄 듯 그 강도가 희미해져 가고 있었다. 태양이 조금씩 저편으로 이동하고 있었다. 움푹 팬 흰 접시 바닥에는 은방울꽃 문양 음각이 새겨져 있었다. 우리는 작은 조각 케이크와 에스프레소를 한 잔씩을 주문했다. 그는 에스프레소를 한 모금 들이켜며 나에게 물었다.

"당신은 맹목적인 믿음을 가지고 있는 것이 있나요?"

"음… 어쩌면 웃으실지도 모르겠지만, 사랑이라고 말할 수 있겠네요. 저를 행동하게 하는 원천 같은 것을 말씀하시는 거라면요."

"사랑이군요. 사람에 대한 사랑이라고 할 수 있을까요? 당신에게 있어 사랑이란 건."

"그녀에 대한 사랑이라고 생각하고는 있어요. 하지만 그것이 삶 그 자체와 구분될 수 있는지는 잘 모르겠어요. 즉 이런 거예요, 사랑이라는 거울을 통해 자신과 자신의 삶이 반사되는 빛을 보는 것이죠. 그전까지는 막연하게 느낌으로 존재했던 자신과 삶을 여러 각도로 보고 느끼고 인지하며 살게 되는 거예요. 그리고 자신이 삶을 얼마나 사랑하고 있던가를 새삼 깨닫는 거죠. 어쩌면 사람들의 여러 믿음과 제가 말하고 있는 사랑이 같은 것을 설명하는 다른 방식일 수도 있겠다는 생각이 드네요. 어쩌면 믿음과 환상 그리고 두려움과 소망을 아울러 풀어 설명한다면 이런 것일 수도 있겠어요. 사랑할 수 있는 자신의 모습으로 살게 해주는 것. 자신과의 화해를 넘어 자신을 넘치게 사랑할 수 있게 해주는 것."

"당신은 인생의 목적성을 사랑이라는 단어로 표현하는군요. 어쩌면 당신은 사랑 그 자체가 되고 싶어 하는지도 모르겠어요."

"그렇다고 볼 수도 있겠네요. 그렇기에 지금 여기에서 당신과 식사를 하고 있는 것이겠죠."

"당신은 속절없는 이상주의자군요."

그는 처음으로 하하 웃으며 나를 바라보았다. 그러고는 반짝 윤이 나는 디저트용 은 포크로 자신 앞에 놓인 초콜릿 무스 케이크의 마지막 조각을 입에 떠 넣었다. 그와 동시에 그는 나에게 장난스럽게 찡긋, 하고 윙크를 했다. 알 수 없는 장소와 아늑한 공간, 은은한 불빛과 부담 없는 대화에 실로 아주 오랜만에 평화로운 기분이 들었다.

"낭만적인 사람이라는 것으로 알아듣겠습니다."

나도 미소를 지으며 당근 케이크의 마지막 조각이 주는 달콤함의 여운을 혀로 그리고 마음으로 오래도록 음미했다.

*

 우리는 다시 길 위에 올랐다. 얼마나 더 가야 하는지, 이 길에서 무엇을 해결할 수 있을지 아무것도 알 수 없었다. 다만, 그녀와 함께 자취를 감춰버렸던 나의 삶에 다시금 찾아 걸어 들어온 느낌이 들었기에 지금 이것이 무엇이든 혹 사라질까 아무 말도 섣불리 할 수 없었다. 누가 봐도 평범하지 않은 지금의 상황에 현실적인 이야기를 끼얹는다면 모든 것이 한 줌 꿈이 되어 사라져 버릴까 하는 노파심에서였다. 양립 불가능할 것 같은 선택지 사이에서 나는 비현실적이지만 삶으로의 가능성을 가지고 있는 선택을 할 수밖에 없었다. 삶이 멈추어버린 자리에는 삶에 대한 기억과 생각만이 가득했고, 그 안에서 나는 무척이나 고독하고 불안했다. 삶을 찾아 헤매다 주위를 돌아보니 모두가 떠난 삶의 그림자에서 홀로 삶을 영위하는 자신을 발견했다. 단지 삶을 '생각'하지 않고 '살고' 싶었던 것뿐인데. 그렇게 나는 어디에라도 걸어 들어가야만 했다. 멈춰진 장면에서 삶을 끝도 없이 반추하지 않고 그저 삶을 살기 위해.

 점점 인적이 드물어져 가던 길은 어느새 주변 어디에서도 사람의 흔적을 내보이지 않고 있었다. 위압적으로 느껴지기까지 하던 울창한 자연의 한가운데에 그저 하나의 좁은 길만이 그렇게 끝도 없이 이어지고 있을 뿐이었다. 세상의 끝이 있다면 아마 이런 느낌일까. 그 속에서 나는 알 수 없는 깊은 평안함을 느꼈다. 어쩌면 이곳은 나의 마음이 공명할 수 있는 유일한 곳인지도 몰랐다. 멈춰버린 나에게 생의 활력으로 가득한 세상은 가혹하기만 했다. 언제나 하나의 문을 빠져나오고서야 알게 된다. 그 속에 있을 때는 아무래도 잘 알 수가 없다. 그저 견디고 견디다 점점 느려지고, 움직이지 않게 되고, 세상에서 자신을 지우게 된다. 물질은 사라지고 관념만이 남는 것이다. 이는 존재에서 반을 똑 떼어 세상의 끝에 꼭꼭 숨겨놓는 일이다. 또한 이는 어엿한 존재의 반을 그림자로 만들고 그가 존재의 나머지 반쪽까지 깊은 어둠으로 끌고 들어가는 일을 눈감은 채 기다리는 일이다. 나는 오랜 시간 내가 속하지 않는 곳에 갇혀 이러지도 저러지도 못한 채 자신을 잃어가고 있었다. 어느새 하늘은 시시각각 다양한 색으로 변해갔고 그렇게 세 시간을 더 달려간 곳엔 더 이상 차가 나아갈 수 없도록 길이 뚝 하고 끊겨 있었다.

"여기서부턴 걸어가야 합니다." 하고 그는 말했다.

차에서 내려 주위를 둘러보니 사방으로 산이 끝도 없이 늘어져 있었다. 우리는 그중 하나의 입구에 있었는데, 들어서는 길은 육중한 철문으로 봉해져 있었고 위로는 <사유지 / 입산 금지> 팻말이 큼지막하게 붙어 있었다. 어느새 저녁 어스름이 깔린 세상은 푸르고 노랗고 또 부옇게 희었다. 하늘은 마치 피를 머금은 협죽도, 빛의 화살을 맞은 하이

포시스 오리어, 그리고 흩날리는 에리카…. 언뜻 보기엔 비슷한 색들이 너무도 섬세한 방식으로 뒤엉켜 있어서 아무리 시야를 잘게 나누어도 정확히 같은 색을 가진 구역은 없었다. 멀리 보이는 강가에선 뽀얗게 물안개가 피어 가고 있었고, 안개 너머의 산은 희미한 선과 면 그리고 그림자로 자신의 존재를 암시하고 있었다. 인간의 단위와는 사뭇 다른 자연의 단위에 압도된 나는 가만히 손을 들어 쥐었다 폈다 했다. 그리고 고개를 내려 물끄러미 손이 웅크렸다 열렸다 하는 장면을 바라보았다. 어쩌면 작은 내가 이토록 큰 세상을 투영하느라 그동안 숨이 가빴던 것일까. 작은 영혼의 그릇 안 어디 이렇게 큰 공간이 있어 온 세상을 투영하는 것일까. 돌이켜보면 나는 계속 무엇인가를 찾고 있었다. 한곳에서 안주했다가는 예상할 수 있는 대로 인생이 끝나 버릴까 두려워 영혼의 집을 여기저기 바쁘게 옮겨 다녔고 늘 숨이 가빴다. 어쩌면 나만의 것을 꿈꿨는지도 모른다. 끊임없이 들이치는 매일의 비슷한 감각과 문제는 다른 많은 것을 시선에서 가려 없앤다. 그렇기에 사람은 환경에 국한된 세상 모델을 만들게 되는 것이다. 나만의 자아를 만들기 위해서는 세상이 정해준 틀에서 영혼을 구출하는 것이 필요했다. 나는 자아를 확장하고 싶었다. 적어도 세상이 정해 놓은 자아의 모습에서 멈춰있고 싶지 않은 것만은 분명했다. 주변의 감각에서 떨어져 나와 주위 환경이 즉각적으로 연결해 주지 않는 다른 생각 속을 조심스레 옮겨 다니며 숨 가쁘게 찾아 헤맨 것은 어쩌면 일말의 자유였을까. 그렇게 몰래 만들어 낸 새로운 자아는 주변의 환경과 호환되지 않기 때문에 물리적인 환경을 새로운 나에 맞춰 이동해야 했다. 그리고 종종 머지않아 새로운 믿음에 맞춰 실재하게 된 세상 속에 이미 놓여있는 자신을 발견하곤 했다. 내가 만들어 낸 세상인지, 새로운 나를 찾아내어 따라붙은 환경인지 알 수 없었다. 그럴 때면 다시 새로운 자아 속으로 도망치곤 했다. 자아와 환경의 균열을 끊임없이 초래하면서 어디에도 완전히 속하지 못한 채 이방인처럼 영혼의 세상과 물질의 세상 여기저기를 떠돌아 왔다. 사람들은 이런 식으로 매번 다른 문을 열어가며 변화를 만드는 것일까? 문 뒤에 놓일, 껍질을 한 꺼풀 벗은 새로운 자신을 자꾸만 빚어가면서?

결국 세상으로부터 완전히 도망치는 것은 불가능한지도 모른다. 어디에 도달하던 결국 새로 맺은 인연으로 인과의 짜임에 걸려들 것이기 때문이다.

남자는 잠시 집중해 스트레칭을 한 뒤 트렁크에서 작은 손전등 두 개를 꺼냈다. 그는 손전등이 잘 켜지는지 딸깍딸깍 허공에 몇 번 붐빛을 드리웠다 지웠다 했다. 불빛이 잘 들어오는 것을 확인한 뒤 나에게 한 자루를 건네주며 '혹시 모르니까'라고 말했다.

"산에서는 해가 떨어지는 게 금방이에요. 아직 밝은가 싶다가도 금방 어두워지죠. 해가 떨어지기 전에 도착하면 좋겠지만, 혹시 그렇지 못할 때를 대비하는 거죠."

"지금 산에 올라가는 건가요? 정상까지 다녀오면 분명 중간에 해가 질 텐데요. 위험하진 않을까요?"

"혹시 해가 지더라도, 우리에겐 필요한 만큼의 빛이 있습니다." 그는 손전등을 흔들며 말했다.

그는 나에게 모든 짐을 챙기라고 했다. 짐을 챙기라고 한 걸 보면, 오늘은 이곳으로 돌아오지 않을지도 모르겠다고 문득 생각했다. 나는 기본 용품과 옷 몇 가지가 전부인 작은 배낭을 뒷좌석에서 꺼내 메었다. 그는 입구로 곧장 걸어가더니 주머니에서 커다란 열쇠를 꺼내 입산금지 팻말이 붙은 육중한 청동색의 문과 문에 매여있던 쇠사슬의 자물쇠를 차례로 열었다. 문은 최근까지도 칠을 했는지 떨어져 나간 곳이 없이 매끈했고, 생각보다 삐걱대는 소리를 내지 않았다.

그때 저 멀리 물가에 앉아 있던 까마귀 떼가 커다란 울음소리를 내며 날아올랐다. 마치 하늘이라는 화선지에 먹으로 계시를 써 내려가듯 그들은 알알이 까악 까악 소리를 심어가며 이쪽으로 날아오고 있었다. 그러자 주변 나무들에 촘촘히 모여 앉아 있던 까마귀들 역시 울음소리로 화답하며 날아올랐다. 그들은 우리가 서 있는 곳을 지나쳐 산 위로 높이높이 사라졌다.

*

 그녀는 땅에 굳건히 뿌리내린 어린나무 같았다. 땅에 발을 묻고 하늘을 향해 하얀 꽃봉오리를 틔우는 순수한 세상의 열매, 순백의 목련. 자신이 뿌리내린 곳에서 필요한 양분과 애정을 섭취하며 하루하루 몸집을 키우고 세상과의 결속을 단단히 하는 의심하지 않는 순수한 존재. 그녀는 목련꽃이 핀 나무를 지나칠 때면 항상 걸음을 잠시 멈추고는 나무로 가까이 다가가 하염없이 꽃을 바라보고는 했다. 만개한 목련 나무 아래, 그녀는 발밑으로 희고 빛나는 뿌리를 계속해서 땅속으로 심어 내리고 있었다. 어쩌면 곧 아름다운 모습 그대로 땅속 깊이 박혀 한 그루의 나무가 되겠지. 간혹 손에 닿을 만큼 낮은 가지에 핀 목련을 볼 때면 그녀는 손으로 꽃봉오리를 조심스레 받치고 얼굴을 꽃에 닿을 듯 가져다가 눈을 감고 향을 맡곤 했다. 그녀가 떠날 즈음을 회상할 때 가장 먼저 떠오르는 강렬한 장면도 바로 그런 것이었다. 머리 위로는 빙하의 푸른 물이 피어오른 하늘이 떠 있고, 눈앞에는 하얗게 부서지는 햇살을 맞아 거울처럼 빛나는 그녀가 있었다. 우리는 생명을 품고 있는 공기를 숨마다 한껏 들이마시며 언덕 위 작은 동네를 걸었다. 쏟아지는 빛을 받아 금빛을 띤 멜론색의 잔디 위를 그녀는 나푼나푼 날아다녔다. 멀리 보이는 나무 그네 의자로 향하며 손가락만큼 작아진 그녀가 담긴 풍경은 끝없는 진줏빛

푸름이자 빛이 되어버린 순간이었다. 그녀는 그네 의자에서 잠시 쉬다 목련 나무로 천천히 걸어가 까치발을 들고 꽃봉오리에 조심스레 얼굴을 가져다 대었다. 눈을 감고 꽃과 교감하던 그녀는 문득 고개를 돌려 나를 바라보며 미소를 지었다. 향기가 된 황금이 얼굴에 닿아 그녀는 꽃처럼 빛났다. 그 순간 시간은 아주 잠깐 나를 위해 멈춰 주었다. 우리 외의 세상은 모두 전설 속 이야기인 듯, 세상에 둘만 존재하는 듯 서로만이 생생했던 순간을 가슴에 담으며 생각했다. 이 순간만은 가장 깊은 비밀처럼 가슴에 품고 세상에도, 시간에도 내어주지 않겠다고. 그렇게 나는 순간에 잊히지도, 변하지도 않을 영원을 약속했다.

　물론, 나는 그녀와 같이 될 수 없었다. 내가 원했던 건, 땅에서 두 발을 자유로이 하는 일. 그래서 하늘을 좀 더 가까이하는 일. 땅에 온몸을 파묻지 않고 살짝 떨어진 곳에서 땅을 관조하는 일. 모든 슬픔에서 조금 떨어져 하늘과 좀 더 가까이에서 어디에도 속하지 않고 언제든 사라질 수 있는 상태로 세상을 부유하고 싶었다. 촘촘한 그물에서 빠져나오기 위해 나는 얼마나 많은 길을 걸었던가. 가끔은 망설일 때도 있었다. 함께라면 많은 생각 없이 즐겁게 땅에 뿌리를 내릴 수도 있을 것 같았다. 하지만 나는 정해진 모습을 가지고 빠져나갈 수가 없게 되는 것이 두려웠다. 땅이 주는 작은 양분에 연연하고 싶지 않았다. 차라리 먼지처럼 보잘 것없이 흩날리더라도, 또 아무도 나를 기억해 주지 않더라도 자유로이 세상을 투영하고 싶었다. '어쩌면 그녀도 땅에서 떨어져 나와 그 어디도 아닌 곳을 함께 헤맬 수 있지 않을까?' 나를 위해 뿌리를 살짝 뽑아 든 그녀는 나날이 시들어가고 또 불안해했다. 그때 나는 깨달았다. 모두가 나의 욕심이었던 것을.

다른 나무들처럼 알알이 영근 열매를 맺고 싶어 했던 그녀는 마지막까지 나를 위해 모든 양분을 짜내어 아껴두었던 꽃을 활짝 피워 주었다. 그리고 마지막 꽃잎이 떨어지던 찬란한 늦봄, 나를 떠났다.

*

입구의 철문이 무색할 정도로 산에는 전혀 길이 나 있지 않았다. 어디를 둘러보나 시야에 들어오는 것은 비슷한 풍경이었다. 그는 능숙하게 걸음을 옮기다 문득 뒤를 돌아보고는 마치 나의 마음을 읽은 듯 이야기했다.

"걱정하지 말아요. 여러 방식으로 길을 찾을 수 있게 표시해 두었거든요. 숙련된 사람이 길을 찾기는 어렵지 않습니다."

그가 말하는 숙련이 정확히 무엇에 대한 것인지는 알 수 없었지만, 그의 뒤를 따라 말없이 걸었다. 모두 조금씩 다른 색과 소리가 가득한 곳, 산은 색을 통해서 색을 비우고 소리를 통해서 소리를 비웠다. 자연을 통해 사람은 문명과 그로부터 파생된 많은 불안의 극이 펼쳐지는 무대를 잠시 빠져나온다. 조심스레 하나의 문을 닫고 빠져나온 복도에는 셀 수 없이 많은 문이 존재하고 있다. 천천히 다른 하나의 문을 연다. 열린 문 뒤로는 근원적 생명으로써의 색과 소리가 넘쳐흐른다. 그곳에서 사람은 흐르는 물을 손으로 떠 마시고 붉은 열매를 따 먹으며 이리저리 뛰어다닌다. 새의 울음소리를 들으며 풀과 흙이 발에 닿는 촉감을 느낀다. 마음의 정화 작업을 마친 뒤, 다시 그곳의 문을 닫고 이전의 무대로 향한다. 이것으로 충분한 것이다. 일상을 뛰어넘는 근원의 생명을 한 번 돌이켜 보는 것으로 말이다. 다시 어느 정도는 균형을 유지할 수 있게 된 것이다. 균형이 무너진다면 사람은 온전할 수가 없게 된다. 아주 커다란 그림자가 생기게 되는 것이다. 그렇다면 왜 많은 수고를 들여 벽과 문을 세운 걸까? 어쩌면 효율과 신념을 위해서인지도 모른다. 그리고 꿈과 환상을 위해….

아무래도 길이 나 있지 않아서 경사를 오르는 일은 쉬운 일이 아니었다. 나는 때로는 두 손으로 경사면을 짚으며 조심조심 그의 뒤를 따랐다. 하늘에서는 붉은 비가 내리고 있었다. 수만 개의 서로 다른 붉은 모자이크는 시시각각 변하고 뒤엉키며 빛을 조금씩 떼어내다가 어딘가에 매장하고 있었다. 눈에 보이는 선명하고 그럴듯한 세상은 매일 한 번씩 죽어 다른 세상에 자리를 내어주었다. 그리고 다시 빛의 차례가 오면 어둠이 남기고 간 작은 흔적들을 조금씩 그러모아 어제와는 또 조금 다른 세상으로 태어나는 것이었다. 빛이 떠난 자리에도 아마 어떤 조각들은 조용히 숨을 죽이고 남아 어제와는 또 다른 어둠을 만들겠지. 매일 조용히 생성되는 새로운 세상을 떠올리며 나도 오늘의 나를 조금씩 묻었다. 그때 눈앞에 밝게 빛나는 나뭇가지 하나가 보였다. 붉은빛을 받아 가지는 마치 황금처럼 빛났다. 나도 모르는 힘에 이끌려 그리로 다가가 나뭇가지를 똑 하고 꺾었다. 황금가지를 꺾은 순간 세상은 어둠으로 덮였고, 갑자기 어두워진 시야에 적응을 못 한 나의 눈 역시 완전한 암흑으로 뒤덮였다. 순간, 나를 향해 수많은 작은 생명체들이 허공에서 달려들었고 나는 놀라 손사래를 치며 그들을 쫓았다.

"박쥐들이에요. 너무 놀라실 것 없어요. 원래 박쥐의 날갯짓 소리는 잘 들리지 않아요. 밤이 되면 먹이를 찾으러 나오거든요. 개체 수가 늘어서인지 먹이가 귀해져서인지 점점 이른 시간부터 먹이활동을 하는 것 같네요. 하지만 조심하는 것이 좋아요. 밤의 주인은 우리가 아니니까요."

그는 허공에 손전등을 비춰 보이며 말했다. 놀란 기색을 내비치지는 않았지만, 그는 한층 더 숨을 죽이고 길을 걸었다. 칠흑 같은 어둠 속에서 우리의 길을 비추는 것은 오로지 작은 손전등, 그리고 작은 별빛이 전부였다. 어둠 속에서 나는 무력했다. 가지고 있다고 믿었던 일말의 통제권마저 잃은 채 내가 할 수 있는 건 세상에 몸을 맡기고 앞으로 한 발 한 발 나아가는 일뿐이었다. 그동안 의존했던 시각이 사라진 곳에는 저녁 공기의 웅성거림과 내가 아닌 의지들의 바스락거림, 그리고 자신을 숨기는 데 실패한 나의 소극적인 몸짓만이 남아 있었다. 어쩌면 어둠 속을 걷는 일은 세차게 내리는 빗속을 걷는 일과도 비슷했다. 굳건하게 믿어왔던 세상의 색과 소리가 모두 가려진 곳에 갈 곳 잃은 의식이 비로소 자신 깊숙이 침잠하는 일이자, 세상 속 자신의 흔적을 조금씩 지워내어 다른 어딘가로 옮겨 두는 일이었다. 걸음을 옮기며 하늘을 올려다보았다. 하늘에는 밝게 빛나는 별들이 떠 있었다. 나도 모르게 잠시 멈추어 하염없이 하늘의 빛을 바라보았다. 그는 내가 보고 있는 쪽을 손가락으로 가리키며 저 빛은 토성이라고 말해주었다. 토성이라. 순간, 어디인지 가늠도 되지 않는 외딴 지역의 검은 산속에서 뜬금없이 토성을 바라보고 있다는 사실에 알 수 없는 위화감이 들었다. 가끔 너무나 당연하다고 생각하는 것의 근원을 파고들어 가다 보면 당연하다는 믿음이 송두리째 뒤흔들리는 경험을 하게 된다. 지금의 위화감도 어딘지 모르게 그와 비슷한 맥락이라는 생각이 들었다. 너무도 자연스럽고 당연하다는 믿음에서 그 어떤 것도 전혀 당연하지 않다는 사실에 도달하기까지는 단 한 찰나인 것이다. 태양에서 출발한 광자가 토성까지 가 그곳에서 반사되어 나의 망막으로 날아온다. 그리고 눈으로 날아온 광자가 촉발한 전기신호를 뇌가 재해석해 우리가 '본다'라고 믿는 환상을 만들어 낸다. 우주 공간을 날아온 질량도 부피도 없는 광자는 트리거일 뿐, 이외의 모든 과정은 뇌가 만들어낸 특정한 환영인 것이다. 꿈을 꿀 때에는 이러한 트리거조차 필요하지 않다. 어쩌면 트리거 역시 우리 자신이 만들어 낸 환영인지도 모른다. 질량도 부피도 없는 물질인 광자처럼, 앞에 우뚝 서 있다고 생각되는 나무처럼. 그렇다면 이 모든 것이 허상이라고 할 수 있는가. 그렇지 않다. 애초에 우리는 허상이 무엇인지, 그렇지 않은 것이 무엇인지 알지 못한다. 다만 이것이 우리의 현실이고 작동 방식이다. 그렇기에 문득 감각이라는 환상이 마치 세상의 계시처럼, 그리고 각자가 구분된 개인이라고 믿는 우리의 꿈처럼 느껴졌다.

그렇게 얼마쯤 걸었을까. 물소리가 들렸다. 그는 물가에 멈춰 선 채 손전등으로 이리저리 무엇인가를 찾는 듯 보였다. 그러더니 한 곳에 멈춰 서서 몸을 숙여 바짓단을 접어 올렸다.

"우리는 여길 걸어서 긴널 거예요. 이 계곡은 유속이 빠르고 중간중간 깊이 빠지는 부분이 많아서 아주 위험해요. 우리는 여기서 똑바로 한 걸음 한 걸음을 내디뎌 물을 건널 거예요. 앞으로 똑바로 내딛는 걸음에 주의하도록 하세요. 자칫하다가는 심연으로 빠질 수 있으니까요."

두려운 마음에 손전등을 아무리 비춰보아도 빛은 거대한 어둠에 잘게 부서져 흩어졌다. 오직 눈앞의 작은 것들만을 비출 수 있을 뿐이었다. 계곡의 폭이 얼마나 되는지, 어느 정도의 깊이인지는 전혀 가늠할 수 없었다. 그는 두려워하는 나를 알아채고는 지금이라도 내가 원한다면 다시 산을 내려가 차를 타고 집으로 돌아갈 수 있다고 했다. 하지만 계곡을 건넌다면 원한다고 해서 전에 있던 곳으로 쉽사리 돌아가기는 어려울 것이라는 이야기도 했다. 두려운 마음에도 머리는 전에 없이 차분했다. 부름이 왔을 때 앞으로 나아가야 한다는 생각이 들었다. 부름이 내부로부터 온 것이든 외부로부터 온 것이든 간에. 애초에 그 둘을 구분할 수 없을지도 모른다. 만일 꿈의 부름에 응하지 않았다면 지금의 모든 일 역시 없었을 것이다. 그 한 걸음을 내디뎠기에 자꾸만 새로운 선택에 기로에 놓이게 되고 앞으로 나아갈 기회를 얻게 된 것이 아닐까? 뉘앙스를 알아채지 못하고 부름에 응하지 않았다면 나는 아마 나의 방에서 줄곧 멈춰있었을 것이다. 자신을 하나하나 접어 보이지 않을 때까지 작게 만들어 숨기려고 하면서. 그래도 어쩌면 애처로운 자신을 세상과 나는 몇 번이고 다른 방식으로 불러 주었을 것이다. 언젠가 다시 이곳저곳의 문을 열어 보이며 앞으로 나아갈 수 있도록. 삶의 에너지를 모두 소진해 죽음을 살아내지 않도록.

그가 먼저 물에 한 발을 내딛는 소리가 들렸다. 나도 그가 서 있던 붉고 너른 돌에서 내려와 물속으로 한 발을 내디뎠다. '하나, 둘, 셋….' 마음속으로 발걸음을 세며 아주 깊고 오랜 비밀을 가진 심장처럼 차갑고 냉담한 물속을 한 걸음 한 걸음 걸어 나갔다. 매 걸음마다 물은 걷잡을 수 없을 만큼 깊어졌고, 불과 여섯 걸음 만에 머리끝까지 물에 잠긴 자신을 발견했다. 순간 예상치 못하게 입안으로 들이친 물에 놀라 뒤로 한 걸음 물러났다. 그리고 다시 눈을 감고 있는 힘껏 숨을 들이마신 후 똑바로 걷기 시작했다. 지금 걷고 있는 곳은 수심이 나의 키보다 조금 높았다. 수영을 하면 아주 간단할 것 같지만 유속이 센 데다 깊이 빠지는 곳이 군데군데 산재해 있어서 자칫 잘못하다가는 정해진 길을 벗어나 위험에 처하기 십상일 것이었다. 나는 발끝에 정신을 집중하며 한 발 한 발을 걸어 나갔다. 어둡고 폐쇄된 곳에서 산소가 희박해지는 경험은 생각보다도 더 쓸쓸하고 어두웠다. 어쩔 수 없다고, 돌아갈 길을 생각하지 않고 그저 앞으로 나아가는 수밖에는 없다고 생각했다. 돌아선다 해도 그곳에 남아있는 것은 없다. 이미 그 시기의 자신을 모두 소진해 버렸기 때문이다. 내가 있어야만 할 새로운 곳을 향해 나아가는 수밖에는 없다. 그렇게 지난 길의 흔적을 하나하나 지워가며 앞으로, 앞으로 나아가는 것이다. 스물세 걸음을 걸었을 무렵 수면은 다시 얼굴 아래로 내려왔고, 열 걸음을 더 걸었을 때 비로소 계곡 맞은편에 도달할 수 있었다.

먼저 도착한 그는 계곡 주변 여기저기서 나뭇가지를 그러모아 작은 불을 피우고 있었다. 타오르는 불 주변으로 납작한 돌을 쌓아 젖은 옷가지와 신발을 널어놓고는 나에게도 여기로 와 앉으라는 눈시늉을 했다.

"잠시 몸을 좀 말리도록 하죠. 초여름이라고는 해도 아직 저녁은 쌀쌀하거든요. 이렇게 젖은 채로 계속 걸었다가는 위험할 수 있어요."

그는 젖은 가방에서 주섬주섬 비스킷을 꺼내 반을 자신의 손에 덜어 놓고 나에게 나머지 반이 든 용기를 건네며 말을 이었다. 그는 환히 미소 짓고 있었다.

"분명 건널 수 있을 것이라 믿었습니다. 보아하니 마치 새사람이 된 것 같은데요."

"그런가요. 하마터면 어떻게 되는 줄 알고 아찔했습니다. 항상 이렇게 계곡을 건너다니시나요? 꽤 위험해 보이는데요. 다른 길은 없나요?"

"어차피 거쳐야 하는 것을 거쳐야 하는 것은 같습니다. 눈앞의 길을 회피하려고 다른 길을 찾다 보면 더 멀고 위험한 길을 가게 될 때가 대부분이죠. 어쩌면 이 길이 애초에 당신이 찾고 선택한 길인지도 모르고요. 그나저나 물에 빠진 생쥐 꼴로 먹는 비스킷 맛이 나쁘지 않네요."

눈앞에는 트로피칼의 색들이 끊임없이 춤을 추듯 일렁

대고 있었다. 나무는 불과 만나 자꾸만 하늘을 향해 춤추는 불꽃이 되고 싶어 했다. 이 나뭇가지들이 나무에 속하지 못하고 결국 떨어져 나와 장작이 된 건, 그들의 소명이었을까 소망이었을까. 문득 아까 꺾어둔 가지를 꺼내 타오르는 장작 위로 던져넣었다. 어둠 속에서도 밝게 빛나던 가지는 타들어 가며 황금의 가루를 흩날렸다. 그저 멍하니 흔들리는 에너지의 집합체를 바라보다, 오늘 하루가 참 길다는 생각이 들었다. 남자는 그런 나를 바라보았다.

"그녀를 많이 생각하시죠. 아까 계곡을 건너는 것을 보고 확신했습니다. 그녀를 찾는 일에 당신이 얼마나 진심인지를 말이에요. 하지만 아셔야 합니다. 당신이 이곳에 와있는 이유는 그녀를 구하기 위해서도, 다시 보기 위해서도 아닌 자신의 조각을 찾기 위해서라는 것을요. 지금부터 제가 하는 얘기가 받아들이기 힘들더라도 잘 들어 주세요."

그는 일어나 불가에서 얼추 마른 옷가지를 챙겨 입고는 다시 옆에 와 앉았다. 그는 마치 타오르는 불꽃 속에 지난날의 기억이 들어있기라도 한 듯 지그시 그쪽을 응시한 채로 말을 이어 나갔다.

"그녀에게는 특별한 과거가 있습니다. 그리고 과거를 공유할 수 있는 유일한 사람이 저였죠. 당신과도 과거를 공유하고 싶어 했는지는 모르겠지만, 어떤 것은 그렇습니다. 이야기로 들어서만은 알 수 없지요. 그녀는 당신이 생각하는 세상과는 조금 다른 환경에서 성장했고, 열일곱이 되어서야 세상으로 나올 수 있었습니다. 그리고 몇 년 전부터는 당신을 만나 알고 지내며 비로소 새로운 세상에 자연스레 녹아들기 시작했습니다. 지난 것의 자리를 비워내고 새로운 것으로 자신을 쌓아가기 시작한 겁니다. 그렇게 그녀의 시간은 다시 흐르기 시작했죠. 이전까지도 물론 겉보기엔 나무랄 것 없이 세상에 잘 적응하는 듯 보였습니다만, 조금도 진짜의 자신을 내어준 적은 없었습니다. 당신과 그녀는 진정한 교감으로 새로운 것들을 빚어내어 서로에게 전에는 없던 길 하나씩을 터 준 것입니다. 그녀는 저에게 한 달에 한 번 꼬박 안부 인사를 보내왔는데, 얼마 전 갑자기 연락이 끊겼습니다. 대수롭지 않게 생각할 수도 있었겠지만, 저는 드디어 때가 왔다고 생각했습니다. 징조가 많이 있었으니까요. 그녀는 요즘 들어 부쩍 뮈스테리온 이야기를 하기 시작했습니다. 저의 역할이 뭐냐고 물으신다면 무어라고 대답해야 할까요. 그저 지켜보고 필요한 것을 건네주는 사람 정도가 되겠습니다. 그녀가 의지를 가지고 환경에서 벗어난 선택을 한 순간 그녀를 향한 세상의 계획이 변했습니다. 그녀가 인생을 통해 걸어가야 할 길이 바뀐 것이죠. 사람들이 걸어가는 길을 지켜보는 것, 그것이 저의 역할입니다. 제가 당신 앞에 나타난 것은 그녀와는 상관이 없습니다. 오직 당신의 길을 위해 나타난 것입니다. 어떻게 그럴 수 있느냐 물으신다면 마음을 들여다보라고 말하고 싶습니다. 자신의 마음이 바라는 것을 행하다 보면 자연스레 서로에게 필요한 것을 건네주게 되는 것입니다. 이것은 우연도 운명도 아닙니다. 우리가 모두 연결되어 있기 때문입니다. 서로가 서로의 밑알인 것입니다. 결국 그녀는 해결하지 않으면 안 될 마음속 세상을 대면하기 위해 길을 떠났습니다. 그리고 그녀가 떠남으로써 걷고 있던 길이 사라진 당신에게는 기회가 생긴 것입니다. 앞으로 어떤 길을 걸어갈 것인지를 선택할 기회 말입니다. 당신에게 제대로 문을 닫는 과정이 필요할 것으로 생각했습니다. 그 과정에서 새로운 문을 만들 수 있도록 말입니다. 그래서 그녀가 사라진 이후 꾸준히 당신의 곁을 맴돈 것입니다. 간절히 원하는 사람만이 찾게 되는 작은 우연의 역할로서 말이죠. 아시다시피 저는 처음의 기회만 제공했습니다. 원하는 사람이 아니면 알아볼 수 없는 그런 기회를요. 그리고 모든 이후의 선택은 당신이 한 것입니다. 그녀는 당신을 사랑하지 않아서 떠난 것이 아닙니다. 그녀는 당신과 가정을 꾸리고 싶어 했습니다. 하지만 당신은 주저했죠. 그녀는 당신과의 만남이 안정되면 안정될수록 과거를 잊기 위한 확고한 무엇인가를 간절히 필요로 했어요. 사람이 안정되기 시작하면 잊고 있던 기억이 하나둘 떠오르게 마련입니다. 그녀는 결국 해결되지 못한 과거에 붙잡히고 만 것입니다. 더 이상 도망칠 수 없다고 판단한 그녀는 영원히 아물지 못할 기억을 마주하러 떠났습니다. 만약 지금 떠나지 않았더라도 언젠가는 이런 순간이 왔을 겁니다. 그렇지 않고서는 영원히 가장 중요한 부분을 잃은 채로 살아야 했을 테니까요. 사실 이 위에는 오래된 성이 하나

자리하고 있습니다. 지어진 지 칠백 년도 더 된 성이죠. 성은 지하에 비밀을 숨기고 있습니다. 사람들이 상상하지 못할 많은 일이 벌어져 왔죠. 성에 지하통로가 있는 것이 흔치 않은 일은 아닙니다. 혹시나 예기치 못한 상황이 생겼을 때는 지하로 이동하기도 하니까요. 하지만, 이 성에 있는 것은 일반적인 지하통로가 아닙니다. 성의 지하는 동굴과 연결되어 있습니다. 그것도 아주 깊고 큰 동굴과 말이죠. 이곳의 동굴에는 강이 흐르고 숲이 있습니다. 정말 특이하지요. 간혹 드물게 이런 지형이 형성되곤 합니다. 수십만 년 전 동굴 안을 메운 지하수가 천장의 석회암을 녹여 일부가 뚫리게 된 것입니다. 뚫린 부분을 통해 빛이 들어오고 그로 인해 숲이 생기게 된 것이죠. 그렇기에 동굴 안에서 사람들이 번성한 문명을 꾸려나갈 수 있었던 것입니다. 일반적인 동굴이었다면 불가능했을 겁니다. 그렇다고 안에서 뚫린 부분을 통해 밖으로 나갈 수 있는 것은 아닙니다. 동굴의 하늘은 매우 높으니까요."

그는 잠시 말을 멈추고는 나의 기색을 살폈다. 마주하며 바라본 그의 연두색 눈동자는 바로 옆에서 타오르는 불빛 때문인지 마치 스스로 빛을 내는 별처럼 끊임없이 깊고 새롭게 타오르는 듯 보였다. 나의 눈을 바라보며 그는 이야기를 마저 이어 나갔다.

"성에는 오래도록 세상의 눈을 피해 특별한 명맥을 이어가던 사람들이 살고 있었습니다. 하지만 1692년의 사건으로 인해 그들은 모두 지하로 들어가게 되었죠. 지역 역사 문헌에서도 관련 이야기를 찾아볼 수 있습니다. '1692년, 성은 성난 마을 사람들의 습격을 받았고, 일부 성안 사람들은 (추정 23명) 그 안에서 감쪽같이 사라져 버렸다. 마을 사람들은 혹시 있을지 모를 지하 비밀 통로로 그들이 도주했을 것을 우려해 성의 지하를 완전히 봉쇄해 버렸다.' 그때 동굴로 피신한 사람들의 후손이 지금 동굴 안 세상을 이루고 있는 사람들입니다. 사라진 사람 중에는 이 지역의 영주도 포함되어 있었죠. 이후 성의 주인은 여러 차례 바뀌었고, 1911년에 지금 주인의 선대가 오래도록 방치되어 있던 성을 부동산 자산으로 매입하게 되었습니다. 현재 동굴 안에는 번성한 사회가 존재하고 있습니다. 우리는 이 동굴 안 세상을 뮈스테리온이라고 부릅니다."

*

동굴 안 신화 1

 태초의 이전은 무(無)였다. 무에 꿈이 깃든 순간 세계는 분열했다. 그와 함께 시간과 공간이 생겨났다. 무는 더 이상 무가 아니게 되었고 분열한 세계의 신이 되었다. 꿈과 함께 의식이라는 것을 가지게 된 신은 자신을 알고 싶었다. 그리하여 자신의 일부를 무수히 쪼개어 물질화하였다. 신은 물질화한 그들의 경험을 모두 실시간으로 경험할 수 있었으나 물질화된 그들은 자신이 신의 일부라는 사실을 알 수 없었다. 다른 차원에서의 맹목적이고 몰입된 경험을 신은 하고 싶었기 때문이다. 그렇지 않고서는 모든 것을 구분해서 만들 이유조차 없었다. 그중 어떤 이는 다스리는 자가 되었고, 어떤 이는 따르는 자가 되었다. 어떤 이는 만드는 자가 되었고, 어떤 이는 사용하는 자가 되었다. 그들은 모두 각자의 입장에 갇혀 끊임없이 서로 대립했다. 세상은 악으로 물들었고, 경험의 균형추가 한쪽으로 지나치게 기울어져 버렸다. 너무 치우친 경험만을 느끼게 된 신은 자신의 일부를 타일러 보았다. 그들은 말을 듣지 않았다. 이윽고 그들의 이기심에 지쳐버린 신은 세상을 황폐하게 만들었다. 그리고 스물세 명의 선택받은 자들에게 약속의 땅을 주었다. "황폐한 세상에서 너희를 분리하노니 이 안에서 영원히 번성하라".

*

 자신의 가능성을 태워 빛과 소리 그리고 움직임을 내었던 나무는 종국에는 재만 남긴 채 세계의 열과 파동을 미묘하게 더했다.

 "아직 해야 할 이야기가 많이 남아있어요. 하지만 너무 늦었으니, 일단은 성에 들어가서 휴식을 취하고 내일 다시 이야기하는 것은 어떨까요?"

 우리는 다시 손전등 빛에 의지해 가파른 바위 언덕을 올랐다. 그래도 곧 목적지에 도착한다는 생각에 내딛는 걸음이 전처럼 무겁지는 않았다. 어쩌면 인간이 나아가는 데 필요한 것은 한 줄기의 빛, 그뿐인지도 모른다. 그녀가 바로 여기에 있다. 주변의 온갖 곤충이 밝은 빛을 보고 날아들었다. 시야를 전부 가릴 정도로 끊임없이 날아드는 녀석들을 밀어내며 바위 언덕을 올랐다. 때로는 손전등을 위에 걸쳐두고 온몸을 다 써서 간신히 올라가야 하는 경우도 있었다. 어느새 청바지의 무릎 부분은 헤져 뜯어졌고 두 손은 쏠리고 긁힌 상처로 가득했다. 이럴 때는 차라리 시야가 제한된 것이 다행인지도 모른다는 생각이 들었다. 길이 얼마나 가파른지, 얼마나 남았는지 모른 채 앞만 보고 하나하나 나아가면 되니까 말이다. 현재에 대한 불안이나 예기치 못한 상황에 대해 생각할 겨를조차 없는 것이다. 나는 아주 단순하고 맹목적으로 앞으로 나아갔다. 뭐가 됐든 나는 나아가야만 했다. 그녀는 도대체 여기서 무엇을 찾고 있는 것일까.

어느새 발을 디딘 곳은 아무리 앞으로 걸어도 더 이상 올라갈 곳이 남아있지 않은 평지였다. 그제야 '도착했구나' 하는 생각이 들었다. 걷다 보니 사람이 만든 것 같은 무엇인가가 앞에 보였다. 이리저리 손전등을 비춰보니 거대한 성문이었다. 마치 성은 기다리고 있었다는 듯 활짝 열린 문으로 우리를 반겨주었다.

"티미테리온에 오신 것을 환영합니다. 성의 이름이죠. 이곳은 성의 뒷문입니다. 성으로 안전하게 들어올 수 있는 유일한 방법이라고 할 수 있습니다. 다른 길은 위험한 장치들이 설치되어 있는 미로를 통과해야만 합니다."

2. 사제왕 카(Ka)의 이야기

2

 뮈스테리오스 메로스, 우리가 줄여서 뮈스테리온이라고 부르는 이곳에서만 피는 꽃이 있다. 카나리아 제단 위 고고한 티리언 퍼플을 입고 숲의 이곳저곳에서 드물게 한 송이씩 피어있는 꽃. 판타스마로 옮겨 심으려고도 해봤으나 번번이 실패했다. 어쩌면 이곳만의 특수한 요소가 발현할 수 있는 생명이 있는 것이리라. 한정된 곳에서만 서식할 수 있는 생명의 존재 이유는 무엇일까. 더 많이, 더 넓게 자신을 퍼뜨리는 것이 생명의 목적이라면, 이곳에 있는 사람들의 존재 이유는 무엇일까. 이곳의 통제된 상황을 양분으로 삼아야 하는, 훗날 중요한 사명을 띠게 될 어떤 정신이 자라고 있는 것일까. 아니면 우리는 그저 섭리에서 잊힌 채 아무도 필요로 하지 않는 생명을 부지하고 있는 것일까. 티리언 퍼플의 메시아는 나에게 복잡한 감정을 일으킨다. 극도로 통제된 연극 같은 삶 속에도 무언가 위대한 것이 깃들 수 있다는 소망과, 작은 균열이 나의 세계를 위태롭게 할지도 모른다는 두려움 같은 것을 말이다. 어쩌면 우주의 섭리는 나를 잊지 않았는지도 모른다. 다만 나의 역할이 위대한 정신을 만들어내기 위한 양분에 불과할지도 모르는 것뿐이다. 어째서 자신을 파멸시킬 것 같은 것들에게서 우리는 거부할 수 없는 아름다움을 함께 느끼는 것일까? 자신을 안으로부터 폭발하게 만드는 두려움에선 어쩐지 애잔한 향이 난다. 어둡고 희부연 밤 홀로 내내 쏟아지는 비를 맞은 푸른 꽃의 향처럼 말이다. 첫눈에 반하는 이끌림처럼 잠시 스치는 찰나에도 분명히 알아볼 수 있다. 나는 꽃에 이름을 붙여 주기로 했다.

"페니키아."

얼굴을 가린 검정 베일의 틈 사이로 달빛에 비친 이슬이 보였다. 아름다운 것들의 쓸쓸한 얼굴을 뒤로 한 채 샘가에 피어난 페니키아 여섯 송이를 꺾어 손에 쥐고 숲의 이편으로 돌아왔다.

*

밤도 아니고 낮도 아닌 곳. 어둠과 빛의 주기의 손길이 미치지 않는 곳. 이곳에는 세상의 눈을 피해 비밀스럽게 자아를 키워가고 있는 공간이 있다. 바로 숲의 이편과 저편이다. 세상의 늪을 피해 조심스럽게 이야기를 쌓아가는 곳이자 그로 인해 만들어진 자신만의 항상성을 견고하게 지켜가는 곳. 공간은 고립에서 피어난 작은 열망들을 하나하나 꾹꾹 눌러 담는다. 홀로 쌓아온 이야기가 차고 넘쳐 세상과 필연적인 상호작용을 할 때까지, 그렇게 서로 부수고 부서져 모든 것을 비워내고 원점에서 새로운 이야기를 시작할 때까지 말이다. 한쪽이 다른 한쪽에 편입되는 것이 아닌 동등하게 서로 만나기 위해 택한 고립은 점차 자신의 존재를 확고히 했다. 세상을 사랑해서 홀로 걷기 시작한 길은 어느새 고독 그 자체에 대한 사랑으로 모습이 변해 있었다. 이는 자신을 둘러싼 세상이 오랜 기간 모습을 바꾸었기 때문일까, 아니면 선택으로 만들어 가는 고독한 과정 그 자체를 진정으로 연민하고 또 사랑하고 있다는 사실을 깨달았기 때문일까. 세상이 기울어져 밖으로 쏟아질 때까지 공간은 자신을 쌓고 또 쌓아갈 것이었다. 그런 날이 온다면 나는 그 속에서 어떤 역할을 맡게 될까.

숲의 이편 끝에는 녹스상툼이 자리하고 있다. 선택받은 자들 가운데서도 가장 성스러운 사람만이 출입할 수 있는 밤의 지성소. 어쩌면 선택받은 자들이라는 것은 비밀을 간직한 사람들이 아닐까. 그것이 언약이든 그 무엇이든 남들은 모르는 비밀을 혼자서 간직하고 있는 사람들인 것이다. 그런 사람들은 자신의 내부에 또 하나의 녹스상툼을 만든다. 다른 사람의 눈을 피해 비밀이 기거할 성전을 마음속에 차곡차곡 짓는 것이다. 비밀은 커갈수록 더 크고 웅장한 공간을 필요로 하고, 그렇게 비대해진 성전은 또 하나의 세계가 된다. 때로는 눈앞에 보이는 현실보다도 훨씬 더 다채롭고 견고한, 그렇기에 무엇보다 현실적인 세계로 거듭나는 것이다. 그때 그림자는 비로소 그림자의 타이틀을 벗고 태양 아래 다시 태어난다. 의식의 발밑에 놓여있던 공간을 수

복하는 데에 성공한 것이다. 뮈스테리온도 사람의 껍데기도 결국은 비밀을 지키기 위한 장막인지도 모른다. 은밀함이 밖으로 새어 나가 존재를 잃게 되는 일이 없도록 지키는 것이다. 하나의 세상에 균열을 가져다주는 비밀의 은밀함이 쇠한다면 이를 에워싸고 있던 공간도 단면적으로 변해버리는지 모른다. 그렇게 되면 자신 안에서 스스로 분열해 충만한 세계를 이루고 있던 환상이 모두 지워지게 되는 것이다. 언젠가 우리는 선택해야 할지도 모른다. 그림자의 세계와 지상의 세계 가운데 하나를.

나와 니보는 녹스상툼의 초입에 바르카를 남겨두고 '더 깊고 성스러운 곳'인 녹스상툼의 카르디아로 향했다. 백구십 센티미터 정도의 키에 짧은 밤색 머리와 높은 콧대를 가진 바르카는 여느 때처럼 밤새 이곳을 지킬 것이었다. 바르카의 표정은 베일을 쓰지 않았을 때도 마치 한 꺼풀의 무엇인가로 덮여있는 듯했다. 그는 필요한 말만을 했고 해야 할 행동을 했으며 나와 니보가 밤마다 무엇을 하는지 궁금한 기색을 내비친 적이 없었다. 그저 언제나 변함없이 자신의 자리에서 본분을 다할 뿐이었다. 가끔은 그가 밤새 이곳을 지키며 무슨 생각을 하는지, ㄱ 내면의 정원은 어떤 모양으로 가꾸어져 있는지 궁금할 때도 있었다. 하지만 아무것도 묻지 않았다. 내가 내줄 수 있는 타인의 자리는 노력해 봐야 한자리이고 그 자리는 니보가 완전하게 차지하고 있었기 때문이다.

공간에는 익숙하고 깨끗한 정적만이 가득했다. 안온함의 향기가 몸의 긴장을 풀어주었다. 나와 니보는 서로 아무런 이야기도 꺼내지 않았다. 우리는 그저 발치의 땅을 보며 걷고 또 걸었다. 뮈스테리온에서는 사소한 이야기라도 주의한다는 것이 우리만의 암묵적인 규칙이었다. 우리만의 지켜야 할 비밀이 있기 때문이다. 그렇기에 이곳에 있을 땐 섣불리 다른 곳의 이야기를 꺼내지 않았다. 순수한 영혼과 충직한 영혼은 과연 영속적인가? 알 수 없는 일이다. 그렇다면 분노하는 영혼과 시기하는 영혼은? 나는 잠시 주변의 감각에 정신을 집중했다. 규칙적이고 형식적이기까지 한 발걸음에 촉각을 곤두세울 때면 쉽게 공상에 빠지곤 한다. 아폴론의 금빛 태양에 취해 휘청이는 나의 흰 육체. 젊음은 진주 같은 모래 알갱이를 온몸으로 문지르며 마구 내달린다. 어쩌면 내가 원하는 것은 단 하나였는지도 모른다. 현재에 취할 수 있는 삶. 요즘 나는 거의 한계에 다다랐음을 깨닫는다. 모든 것을 부수고 떠나는 것이다. 어쩌면 자신을 통제할 수 없게 되는지도 모른다. 다시는 돌이킬 수 없는 일을 저지르게 될지도 모른다는 예감이 든다. 하지만 과연 그럴 것인가? 새로운 삶을 살기 위해서는 지금의 삶을 버려야 한다. 지금의 삶을 버린다고 해서 내가 원하는 삶을 얻게 된다는 보장 역시 없다. 나는 정말 이 모든 것을 포기하고 싶은가? 내가 정말 원하는 것은 무엇인가? 나는 세상에 묻고 싶다. 사람들을 항상 딜레마에 빠뜨려 얻고 싶은 것이 도대체 무엇인지. 많은 사람을 중간계에 가둬두는 이유가 무엇인지. 나는 차라리 궁지에 몰렸으면 하는 것인가? 아니, 또 그렇지도 않을 것이다.

녹스상툼의 내부는 동굴 이곳저곳에서 가져온 크리스털로 반짝였다. 지금 우리가 지나고 있는 녹스상툼의 카르디아는 나의 아버지이신 선대 왕 바르도의 거처였다. 그리고 지금은 내가 이곳에서 지내고 있다. 카르디아는 나 이외의 사람에게는 엄격하게 출입이 금지되어 있다. 왕이 아닌 자들이 출입하기에는 너무도 성스러운 곳으로 알려져 있기 때문이다. 물론, 니보와 바르카는 나의 허락하에 이곳을 드나들 수 있다. 사실, 녹스상툼 자체가 매우 제한적인 인원만 드나들 수 있는 곳이기도 했다. 눈을 돌려 바라본 곳엔 크리스털에 반사된 색색의 빛이 여기저기 고여 있었다. 어쩌면 크리스털은 땅의 연금술인지도 모른다. 세상의 자극에 자신을 분해하고 재조합해 완전히 다른 것처럼 보이는 빛나는 무언가를 만들어내는 일인 것이다. 이는 오랜 시간 자신을 부숴야 하는 외로운 일이다. 공간은 무엇을 바라보며 그 길을 지나온 것일까? 거대한 고독에는 큰 힘이 있다. 마음의 눈으로만 보이는 것을 향해 오랜 길을 걸어온 사람은 고결한 결성이 되어 주변을 비춘다. 눈에 보이지 않던 무색의 빛이 크리스털을 지나며 여러 아름다운 색채를 보이는 것처럼 말이다. 영혼의 결정에서 뿜어져 나오는 자애로운 빛을 향해 사람들은 너도나도 손을 뻗는다. 그 순간 문득 비친 자유의 모습은 가능성의 씨앗으로써 사람들의 마음에 한 알씩 떨어진다. 남들도 모르게 씨앗은 조용히 가슴속에서 싹을 틔울 것이다. 사실, 한 알의 밀은 죽은 것이 아니라 더 많은 가능성으로 다시 태어난 것이다. 더 높은 차원의 존재로 거듭난 것이다.

어느새 니보는 가장 깊은 곳의 끝 피니스테레에서 자신의 횃불을 끄고 머리에 작은 랜턴을 고정한 채 나를 기다리고 있었다. 나도 니보의 옆으로 가 나의 불을 죽였다. 오늘도 고된 거짓의 하루가 끝났다.

*

동굴 안 신화 2

신의 선택을 받은 사람들은 의심하지 않는 사람들이었다. 눈앞의 것에서 기쁨을 느끼며 신이 안배해 준 세상 외의 혼자만의 세상을 가슴에 품지 않는 사람. 자신만의 생각을 하는 사람들이 세상에 분열과 혼돈을 가져온 터였다. 타락한 사람들은 스스로가 만들어 낸 고통과 분노로 되려 믿음 가운데 사는 사람들을 핍박했다. 너무 많은 생각은 필연적으로 의심을 낳게 된다. 의심과 타락 그리고 파멸은 같은 단어이니 모든 이는 자신의 생각을 주의할지어다. 버림받은 땅에서는 매번 다른 종류의 재해가 발생할 것이고 생명은 숨이 다할 때까지 끊임없는 노동과 심판을 마주할 것이었다. 하지만 신은 믿음의 사람들을 위해 뮈스테리온을 예비해 두었다. 세상에 고루 나누어 주려고 했던 모든 좋은 것이 예비된 곳에서 신은 언약의 사람들이 언제까지나 안락과 평화를 누리며 번성할 것을 약속하였다. 하지만 그 약속에는 한 가지 조건이 있었다. 바로 '의심하지 않는 것'. 신은 혹시나 있을지 모를 생각하는 사람을 위해 동굴 가장 깊은 곳 어딘가에 죽음을 숨겨두었다. 의심하는 자는 결국 죽음과 만날 것이고 머지않아 버림받은 땅의 사람들과 닮게 될 것이었다. 그러니 의심하지 말고, 눈앞의 것을 사랑하며 마음속에 다른 생각을 품지 말지어다. 신에게 배운 것이 아닌 자신만의 생각은 죽음을 불러오는 오만의 죄악일지니.

*

 카르디아를 지난 더 깊은 곳에도 사실 한동안 길이 나 있다. 아마 이 길을 걸어 본 사람은 많지 않을 것이다. 사람들에게는 알려지지 않은 일직선의 통로를 따라 얼마간을 걸으면 세상의 끝, 즉, 피니스테레라고 불리는 작은 광장이 나온다. 그리고 이곳이 바로 뮈스테리온 한쪽의 끝이었다. 피니스테레에는 마치 어딘가로 이어질 것만 같은 수십 개의 작은 굴이 있는데, 모두 사람이 들어가기에는 위험할 만큼 좁은 협착부로 구성된 데다 끝이 막다른 곳으로 되어 있었다. 또한 각각의 공간은 그 안에서 여러 갈래로 끊임없이 나뉘는 미로 같은 구조로 되어있어 섣불리 들어갔다가는 목숨이 위태롭다. 특히나 협착부 내부는 빛을 내는 곤충이 살지 않아 언제나 모든 빛이 사멸한 듯 어둡다. 당연히 횃불은 들고 들어갈 수 없다. 사실 그런 위험 때문이 아니고서라도 우리 백성들 중 누구도 녹스상툼 가까이로, 혹은 숲의 이편으로도 오려고 하지 않을 것이었다. 순종적으로 길든 믿음의 사람들이기 때문이다. 사실 동굴의 구조를 알고 있는 사람이라면 녹스상툼이 뮈스테리온의 한쪽 끝이고 숲의 저편이 다른 쪽 끝이라면 둘 중 하나는 입구이자 출구일 것이라는 추측을 할 수 있었을 것이다. 하지만 사람들은 이곳을 그런 식으로 생각하지 않는다. 백성들에게 뮈스테리온은 바깥세상과는 온전히 차단된 성스러운 공간이자, 선택받은 자들이 숲 위의 하늘을 통해 들어와 정착하게 된 은총의 공간이었다. 나는 자라면서 내가 받은 교육과 사람들이 알고 있는 지식에 많은 차이가 있다는 것을 발견했다. 가끔은 아버지께 여쭤보기도 했다. 그럴 때마다 아버지는 나를 엄하게 꾸짖으시며 그런 것은 함부로 입 밖에 내는 것이 아니라고 하셨다. 모든 것에는 이유가 있고, 내가 자라면 이치를 깨닫게 될 것이라고 말씀하셨다. 그리고 나에게 마음속의 질문을 절대로 입 밖으로 내서는 안 된다고 신신당부하셨다. 특히나 다른 사람들 앞에서는 더욱더. 그래서 어렸을 때는 매일 알 수 없는 두려움에 불안해하기도 했다. 언제 우리가 특권을 박탈당할지 모른다는 생각 때문이었다. 어린 나의 눈으로 보기에 다른 사람들과 우리는 별반 다를 바가 없었다. 우리가 구별되는 점이라고는 다른 사람들이 알고 있지 못한 정보나 지식을 가지고 있다는 점이었다. 그나마 덜 조작된 '더 나은 지식'과 이곳 외의 세상에 대한 지식을 말이다. 하지만 저들에게 공평하게 정보를 얻을 기회가 있었더라면 우리만큼 지식을 쌓을 수 있었으리라는 것을 어린 나이에도 어렴풋이 느낄 수 있었다. 심지어는 모든 정보가 차단된 채로도 영민함이 눈빛으로 표출되는 사람들도 간혹 찾을 수 있었다. 나는 우리의 백성들이 이런 사실을 알고 분노하게 될까 두려웠다. 내가 불안해할 때마다 아버지는 말씀하셨다. 사람의 마음도 기계와 같아서 아주 정교한 인과의 관계로 작동한다고, 저들이 비록 무력으로는 우리를 압도할지 몰라도 저들의 정신만 잘 통제하면 절대 그 무력이 우리를 향하는 일이 없을 것이라고 하셨다. 이에 덧붙여 아버지는, 정신으로 갇힌 사람들이야말로 무슨 일이 있어도 그 밖으로 나올 수 없는 사람들이라고도 말씀하셨다. 그렇기에 우리는 모두가 가슴으로 믿는 우리의 이야기를 잘 지켜 나가야 한다고, 스스로 판단하는 힘을 잃어버린 백성들을 위해 옳은 판단을 내려주는 왕이 되어야 한다고 말씀하셨다. 아버지의 말씀이 끝난 그때 나의 가슴에는 질문 하나가 떠올랐다. '그들의 생각하는 능력을 우리가 빼앗은 건 아니고요?…' 하지만 아버지께 소리 내 묻지는 않았다. 그때보다는 세월이 흐른 지금, 아버지의 말씀을 이제야 조금은 알 것 같다. 세상에는 여러 가지 역할이 있고 결국 그 역할은 누군가가 수행해야만 한다. 우리는 달라서 다른 역할을 맡게 된 것이 아니라 다른 역할을 맡았기에 그에 맞는 다른 사람이 된 것이다. 무엇보다도 나는 우연히 얻게 된 이 작은 자유를 놓을 수가 없다. 나와 니보가 매일 밤 이곳에 오는 이유가 바로 그것이었다. 피니스테레가 가진 수많은 가능성 중 밖으로 연결된 단 하나의 길을 우리가 알고 있었기 때문이다.

사실 피니스테레는 '세상의 끝'이 아닌 '세상의 시작'이었다.

우리는 하나의 길로 들어서서 그 길이 인도하는 여러 개의 길을 지났다. 벽에 바싹 붙어 가다 몸이 긁히기도 하고 때로는 낮고 좁은 길을 포복으로 오래 기어 지나기도 하며 결국은 그곳에 다다랐다. 나는 구석에 숨겨져 있는 작은 그것을 딸깍하고 눌렀다. 그러자 아주 작은 지이잉 소리를 내며 막다른 곳인 줄 알았던 곳에 자리하고 있던 육중한 두께의 철문이 너머의 세상을 향해 서서히 열리기 시작했다.

*

  나는 판타스마에 도착하자마자 조심스레 베일의 주머니에서 페니키아를 꺼내 다친 곳은 없는지 살폈다. 탁자에 여섯 송이의 꽃을 가지런히 올려두고 선반에 진열된 화병 중 티리언 퍼플이 가장 빛을 발할 수 있을 만한 것을 골랐다. 화병에 담긴 그녀들을 보며 나는 작은 기쁨을 느꼈다. 이제 이들을 매개로 해 언제든 오 밤 뮈스테리온의 검은 숲과 연결되어 있을 수 있었다. 나는 요즘 들어 그곳에 갇힌 작은 생명들을 뭐라도 이곳으로 데려오고 싶어 했다. 어쩌면 나도 모르는 새에 벌써 추억하기 위한 준비를 시작했는지도 모른다. 뮈스테리온에서의 순간들을 수집하기 시작한 것이다. 이는 내가 그리는 세상을 차곡차곡 현재로 불러오고 현재를 과거로 묻어버리는 의식이었다. 순간을 손에 넣는 일은 실로 마법적인 일이었다. 시간은 잡을 수 없고 지난 후에는 아무것도 바꿀 수 없다고 사람들은 말하지만, 어쩌면 순간은 손에 넣을 수 있다. 시간이란 무엇인가, 결국 변화하는 순간들이 아닌가. 다른 모두에게 잊힌 순간이 특정 사람에게만 기억되고 불린다면 그 사람은 지나간 순간에 대해 생각보다 많은 영향력을 행사할 수 있다. 나는 소파에 앉아 재즈 음악을 들으며 묵묵히 색을 뿜고 있는 여섯 송이의 페니키아를 바라보았다. 그러다 고개를 뒤로 젖힌 채 그대로 소파에 늘어졌다. 평화로운 밤이다. 어째서 원하는 순간을 불러오기 위해서는 이다지도 오랜 세월과 노력이 필요한 것일까. 딱 더 이상 꿈꾸던 세상이 필요 없다고 느낄 때까지의 노력이 필요한 것도 같다. 삶을 희생해서 결정을 얻는 것이다. 하지만 정작 그 순간이 되면 나에게는 크리스털이 필요하지 않을 것이다. 그리고 그저 빛나는 가능성이 되어 사람과 세상 속에 흩어져 심기겠지.

선명한 비전을 가지고도 그와 다른 현실을 살아가야 하는 상태는 균열의 상태이다. 아무래도 사람의 마음은 이러한 상태를 잘 견디지 못하도록 설계된 듯싶다. 그래야 에너지와 이야기를 만들어 낼 수 있어서일까? 요즘 들어 나는 줄곧 커져만 가는 자신 속의 균열을 느꼈다. 점점 뮈스테리온으로 내려가는 일이 어려워지고 하루의 끝에 잠깐 오는 판타스마로는 만족할 수 없었다. 다른 가능성이 있음을 알면서도 실행할 수 없는 상태를 참기가 힘들어지는 것이었다. 그럴수록 가슴속 소리와 이미지는 선명해져만 갔고, 나의 상황이 끔찍한 구속처럼 느껴졌다. 점점 더 무의식은 힘을 얻어 가고 있었다. 어쩌면 곧 자신의 목적을 달성하기 위해 나의 육체를 이용할지도 모른다는 예감이 들었다. 나의 의식은 넘쳐 오르는 충동을 억제하기에는 이미 힘에 부쳐 가고 있었다. 무의식은 계속해서 기다리고 있다. 의식이 지쳐 쓰러져 결국 자신의 충동으로 무의식이 원하는 목적을 대신 달성해 줄 때까지.

동굴의 유일한 입구이자 출구에 연결된 이곳 판타스마

는 역대 왕들에게만 알려진 비밀의 공간이자 뮈스테리온이 가진 세상으로의 유일한 통로이다. 뮈스테리온과 너무도 다른 모습을 한 이곳은 바깥의 세상과 닮아있다. 2025년의 세상이 이곳에서는 제대로 기능하고 있는 것이다. 레테이아에 있는 것은 이곳 판타스마에도 있고, 없는 것은 요청할 수도 있다. 물론 요청한다고 다 가져다주는 것은 아니다. 오래전에 마그나 카르타를 요청 품목에 적었지만, 지금까지 아무런 소식이 없는 것을 보면 말이다. 이렇듯 무리한 요구를 하면 요청은 그대로 무시된다. 아마 그 요청 품목을 본 사람은 속으로 작게 저주를 읊었는지도 모른다. 판타스마는 비록 단층으로 되어있지만, 층고가 팔 미터 정도에 면적이 넓어 답답한 느낌을 주지는 않는다. 이곳의 인테리어는 역대 왕의 취향에 따라 조금씩 변화를 거듭했지만, 전체적으로는 클래식한 스타일이다. 아버지가 추가한 젠 요소들도 이곳저곳 눈에 띈다. 나는 굳이 무엇을 추가하거나 바꾸려고 하지 않았다. 그저 듣고 싶은 음반과 먹고 싶은 음식, 그리고 읽고 싶은 책과 같은 것들을 요구했을 뿐이다. 사실 뮈스테리온과 판타스마는 하나의 작은 세상이라고 봐도 무방할 정도로 충분히 넓고 다채로웠다. 단지 원할 때 밖으로 나갈 수 없다는 점에서 심리적으로 답답함을 느끼는 것이었다. 이미 더 많은 이야기와 가능성이 바깥에 존재한다는 사실을 알고 있기 때문에 갇혀있다고 느끼는 것이다. 반면 대부분의 사람은 우리가 지구에 갇혀있다고 생각하지 않는다. 지구 밖 광활한 우주의 삶이 정확하게 그려지지 않기 때문이다. 하지만 우주에서의 삶이 보편화되고 다른 사람들이 어떻게 우주적으로 사는가를 아는 상황에서 자신만 지구에서 나가지 못하는 신세라면 분명 답답함을 느낄 것이다. 안에 갇혀있다고 느끼고 바깥으로 나가고 싶어 할 것이다. 안과 밖을 나누는 것은 결국 그런 것이 아닐까. 그러다 셀 수 없는 바깥이 안이 되고 안이 밖보다 커지게 되면 종국에 우리는 끝없는 내면으로 침잠하게 될까.

나는 에스프레소를 한 잔 내려 마시며 니보를 찾으러 돌아다녔다. 지금 커피를 마시면 수면에 좋지 않다고들 하지만 저 아래에서 하루를 마치고 나면 기꺼이 수면의 질을 약간은 포기할 만큼 에스프레소 한 잔이 절실했다. 니보는 분명 뜨거운 물 속에 있을 것이었다. 그는 이곳에 도착할 때면 언제나 바로 목욕을 했다. 와인을 마시던 음악을 듣던 그 후에 모든 것을 시작하는 것이다. 대욕실은 서재를 비롯한 여러 방을 지나쳐 자리하고 있다. 판타스마 곳곳에는 작은 욕실이 산재해 있는데, 거대한 월풀 욕조와 여러 다른 탕이 준비된 곳은 대욕실이 유일했다. 나는 니보에게 가기 전, 몸을 탕에 담그고 가볍게 읽을 만한 책을 고르러 서재로 향했다. 오랜 수집을 통해 방대한 보유 서적을 가지고 있는 서재는 내가 판타스마에서 가장 좋아하는 곳이다. 선대 왕들은 유명한 작품의 초판본이나 <Book of hours> 같은 것을 수집하려 애썼지만 나는 새로 나오는 책을 꾸준히 받아보는 것으로 충분했다. 지금 내가 원하는 것은 종합

예술로서의 책 그 자체가 아닌 그 안에 담겨있는 정보일 뿐이었다. 물론, 아름다운 책은 이미 서재에 충분하기 때문에 이런 생각을 하는지도 몰랐다. 나는 어릴 적 공간에 '프시케'라는 이름을 붙여 주었다. 비록 아이 때 이후로 성을 벗어나 본 적은 없지만, 책을 통해 드넓은 세상에서의 인생을 여러 번 산 것도 같았다. 나는 책꽂이에서 책 한 권을 집어 들었다.

아니나 다를까, 니보는 물에 젖은 아름다운 금발을 뒤로 넘긴 채 욕조에 팔을 양옆으로 걸치고 목욕을 즐기고 있었다. 내가 탕으로 들어가자, 그는 감고 있던 눈을 떠 나를 바라보았다. 따뜻한 물에선 하얗고 투명한 김이 뿜어져 나오고 있었다.

"역시 여기 있었네. 매일 이러는 것도 힘들지 않아?"

나는 노곤한 몸을 탕에 녹이며 니보에게 물었다.

"항상 해오던 일이잖아. 아니면 형이 판타스마에 조금 덜 오면 되지."

"여기에 덜 오느니 차라리 서 밑으로 덜 내려가겠어."

"그래, 그러니까 말이야. 어쩔 수 없는 일이잖아. 그러니까 힘들고 말고 생각할 게 뭐가 있어. 사실 그렇게 힘든 일도 아니고 말이야."

"그래. 매일 이곳을 왔다 갔다 하는 것 자체는 그렇게 힘든 일이라고 볼 수 없지. 그냥, 너는 이런 삶에 위화감이 들지 않아? 무엇을 위해서 매일 이렇게 왔다 갔다 해야 하는지 말이야. 사실 난 이제 더 이상 뮈스테리온에서의 인생이 공감되지 않아. 너도 그렇지 않니?"

"형, 편하고 안락한 것을 추구하는 것은 어쩔 수 없지만 우리의 정체성까지 부인하는 것은 아니라고 봐."

"네가 생각하는 우리의 정체성이 뭔데?"

"선택받은 민족. 그중에서도 우리는 백성들을 책임지고 이끌어야 할 사명이 있는 사람들이지."

"선택받은 민족? 그런 이야기를 다 믿는 거야?"

"요즘 들어서 난 점점 우리가 정말 선택받은 민족이 아닐까 하는 생각이 드네. 세상의 거대한 부조리를 바로잡기 위해 선택된 민족인 거지."

"네가 고통받았다는 것은 알겠어. 하지만 고통을 흘려보낼 줄 알아야 해. 모두가 고통 속을 살아가고 있어. 우리가 없어도 뮈스테리온은 잘 돌아갈 거야. 세상은 어떻게든 평형을 찾아가게 되어있어."

"백성들 스스로는 합리적인 판단을 내리기가 힘들어. 우선 우리처럼 교육이 잘 되어있지 않으니까."

"합리적이라는 것도 어떠한 기준점이 있으니까. 니보, 나는 우리가 그들과 같은 세상을 살아가고 있다고 생각하지 않아. 오히려 뮈스테리온에서의 합리성은 저들이 도출하게 두어야 하지 않을까? 우리는 그 세상을 살지 않으니 모르는 거지, 정신적으로 말이야. 우리의 정신은 전혀 다른 차원을 살고 있어서 그들의 입장에서 생각할 수가 없어. 우리는 뮈스테리온에 속하지 않아. 이방인인 거지."

"그럼 판타스마나 레테이아에는 속한다고 생각해?"

"사람은 자신의 마음이 오래 머무는 곳에 속한다고 생각해. 꼭 물리적으로 오래 있었던 곳이 아니라."

"그럼, 형의 마음이 머무는 곳은 어디인데?"

"더 많은 이야기와 가능성이 있는 곳. 일단 레테이아로 나가야겠어."

"교육받지 못한 민중이 다수인 곳에 절대적인 권력이 부재하게 되면 세상이 카오스로 변해버릴 거라는 건 너무나도 뻔하지 않아? 특히나 오도 가도 못 하게 된 닫힌 공간에서는 더더욱 말이야. 형이 가장 잘 알고 있잖아. 형은 너무도 무책임하게 우리의 세상을 부수려고 하고 있어. 이게 신화에서 말하는 생각하는 사람이 아닐까? 난 가끔은 누가 만들었는지 모를 우리 신화에도 어느 정도 일리가 있다고 생각. 형의 생각과 계획에는 오직 형뿐이지. 형이 자신도 모르게 생각으로 우리 모두에게 죽음을 불러오고 있는지도 몰라. 지금껏 다른 사람의 희생으로 자유를 누린 걸로도 모자라 더 큰 희생으로 더 큰 자유를 누리겠다는 거야? 형, 그렇게 모든 것을 마음대로만 할 수는 없어. 사람은 자신의 위치에 책임을 져야 해."

"나는 단지 태어났을 뿐, 스스로 위치를 선택한 게 아니야. 그리고 사회적 위치에 대한 책임이 생명에 대한 책임에 우선한다고 생각해? 나는 내 인생에 대한 책임 역시 져야 해."

"형이 말한 인생에 대한 책임이라는 게 다른 사람들의 희생으로 완성되는 것이라면 다른 길을 찾아보라고 말해주고 싶어. 찾아보면 분명 다른 길도 있어. 조금 더 천천히 준비해서 우리 모두 함께 이곳을 나간다거나."

"니보, 너는 지금 그게 가능하다고 생각해? 사람들이 자진해서 여길 떠나고 싶어 하려면 그들이 믿고 있는 모든 것이 부정되어야 한다고. 그럼, 그때 내가 여길 살아서 나갈 수 있을까? 그리고 너 역시 말이야. 나는 다음 은총행사 때 도망칠 거야."

"그 삼엄한 경비를 뚫고? 아니면 저번처럼 하늘이 우릴 도울 거라고 생각해? 형은 정말 우리의 뮈스테리온을 조금도 사랑하지 않는구나. 형은 우리 모두를 위험에 빠뜨릴 거야."

"뮈스테리온을 사랑하지 않는 게 아니야. 언제까지나 그리워하고 애틋해할 거라고. 다만 나는 계속해서 더 많은 가능성으로 나아가야 해. 니보, 어째서 나를 이해하지 못하니?"

"그럼 은총행사에 참여하게 될 사람들은? 그 사람들은 어떡해?"

"아직 거기까지 생각해 보진 않았어."

"형은 정말 변하지 않는구나. 정말 어릴 적 그대로야. 조금도 변하지 않았어."

월풀 욕조의 소음 때문에 우리는 점점 더 가까이 다가가 서로의 귓가에 소리쳤다.

"왜인 줄 아니? 사람은 변하는 게 아니야. 원래 자신이었던 모든 것을 하나하나 찾아가는 거지. 만들어가는 것, 찾아가는 것, 알아가는 것, 다 같은 이야기야."

"그래, 만약 형이 나가는 데에 성공해서 더 큰 세상을 경험하고 자신의 여러 모습을 하나하나 발견할 수 있게 된다면 정말 좋겠지. 그런데 말이야, 그럼 남겨진 사람들은? 남겨진 사람들은 어쩌면 좋아? 형은 우리 세상의 신적인 존재잖아. 사람들은 형을 위해 살아. 형을 우러러보고 숭배하며 자신의 인생을 헌신하고 있어. 그런데 형한테는 뭐가 그렇게도 쉬워? 지금도 뮈스테리온에는 헐거인처럼 사는 사람들이 있어. 2025년인데도 말이야. 형, 형은 이곳이 답답하다고 했지만 이곳의 특혜를 가장 잘 누리고 있는 사람이 형이야. 그런데도 이 모든 것을 버리고 도망치겠다고? 지금도 살기 어려운 사람들은 형이 떠나고 나면 삶이 어디까지 추락하게 될지 모르는데. 그런 것은 전혀 생각해 보지도 않았지? 형의 일이 아니라고 생각하니까. 형은 각자가 자기 몫을 해야 한다고 생각하잖아. 그렇지? 자기 인생은 자기가 알아서 책임져야 한다고. 그래서 형은 피해를 주는 것도 싫어하고 받는 것도 싫어하지. 그래, 모두가 그럴 수 있다면 이상적인 사회겠지. 그런데, 형. 우리 백성들은 스스로 노력하지 않아서 홀로 설 수 없는 것이 아니야. 우리가 그렇게 만든 거라고. 우리가 태어나기 전부터 있었던 시스템이 원래 그랬다고 하지만, 사실 우리 모두 가담한 거잖아? 우리가 사람들이 홀로 설 수 있는 기회를 박탈한 거잖아. 아예 그런 생각이 무엇인지 알 수 없을 정도로 애초부터 길들여 놓은 거잖아. 이건 형이 더 잘 알고 있잖아. 자신을 위해서는 시스템도 거스를 수 있지만 형 일이 아니니까 생각조차 하지 않는 거잖아. 사람들은 자신을 인솔해 줄 사람이 필요해. 떠나고 싶다면 적어도 사람들이 스스로 생각하고 판단할 수 있게 도와준 후에, 그때 떠나는 게 맞지 않을까?"

"니보, 엄밀히 따지자면 우리 모두 혈거인이야. 음, 농담이었지만 사실이기도 하지. 하여튼, 네가 뭔가 단단히 착각하고 있는 것 같은데, 스스로를 돕는다는 취지로 다른 사람을 위해 행동할 수는 있어도 세상에 우리가 꼭 구제해야만 하는 사람이란 건 없어. 사람은 누구나 자신만의 십자가를 지고 살아가는 거야. 그리고 그 과정에서 무언가를 느끼게 되는 것이고. 우리가 누군가의 인생을 구제할 수 있다는 생각 자체가 굉장한 오만이 아닐까. 세상은 누구에게나 빛의 문으로 가는 길을 안배해 두고 있어. 설령 그 길이 아주 좁은 길이고 생각과는 다른 모양이라고 할지라도 말이야. 어떠한 환경에서라도 간절히 원하고 구한다면 그에 맞는 활로가 무조건 존재해. 종국에는 사람들 모두 자신만의 길을 걸어가야 할 거야. 그리고 되레 가는 길이 험난할수록 필연적으로 더 많은 것을 보고 느끼게 되기 때문에 자유로 향하는 여정에서 더 큰 빛을 보게 될 거고."

고개를 돌려 바라보니 코앞에 니보의 얼굴이 있었다. 탕에서 나오는 따뜻한 김이 마치 피어오르는 물안개처럼 시야를 가려 꼭 다른 세상에 온 것 같았다. 사실 니보와 함께 있을 때는 언제나 그런 기분이었다. 우리가 만든 둘만의 공간으로 아무도 몰래 사라지는 기분. 함께일 때면 세상이 우리만을 위해 열어준 차원 속으로 숨어 들어가곤 했다. 한 손가락씩 천천히 니보의 기는 허리를 감쌌다. 매 순간을 천천히 그리고 온전히 느끼고 싶었다. 땀이 맺힌 니보의 하얀 얼굴은 열로 상기되어 있었고 우리 사이의 거리는 거의 없다시피 했다. 니보가 내쉬는 따뜻한 숨이 얼굴에 닿아 간지러웠다. 이토록 아름다운 존재가 앞에서 호흡하며 자신의 존재를 알리고 있다니. 어쩌면 이 아름다운 얼굴을 내가 온전히 이해할 수 있는 날이 영원히 오지 않을 것 같았다. 그는 내가 이해하기에는 너무도 섬세하고 복잡했으며 또 아름다웠다. 마치 운명의 심판자가 되어 내가 알지 못하는 언어와 저주, 그리고 고대의 주문을 곧이라도 내뱉을 것 같은 그의 빨간 입술에 어서 가까이 닿고 싶을 뿐이었다. 아마 지금껏 내가 자신을 지탱할 수 있었던 이유는 니보일 것이었다. 씨네 체라 Sine Cera, 꾸며내지 않은 진실한 모습을 내보일 수 있는 존재가 있다는 것이 나의 구원이었으니까. 마치 얼굴이 닿을듯한 거리에서 우리는 서로의 눈을 피하지 않고 오래도록 빤히 바라보았다. 때로는 말보다도 순간의 느낌이 더 많은 것을 전해주곤 한다. 말은 상징이다. 우리같이 특별한 사이는 상징보다는 어긋남이 덜하기를 바라. 차라리 추상적인 상징으로 아주 많은 여지를 남겨둔다면 모를까 말이다. 나는 가까이 다가가 그의 부드러운 금발을 쓰다듬었다. 손끝에 그의 목덜미와 어깨, 등과 옆구리의 피부가 차례로 느껴졌다. 그리고 빛나는 오팔의 눈동자에 기도하듯 그렇게 니보의 입술에 키스했다.

잠자리에 들기 전, 판타스마의 가장 끝에 있는 아버지의 방을 찾았다. 아버지의 방으로 가기 위해서는 역대 왕들의 초상화가 걸린 긴 회랑을 지나야만 했다. 그리고 대열의 마지막엔 어색한 표정을 짓고 있는 나의 초상화가 걸려 있었다. 아버지는 왕위에서 내려온 이후 줄곧 판타스마에만 계셨다. 그도 그럴 것이, 뮈스테리온에서 아버지는 공식적으로 세상을 떠났기 때문이다. 뮈스테리온에는 기이한 풍습이 있는데, 왕위를 물려줌과 동시에 왕이 자신을 제물로 바쳐야 하는 풍습이 바로 그것이다. 사람들은 아버지가 녹스상툼의 카르디아에서 뮈스테리온의 번영을 위해 한 줌 재가 되었다고 생각한다. 자신들을 통솔했던 왕이 마침내 잠시 입었던 육신의 옷을 벗고 하늘로 올라가 신의 옆자리에서 자신들을 어여삐 지켜보고 돌봐줄 것으로 생각하는 것이다. 그리고 이러한 서사가 벽화로 녹스상툼 곳곳에 기록되어 있다. 하지만 실제로 벌어지는 일이란 아버지가 왕위에서 은퇴해 더 이상 뮈스테리온에 출입하지 않게 된 것뿐이다. 아버지께 이런 눈속임은 다 무엇을 위한 것이냐고 여쭤본 적이 있었다. 그러자 아버지께서는 '이를 지켜보는 백성들을 위해서'라고 대답하셨다. 여러 마음이 하나의 사실을 강렬하게 믿는다면 실제로 그렇게 이루어지는 것이며, 그때에는 우리가 하는 일이 더 이상 눈속임이 아니게 되는 것이라고 말씀하셨다.

노크를 하고 방에 들어가 보니 아버지는 흔들의자에 앉아 책을 읽고 계셨다. 나의 기척을 듣고 아버지는 읽고 있던 책에 갈피를 꽂아 탁자에 올려 두었다.

"아버지."

"오늘도 니보와 함께 온 거니."

"네. 항상 그렇듯이요."

나는 흔들의자 옆 소파에 앉았다. 고급 가죽으로 만든 디자이너 소파. 아버지가 직접 가구 카탈로그를 요청해 이곳에 들여놓은 것이었다. 나는 손을 쓸어 가죽의 감촉을 느꼈다. 아버지는 어떤 마음으로 이미 가구가 넘치는 이곳에 또 하나의 새로운 소파가 필요하다고 느끼셨을까. 아버지가 레테이아에 계셨다면, 분명 자신만의 스타일이 돋보이는 아름다운 집에서 살고 계실 것이었다. 내 마음이 지친 어느 날에는 아버지의 행동이 그저 비뚤어진 수집욕처럼 보일 때도 있었다. 인생에서 정작 중요한 것이 채워지지 못한 자리에 자꾸만 애먼 것들을 채워 넣으려는 일종의 허기로 느껴진 것이었다. 니보와 아버지는 어떻게 그토록 뮈스테리온을 맹신할 수 있는 것일까? 왜 사람들은 자신의 진심을 그대로 마주하지 않는 것일까.

"나는 걱정이 되는구나."

정적을 깨고 아버지가 말씀하셨다.

아버지는 항상 저를 걱정하셨죠. 이제 은퇴도 하셨고, 다른 것은 모두 잊고 마음 편히 여생을 즐기셨으면 해요. 아버지는 그럴 자격이 있어요. 저는 더 이상 도움이 필요한 아이가 아니에요. 아버지는 제가 유별나다고 생각하셔서 더 마음 쓰시는 거겠죠. 저를 바라보는 눈빛에서 느낄 수 있어요. 그런데, 제가 그렇게 유별난가요? 제가 보기에는 여기 있는 모두가 유별난 것처럼 보이는걸요. 자신이 어떤 상황에 있는지 모르는 사람들은 그렇다손 치더라도 아버지와 니보는 도대체 여기서 뭘 지키려고 하는지 모르겠어요. 그리고 아버지의 말씀처럼, 저는 아버지라면 하지 않았을 선택을 이미 많이 했어요. 아버지의 걱정처럼 만약 저의 선택으로 인해 무언가가 어긋나게 될 거였다면, 이미 그렇게 됐을 거라는 이야기죠. 이제 와서 균열을 돌이키기는 어려울 거라는 이야기예요."

"너와 동등한 교육을 받은 니보를 살려둔 게 마음에 걸리는구나."

"아버지! 제발 목소리 낮추세요. 니보가 들으면 어쩌려고 그러세요? 그리고 니보가 없었다면 아마 전 제 발로 이 일을 그만뒀을 거예요. 아무도 저를 진정으로 봐 줄 사람이 없다면, 저는 존재하기나 하는 걸까요?"

"너는 어려서부터 그랬지. 여리고, 섬세하고, 그래서 위험하지. 모든 것이 될 수 있어서 하나를 선택할 수가 없는 거야. 나는 네가 이곳을 위험에 빠뜨릴 것만 같구나. 지금은 니보기 너에게 목숨을 빚졌다고 고마워할지 모르지만, 언젠가 너를 자신과 동등한 존재로 여기게 될까 걱정이 되는구나. 너는 니보를 너무 허물없이 대해. 언젠가는 고마움이 억울함이 되는 것이 아닐는지…"

"아버지, 지금 아버지가 이야기하고 있는 사람, 아버지

아들이에요. 저한테는 이복동생일지 몰라도 아버지에게는 아버지의 유전자를 직접적으로 물려받은 아들이라고요. 게다가 다른 사람의 목숨은 어떤 이유로도 마음대로 할 수 있는 게 아녜요. 그리고 아버지는 니보를 조금도 모르시는 것 같네요."

"다른 사람의 목숨은 어떤 이유로도 마음대로 할 수 있는 게 아니라고 네가 떳떳하게 얘기할 수 있는지는 모르겠다만, 하나라도 살리려면 다른 하나를 포기해야 할 때가 있다. 아마 너라면 잘 알겠지. 가진 것이 많을수록 선택권이 있을 때 옳은 선택을 해야 한다. 선택의 기회가 지나가면 다른 하나를 내놓는 것으로는 끝나지 않기 때문이지. 운명은 모든 것을 잃을 때까지 너를 사정없이 내리칠 거야. 그래서 늘 주의해야 하지. 가진 것에 대한 책임이란다. 그리고 너도 그런 말을 할 처지가 아니라는 것쯤은 스스로 잘 알고 있겠지."

비겁하다. 아버지는 잊고 싶은 그때 이야기를 하고 있었다.

"지키는 것이 그렇게 중요한 일이라면 니보 때도, 질문하는 여자아이 때도, 끝내 저의 의견을 들어주신 이유가 뭔가요?"

"그렇지 않고서는 너를 잃을 것 같았거든."

"제 생각엔 말이에요, 아버지 역시 자신도 모르게 내심 바라고 계신 게 아닐까요? 우리가 보지 못했던 새로운 세상을요."

아버지는 무언가 말을 하려다 마셨다. 그러고는 협탁에 안경을 벗어 두고 곧장 침대로 향하셨다.

"시간이 많이 늦었다. 이제 가서 자려무나."

가끔 아버지는 긴 이야기를 혼자 속으로 삼키시곤 한다. 문득 그런 생각이 들었다. 아버지는 그동안 어떤 길을 걸어오셨을까. 의지할 사람 하나 없이 혼자서 얼마나 외로우셨을까.

아침이 밝으면 나는 다시 좁고 긴 길을 지나 녹스상툼으로 돌아가야 할 것이다. 가끔 그런 적이 있는가? 당신이 평생 속해 있던 곳에 사실은 단 한 번도 속한 적이 없었던 것 같은 느낌이 들 때가. 눈앞에 보이는 사물, 만나는 사람 모두가 내가 알고 있는 세계 너머의 이름 모를 것처럼 느껴지는 것이다. 마치 빗물에 젖어 부옇게 일어나는 일을 창으로 바라보는 것과 같은 느낌. 나에게는 인생이 언제나 그렇게 느껴졌다. 나에게 정말 필요한 것은 마음을 걸 수 있는 삶이 아닐까.

*

  스스로 빛을 내는 곤충의 무리가 눈에 들어왔다. 그들은 동굴 전역에 걸쳐 서식하는데, 소리를 내지 않고 언제나 은은한 빛을 내뿜으며 부유할 뿐이다. 나는 석주와 석순, 종유석들의 모양을 가만히 들여다보았다. 어느 것 하나 같은 크기와 모양을 한 것이 없다. 비슷해 보이는 것일지라도 깊은 차원으로 내려가면 그 어느 하나 같은 것이 없는 것이다. 평소에는 그냥 지나쳤을 것들이 오늘은 유독 눈에 들어왔다. 그럴 때면 알 수 있었다. 주변 공기의 흐름이 바뀌었다는 것을. 공기는 언제나 크고 작은 이야기를 쉼 없이 하고 있다. 하지만 오늘은 이상할 정도로 사위가 고요했다. 마치 나에게서 비밀을 감추려는 듯, 의도적으로 침묵하는 것이다. 무엇일까? 세상이 나에게서 감추려는 그것. 나의 운명에 영향을 줄 무엇인가가 움직이기 시작한 것이다. 나는 사제왕이라는 타이틀을 가지고 있지만 그것은 연극이자 역할이라는 것을 잘 알고 있다. 하지만 정보는 갇히지 않은 채로 세상을 부유하기 때문에 충분한 관심을 기울이면 누구나 어느 정도는 '신통력'처럼 보이는 일을 행할 수 있다. 세상에는 모든 정보가 떠돌고 있고 사람들은 원하는 정보에 진심으로 귀를 기울이기만 하면 되는 것이다. 우리는 모두 그러한 능력을 갖추고 있다. 그것이 생명체의 특성이다.

매일 오전 열 시에서 열한 시 사이, 나는 녹스상툼의 중앙 광장으로 가 돌 위에 새겨진 기록을 확인한다. 엘로어의 아침 회의에서 나에게까지 전해야 한다고 판단한 중요한 일이 있을 때는 바르카나 니보 중 한 명이 돌에 표시를 해 두는 것이다. 오늘의 날짜 칸에는 6이라고 표시가 되어 있다. 무슨 일인가 생긴 것이다. 나는 표기를 확인하고 숫자를 감싸는 정삼각형을 그렸다. 이 표시를 확인하면 이야기를 전달할 사람이 오후 두 시에 나의 처소를 방문할 수 있다. 내가 누군가를 만나고 싶지 않은 날에는 역삼각형을 그려 넣으면 된다. 그러면 그날은 아무도 카르디아로 들어올 수 없다.

오후가 되어 모습을 나타낸 것은 바르카였다. 바르카는 요즘 사람들의 분위기가 심상치 않다고 전했다. 이는 니보가 벌써 세 번째 숲의 저편 사람을 모아 교육하는 모습이 발견되었기 때문이라고 했다. 엘로어들은 처음에는 점잖게 니보를 타일렀지만, 지금은 그를 시스템에 위협이 되는 자로 간주하는 분위기라고 했다.

"바르카, 심각하게 생각할 것 없어. 너도 알다시피 니보는 마음이 착하고 여려서 오해받기 딱 좋아. 분명 아무 생각 없이 정의감에 불타서 이런 일을 벌였겠지. 엘로어들이 괜한 이야기 만들지 못하게 분위기 좀 잘 만들어줘."

"니보는 규율은 어겼습니다. 그것도 세 번씩이나."

"알아, 나도 안다고. 나도 네 앞이니까 이렇게 말할 수 있는 거야. 너도 잘 알겠지만, 니보는 무슨 원대한 속셈을 품고 있는 게 아니야. 그냥 원래 그런 사람인 거지. 약자를 보고 그냥 지나치지 못하는 사람. 그냥 태생이 그래. 크게 문제 될 일은 없을 거야. 그냥 사람들 눈에 자꾸 띄어서 그렇지."

"규율이라는 것이 이렇게 의도에 따라 편의를 봐주며 해석될 수도 있군요. 그럼, 앞으로도 계속 규율을 어기게 두실 건가요?"

고개를 들어 바르카를 바라보았다. 너도 인형은 아니구나. 허공을 떠도는 에메랄드빛 눈. 곧고 높게 뻗은 코와 석류 빛의 도톰한 입술, 갈라진 턱선과 넓은 어깨…. 줄곧 곁에 있던 바르카를 마치 처음 발견한 듯했다. 맹목적인 의견을 가진 사람도, 의견이 없는 사람도 인형 같았다. 자신만의 생각이 없는 사람은 사랑할 수 없는 사람이었다. 겉모습이 아무리 아름다워도 그뿐이었다. 일말의 관심을 가질 수 있으려면 스스로 합리적인 의견이 있어야 했다. 나름의 가치관을 가지고 의견을 말하는 사람은 특별하니까. 인형에 영혼이 깃들어 천사로 거듭나는 신비가 바로 그것이다. 그때부터는 모든 것이 새로워지는 것이다. 걷고, 말하고, 눈을 깜빡이는 모든 순간이 특별한 사건으로 거듭나는 것이다. 바르카는 평소 자신의 의견을 드러내는 사람이 아니었다. 그러나 오늘은 조금 달랐다. 그저 충직한 사람이라고만 생각했는데, 의외로 내가 발견하지 못한 면을 여럿 가지고 있는지도 몰랐다. 질투일까, 니보를 탐탁지 않게 여기는 것일까? 아니면 다만 시스템을 걱정하는 것일까. 나는 휘청했다.

"손을 좀 잡아 줄래?"

바르카에게 동정을 구하듯 손을 내밀었다. 이런 자신이 피곤했다. 멋대로 누군가를 파악하려고 드는 자신이 말이다. 타인은 내 인생의 액세서리가 아니라는 것을 알아야 했다. 어쩌면 뮈스테리온의 어둠 속에 너무 오래 있었는지도 모르겠다. 타인을 어느 정도 파악하는 일이란 것은 아마 영원히 불가능 한 일일 것이었다. 상대를 안다는 생각이 실제 묘한 힘으로 작용해 상대가 인생의 여러 변화를 겪게 만드는 것도 같았다. 오직 내가 예측한 모습에서 더욱 멀어지도록 말이다. 빛을 보고 가는 소망 외에는 그 무엇도 확신하지 말라는 세상의 메시지인 것도 같았다. 그런데도 매번 방심하는 사이 타인을 틀에 가두는 자신을 발견했다. 그리고 당연하게도 번번이 예측에서 빗나간 상대를 발견할 뿐이었다. 그럴 때마다 나는 휘청했다. 사실 왜 자꾸만 상대를 틀에 가두는지, 왜 특정 이미지를 원하는지를 알고 있었다. 나는 상대에게서 자신의 모습을 보고 싶었던 것이다. 내가 바로 볼 수 없어 억누르고 숨겨둔 그림자를 상대에게서 끊임없이 원했다. 자신에게조차 숨겨 두었던 모습이 내심 그리워 상대에게서 그 모습을 보고자 했고, 그 모습을 누구보다 잘 알고 있기 때문에 견딜 수 없어 했다. 하지만 상대는 단 한 번도 내가 부여한 이미지로 존재한 적이 없다는 사실을 인정해야 했다. 내가 대화하고 사랑하고 미워했던 건 모두가 자신의 파편일 뿐이었다. 그리워하고 분노했던 대상이 오로지 나 자신인 것이다. 시시각각 변하는 사람의 본질을 어떻게 잡을 수 있겠는가. 설령 멈춰있다고 해도 알 수 없을 것이었다. 자신이 누구인지 안다고 할 수 있는가? 어떤 기억의 조각을 어떻게 맞춰 보느냐에 다르다. 나도, 타인도 마치 어떻게 빛을 비추느냐에 따라 모습이 자꾸만 달라지는 그림자 같았다. 무엇도 손에 쥘 수 없어 떠도는 가엾은 우리들이 할 수 있는 것은 마음속에 있는 무언가를 향해 걸어가는 것이었다. 보고 갈 무언가가 없다면 현재도 과거도 너무 많은 요소로 이루어져 있어 나라는 존재를 영영 가늠도 할 수 없을 것이기 때문이었다. 자신이라고 생각했던 것은 새로운 빛을 비출 때마다 세상의 모든 모습을 하고 달아날 것이 분명했다. 하지만 무언가를 꾸준히 보고 간다면 다가올 미래에는 '나'라고 부를 수 있는 조금은 일관성이 있는 무언가를 느껴볼 수도 있지 않을까? 지금 나에 대해 확실하게 알 수 있는 것이 하나가 있다면 진정한 사랑을 가지고 싶어 한다는 것이었다. 그것이 세상의 흩날리는 파편을 나로 만들어 줄 것도 같았다. 아마 그래서인지도 모른다. 나의 심장은 나의 약점이다. 변하지 않기 때문이다. 한번 쥐버리면 그것으로 끝이다. 그래서 언제나 망각하고 변하는 세상에 절대로 속을 보이지 않아야 한다. 내 심장은 그렇게 두기엔 너무나 무방비하다.

"아니지, 그건 아니지. 니보가 잘 알아듣게 따끔하게 얘기할 거야. 다신 그러지 못하도록."

"그리고 또 하나, 엘로어 중 하나가 숲 저편에 있는 여자를 남편이 보는 앞에서 취한 사건이 있었습니다. 이에 반발한 남편은 엘로어에게 덤비다 경호하고 있던 네피들에게 맞아 숨졌죠."

"누가 그랬지?"

"엘로어 캄주입니다."

"안 봐도 뻔하군. 그럼, 그 사건은 다 잘 해결된 건가?"

"보는 눈이 꽤 있었던 것으로 알고 있습니다. 남자는 죽고, 여자는 엘로어와 네피를 원망하고 있습니다."

"그래. 안타깝구나. 캄주 그 사람은 언제나 너무 과해. 하지만 어쩌겠어. 세상에는 너무 여러 종류의 사람이 있는 걸. 일단 여자에게 한 달간 일을 면제해주도록 해. 그런 일을 당했으니, 심정이 오죽하겠어. 남사의 시신도 잘 수습한 뒤 화장해서 강에다 뿌려주고."

"네. 그렇게 하겠습니다."

"그럼, 오늘 회의 내용은 이게 다인가?"

"그리고 곧 다음 은총행사를 위한 자원 가족을 받으려고 합니다. 전달해야 할 것은 이 정도입니다."

"그래, 알아서 차질 없게 잘 좀 부탁할게. 네가 있어 정말 든든해. 그리고 니보 좀 찾아서 여기 들르라고 말해주겠어?"

"네, 그렇게 하겠습니다. 그리고 외람된 말씀입니다만, 더 이상 회의에는 참석하지 않으시는 겁니까?"

"아무래도 가끔 한 번씩은 참석해야 하겠지. 그런데 썩 내키지 않아. 솔직히 딱히 보고 싶은 얼굴도 없고. 너와 니보를 제외하면 말이야. 너희가 내 눈과 귀가 되어주잖니. 솔직히 이곳에서는 영토 확장을 해야 하는 것도 아니고 새로운 프로젝트를 진행하는 것도 아니라서 특별한 리더십이 필요하지는 않아. 일상적으로 생기는 문제들에 대한 합리적인 판결만이 필요할 뿐이지. 이미 그런 일에 대한 선례는 차고 넘쳐. 엘로어들은 시스템이 지금과 같이 돌아갈 수 있도록 이전과 같은 판결을 내리면 되는 거야. 우리에게는 새로 만들어야 할 것도, 굳이 없애야 할 무엇도 존재하지 않아. 우리는 그저 시스템의 안전 관리자일 뿐이야. 요는 말이야, 내가 회의에 참석한다고 해서 하등 달라질 것이 없다는 거지. 다만, 서로서로 맡은 바 역할을 잘 수행하고 있다는 것을 눈으로 확인하기 위해 형식을 따르는 것뿐이야. 때가 되면 알아서 참석할 테니 오늘은 이만 가보도록 해."

"네, 알겠습니다. 편히 쉬십시오."

얼마 뒤 바람에 나부끼듯 가벼운 발걸음으로 팔랑팔랑 들어오던 니보는 나를 흘끔 바라보고는 다른 곳으로 시선을 돌린 채 말했다.

"형이 무슨 말 하려는지 알아."

"그런데 도대체 왜 그러는 거야? 굳이 사람들한테 책잡힐 일을 만드는 이유가 뭐야. 인간의 가장 큰 쾌락은 자기파괴라더니 혹시 그런 거니? 왜 아무런 문제 없는 스스로를 자꾸 곤경에 빠뜨리는 거야."

나의 말이 끝나자 니보는 고개를 들어 나를 물끄러미 바라보았다. 여러 가지 색이 한데 모인 아름다운 오팔의 눈, 니보의 눈을 바라볼 때마다 그는 나에게서 남김없이 새로워졌다. 부드러운 금발의 머리칼이 닿은 어깨는 희고 순결하게 빛을 발하고 있었고 끊임없이 모양을 달리하는 백합의 입술은 고결한 움직임으로 그의 기분을 추측할 수 있게 해주었다. 아마 지금 니보는 조금 혼란스러운 것이다. 무언가를 생각하고 있는 듯도 했다. 니보를 볼 때면 그와 잘 어울릴 만한 여러 스타일의 옷이 떠올랐다. 아름다움에 대한 영감이 떠오르는 것이다. 지금 떠오르는 것을 기억했다가 판타스마에 도착하면 그림으로 그려서 남겨둘 것이다. 이 모습 그대로 주문을 해야지. 성 위의 누군가가 비슷한 옷을 찾아 구매해 줄 것이었다. 시간은 조금 걸릴 때가 많지만, 도착해 가지런히 놓여있는 니보의 옷을 발견할 때면 나는 기쁨으로 격양되고는 했다. 때때로 니보는 새 옷을 갈아입고 나오며 마치 도나텔로의 다비드상처럼 손을 허리에 얹고 한쪽 다리를 구부린 채, 고개를 까딱 젖히고 눈을 하늘로 들어 보이는 새침한 표정을 지어 보이곤 했다. 그의 말로는 '새침한 다비드'라고 했다. 또 어떤 때는 영화 속 장면을 재연하며 나에게 말을 걸어왔는데, 그 모습을 볼 때면 어김없이 침대에 쓰러져 깔깔 웃음을 터트리게 되었다. 그럴 때면 니보는 살며시 다가와 인정사정없이 나를 간지럽혔다. 우리는 많은 순간을 함께 숨이 멎을 정도로 웃었다. 그 순간만큼은 모든 것을 잊은 채로 말이다. 그 많은 옷, 사실은 입고 나갈 곳이 없다는 걸 잘 알고 있다. 하지만 이는 우리만의 소중한 의식이었다. 지금의 인생에서 바꾸고 싶지 않은 단 한 가지가 있다면 그것은 니보와의 순간들이었다. 한 번도 이해할 수 없었던 현실을 잠시 잊게 해주는 은밀한 기쁨의 원천. 나는 사람에 대한 인내가 많지 않다. 고결함 따위는 생각해 본 적도 없는 단순하고 속이 눈에 훤히 보이는 사람들. 니보는 그 속에서 피어난 한 송이의 투명한 꽃이었다. 하늘의 고귀함을 낮은 곳에까지 전하기 위해 지상으로 내려온 홀로 빛을 내는 아름다움의 정령.

"이건 그런 것과는 아무 상관이 없어. 그리고 숲 저편 사람들은 형이 생각하는 그런 사람들이 아니야. 나는 우리가 사는 곳을 조금 더 참을만한 곳으로 만들려는 것뿐이야.

우리가 종종 이야기했던 것처럼 말이야."

나는 혹 누가 들을세라 목소리를 한층 더 낮추어 거의 속삭이다시피 말하기 시작했다.

"그건 아주 이상적인 이야기야 니보. 아예 처음부터 다 같이 교육이 되어있으면 좋았을 거라는 이야기야. 이미 이렇게 된 이상 사람들에게 갑자기 다른 정보를 주는 건 오히려 혼란을 가져올 뿐이야. 그리고 특히나… 너도 알다시피 숲 저편에 사는 사람들은 우리에게 위험한 사람들이야. 엄밀히 이야기하자면 이곳 시스템에 위협이 되는 존재들이지. 우리와 엘로어들이야 항상 숲의 이편에서 살았다지만, 그들이 어쩌다가 강이나 숲 주변까지도 올 수 없는 신세가 되었는지는 너도 잘 알고 있을 거 아니야."

"백 년 전의 반란 때문이지."

"그렇지? 놀랍지 않니? 극도로 제한된 정보와 경험만으로도 부조리함을 깨달을 만큼 이성을 축적했다는 게. 다시 생각해도 정말 소름 돋는 일이지. 분명 흥미로운 사람들이긴 한데 말이야. 안타깝지. 서로 처해있는 상황이 이렇지만 않았더라도 오히려 친구삼고 싶은 사람은 그쪽에서 발견할 확률이 높았을 거야. 아무튼, 그래서 더 안된다는 거야. 그들에게 더 많은 정보를 주면 안 돼. 그때야 위에서 반란을 제압하고 아들을 왕에 앉혔다지만 결국 당시 왕은 죽었잖아? 내가 그렇게 되길 바라는 건 아니지?"

나는 농담조로 말하면서 니보를 쳐다봤다.

"그럼, 그 사람들은 그냥 아무런 역할도 없이 세상에서 잊힌 채로 살아야 하는 거야?"

"니보, 그 사람들 일에 너무 마음 쓰는 거 아니야? 그 사람들이 아니더라도 세상에 사람은 많아."

"그건 우리의 입장이고 형. 우리 인생의 관점에서 봤을 때야 그 사람들을 대체할 다른 사람이 많지만, 그 사람들에게는 그 인생이 유일한 인생이야. 형이 그 입장이라고 생각해 봐. 세상의 그림자처럼, 이 낮고 어두운 가운데에서도 또 그의 그림자처럼 산다는 것, 어떤 기분일 것 같아?"

"물론, 내가 그 입장이라면 뭐라도 하려고 하겠지. 그런데 나는 지금 이 입장인 거잖아. 나, 카의 입장 말이야. 그러니까 난 이 입장에서 생각할 수밖에 없어. 특히나 나의 입장과 내가 생각해 봐야 하는 입장이 상충할 때는 말이야. 이게 너한테는 어떻게 당연한 것이 아니지?"

"나는 우리가 다 같이 잘 살기 위해 노력해야 한다고 생각해."

"니보, 사랑하는 나의 니보. 이래서 내가 너를 사랑하지. 너의 그 순수하고 고결한 마음. 그런데 말이야, 넌 너무 이상적이야. 세상은 그렇게 돌아가지 않아. 그걸 빠삭하게 알지 못하는 너라서 사랑스럽긴 하지만 말이야. 만약 그런 가능성이 있었더라면 내가 가장 먼저 시도했을 거야. 그런 머리 아픈 고민은 나에게 모두 맡기고 넌 즐겁고 아름다운 것만 했으면 좋겠어. 내가 해주고 싶은 말은, 괜히 남의 인생에 눈 돌리지 말고 자신의 인생을 똑바로 보고 가라는 거야. 그게 모두를 돕는 일이야."

"난 오히려 형이 이상적이라고 생각해. 세상의 옳은 선택은 언제나 당시에는 그리로 향하는 길이 없는 듯 보여. 그래서 어려운 거지. 하지만 그게 옳은 길이라면 믿음을 가지고 한 발 한 발 내디뎌야 해. 그리고 그 과정에서 세상에 없던 길이 조금씩 모습을 드러내는 거지. 그렇기에 가장 귀한 길은 가장 좁은 길인 거야. 당장에 길이 없다고 해서 옳지 않은 선택을 한다면 결국에는 모두 같이 대가를 치르게 될 거야. 할 수 있었으나 하지 못한 것으로 가득 찬 인생으로 말이지."

"자신을 선택하는 것이 옳지 않은 길이 아니야. 그게 바로 좁은 길이고 옳은 길인지도 모르지. 다만 너의 길과 나의 길이 다를 뿐이야. 너의 길이 그런 길이라면 가. 나는 다만 우리의 길이 서로 만났으면 하고 바랄 뿐이야. 너와 함께 걷고 싶거든. 네가 없는 길은 차갑고 어두워. 여기 이 뮈스테리온처럼."

할 수 있었으나 하지 못한 것으로 가득 찬 인생…. 매일 붙어 함께 생각을 나누던 우리인데, 니보는 언제부터 이런 비밀스러운 생각을 품기 시작한 걸까? 니보는 나에게 이런 이야기를 한 적이 없다. 이런 생각이 있었다면 나와 함께 허물없이 이야기해 볼 수도 있었을 텐데. 나는 놀라움과 함께 알 수 없는 슬픈 예감에 사로잡혔다. 그저 니보는 자신의 의견을 말했을 뿐인데, 내가 모르는 생각을 줄곧 품고 있었다는 이유만으로 곧 나를 떠날 예비를 하고 있다는 기분마저 들었다. 역시 사람은 무엇으로도 붙잡아 둘 수 없는 존재인지 모른다. 누군가를 곁에 영원히 두고 싶다는 생각을 품는 것만으로 우주적 힘이 주변의 모든 것을 바꿔 절대 그럴 수 없도록 만드는 것도 같다. 무엇을 위해서? 알 수 없다. 어쩌면 영혼이 한곳에 정착하지 못하도록 하는 것인지도 모른다. 우리의 영혼은 더 많은 이야기와 경험을 만들어 내야 하기 때문이다. 셰익스피어의 말마따나 Journeys end in lovers' meeting이니까.

"나는 모든 사람의 가슴에 지표가 있다고 생각해. 그래서 진정으로 생각을 해본다면, 형이 가슴 깊은 곳에 비밀스럽게 생각하는 옳은 길과 내가 생각하는 옳은 길이 다르지 않을 거라고 생각해."

"하지만 길도 보이지 않는 상태에서 어렴풋한 정의감만으로 모든 것을 걸 수는 없어. 너무 위험해. 그리고 이건 우선순위의 문제야."

"리스크를 건다는 것은 결국 의지의 문제라고 생각해.

간절히 바라면 확신하게 되고 확신하면 리스크를 감수할 수 있게 되는 거지."

"그래, 니보. 그렇다면 네가 확신하는 것이 뭔지 들어나 보고 싶어."

"지금은 아직 말하고 싶지 않아. 조금만 기다려주면 형도 알게 될 거야."

"나는 다만 네가 걱정되어서 그래. 엘로어들이 너를 불편해하고 있대. 그러잖아도 이전에 그들 때문에 호되게 고생한 적이 있었잖아."

"바르카가 그런 얘기를 했어? 엘로어들이 나를 불편해한다고? 왜 그런 이야기를 했을까. 엘로어들이 불편해하는 것은 오히려 바르카인데 말이야. 난 요즘 들어 그 녀석을 믿을 수가 없어. 뭔가 이상해. 뭐 이해는 가. 그 의뭉스러운 녀석이 형을 너무 사랑하는 거야."

"오해야 니보. 바르카는 너를 질투하는 게 아니야. 단지 네가 걱정돼서 그래. 그렇지 않았더라면 굳이 나에게 얘기하지도 않았겠지."

"형, 바르카의 말 너무 신뢰할 것 없어. 가려듣는 게 좋아. 형은 잘 모르겠지만 가끔 바르카가 꽤 골치 아프게 굴 때가 있거든."

"니보. 내가 너를 얼마나 아끼는지 알지. 나는 이리저리 돌려 말하고 떠보고 하는 것은 잘 못해. 너와는 그렇게 소통하고 싶지도 않고. 네가 정말 원하는 게 뭔지 알려준다면 나는 분명 그걸 이뤄주기 위해 노력할 거야. 그러니 무엇인가 하고 싶은 것이 있다면 혼자서만 고민하지 말고, 나와 함께 나눠줘. 같이 고민해 보자."

나의 착각이었을까? 아주 짧은 찰나의 순간, 니보의 얼굴에 모호한 표정이 스쳤다. 멈칫하는 표정이랄까, 망설이는 표정이랄까. 어딘지 낯이 익은 쓸쓸한 표정. 비밀을 감추는 표정이다. 조금 슬퍼 보이기까지 하는 그의 눈 너머로는 창밖으로 달려 나가는 작은 사람이 보였다. 앞으로 셀 수 없이 자신을 부수며 나아가야 하는 작은 사람. 사람의 영혼에는 어쩌면 긴 꼬리가 달려있는지도 모른다. 필연적으로 주변을 모두 부수고 나아가게 하는, 커다란 빛과 이어진 꼬리가 말이다. 그건 두 눈으로 보는 게 아닌데, 무엇이 너의 비밀스러운 눈을 뜨게 한 거니. 이로써 빛에 덜미가 잡힌 영혼이 하나 더 늘었다.

"나도 나만의 공간이 필요해. 모든 것을 다 형에게 보고할 수는 없어. 그리고 아마 이해하지 못할 거야. 적어도 지금은 때가 아니야. 때가 되면 형도 자연스럽게 알게 되겠지."

니보는 먼 땅에 시선을 두며 대답했다. 눈은 이곳의 차원이 아닌 어딘가를 응시하고 있었다. 그는 아마 마음속의 장소를 바라보고 있을 것이었다. 니보, 도대체 어떤 장면을 보고 있는 거니? 나는 너의 이야기를 듣는 것을 좋아하는데, 왜 나에게 벽을 쌓는 거지? 한순간 모든 것이 살짝 어긋난 듯한 기분이 들었다. 어디서부터 시작되었는지 모를 균열이 조금씩 모습을 드러내기 시작했던 것이다. 어쩌면 균열의 씨앗은 마치 죽음처럼 줄곧 검은 옷을 입고 나를 따라다녔는지도 모르겠다. 갈망의 덫에 걸려 달콤한 씨앗을 한입 베어 물기만을 오래도록 조용히 기다리며…. 나의 영혼이 세상에 외친 갈망을 듣고 세상이 그에 맞춰 움직이기 시작했다. 세상은 나를 아주 오랜 시간 심판할 것이었다. 내가 거슬러 올라가는 길에 익숙해져 오히려 무엇보다 그 여정을 사랑하게 될 때까지.

열띤 모습으로 자신의 이야기를 하는 니보를 바라볼 때면 생명을 얻어 움직이는 입술과 헬레니즘 조각과도 같은 포즈에 잠시 그의 말을 놓칠 때도 있었다. 그럴 때면 가끔은 꼭 그가 현현한 고대 그리스의 무희 같았다. 사람 간의 관계는 너무도 미묘해서 내 마음대로만 해서는 안 된다는 것을 잘 안다. 특히나 이 관계는 세상에 하나뿐이기 때문에 절대로 잘못돼서는 안 되었다. 가끔 정말 중요한 것을 건드렸다 싶을 때는 궁금해도 더 묻지 않고 한눈을 감고 놓아줘야만 할 때도 있는 것이다. 지금 나의 인생에서 니보와의 관계를 빼면 과연 무엇이 남을까. 끝없는 고독과 껍질만이 남을 것이었다. 하지만 나와 아주 깊은 곳까지 연결된 적이 있는 사람이 한순간 타인의 모습을 하고 멀리서 나를 내다볼 때면 언제나 잠시 숨을 멈춘 듯 가슴이 시린 것은 어쩔 수 없었다. 슬픈 눈을 한 갇힌 사람들과 함께 우리의 순간은 시간에 매여버린 건지도 몰랐다. 나는 서로가 내면 깊은 곳까지 교감했던 순간에서 영영 벗어나지 못할 것이다. 이상하게도 달콤한 순간에서는 약간의 눈물 향이 난다. 언제나 지각은 감각의 끝을 알리며, 예감은 현실이 되었다. 그럴 때면 스스로에게 묻곤 했다. 나는 왜 자꾸 우리가 서로만을 위해 존재한다는 착각의 함정에 빠지는가. 그리고 너는 어찌 그리 손쉽게 우리가 만들어 놓은 세계에서 발을 뺄 수 있는가. 너무 좋은 것은 왜 지속되지 못하는가. 나는 어떤 이유로도 우리가 함께 만든 성전의 행복에서 문을 걸어 닫고 빠져나올 수가 없는데. 그저 홀로된 기억 속에서 이유를 찾으려 끊임없이 순간들을 맴돌 뿐이었다. 어쩌면 단순명료한 해답을 알고 있지만 애써 외면하려고 하는지도 몰랐다. 눈이 내린다. 네가 그런 사람이라서가 아니라 내가 너에게 그럴만한 사람이 아니어서일 것이다. 밝은 눈이 소복소복 내린다. 마음의 크기가 같지 않은 것이다. 차갑고 보드라워. 이것이 세상에 내재하는 가장 근원적인 슬픔 중 하나가 아닐까. 모든 것을 덮어주렴. 하지만 이것이 현실이니 어쩔 수 없다. 가려야 할 것들이 아주 많으니. 헤겔의 말처럼 이성적인 것은 현실적이고 현실적인 것은 이성적이니까. 세상의 끝에도 많은 눈이 내리고 있을까?

네가 태연한 모습으로 우리의 세상을 두고 떠날 때면 나는 홀로 남아 우리의 세계가 녹슬지 않도록 계속 보아주고 지켜주겠다. 먼 훗날 네가 우연히 이곳을 지나칠 때 우리의 세상을 알아볼 수 있도록. 우리가 다시 만날 수 있도록.

니보는 당분간 판타스마에 가지 않을 것이라고 통보했다. 굳이 어디서 무엇을 할 것인지는 묻지 않았다. 다만 주변의 공기가 바뀌었다는 것, 분명 숲의 달빛도 어딘지 이상한 모양을 하고 있으리라는 것을 안다. 나는 단지 바라는 수밖에 없다. 그가 잠시 하고 싶은 것을 하다 안락함이 절실하고 그리워져 나를 필요로 하기를.

*

　언제부터 니보가 이토록 중요한 존재가 되었는지는 나도 잘 모르겠다. 그저 모든 순간이 점진적으로 쌓여 어느 순간 풍덩 하고 모두 젖어 버린 것이다. 처음부터 줄곧 그래왔다고 낭만적으로 생각한 적도 있었지만, 사실 어렸을 적 나와 니보와의 관계는 조금 미묘했다. 그때의 나는 내가 남들과는 다른 특별한 존재라고 생각했으니까. 더 깊고 복잡한, 세상의 통찰력을 가진 선택 받은 사람. 주변에서 나를 대하는 태도를 보고 스스로가 객관적으로 특별한 존재라고 확신해 버린 것이었다. 무지가 주는 자신감과 안락함은 이상하리만치 달콤했다. 숨 가쁘게 경로를 이탈하고 또 탐색하는 과정을 반복하는 대신 눈앞에 펼쳐지는 길을 그저 걷는 것이었다. 목적과 우선순위 없음이 해방해 주는 많은 양의 에너지가 세상 곳곳으로 들어가 스미어 세상과 하나가 되는 것이었다. 결국 인생이란 그런 것일까. 원점에서 가장 멀리까지 떨어져 나와 모습이 백팔십도 변해버린 원점으로 다시 돌아가는 일. 그리고 한층 높은 차원의 에덴을 마음속에서 찾아내는 일. 나는 자신과 세상을 알아가기에도 벅차서 니보의 존재를 크게 신경 쓰지 않았었다. 돌이켜보니 니보가 어떤 사람인지에 대해 생각해 보기 시작한 건 비교적 최근의 일이었다. 가끔 그가 내가 알고 있다고 생각한 모습과 조금이라도 다른 모습을 보일라치면 미동도 하지 않은 채 놀란 가슴을 애써 진정시키며 골똘히 생각에 잠기는 자신을 발견하곤 하는 것이었다. 과연 내가 알고 있는 니보의 모습이란 무엇인가 하는 것을 말이다. 어쩌면 나는 생각만큼 니보를 잘 알고 있지 않았다. 오랜 시간을 함께해왔지만, 과연 내가 그를 진정으로 바라보았던가? 오히려 나를 진정으로 바라봐 주던 니보의 모습만이 기억에 가득할 뿐이다. 그럴 때면 나는 필사적으로 기억의 파편을 그러모아 지나쳐온 니보를 하나하나 분석하곤 했다. 더 이상 알아볼 수 없는 모습이 될 때까지 그림을 잘게 부쉈다. 그 와중에 몇은 날아가고 몇은 손실되었다. 필사적으로 조합을 만들고 색을 입혔다. 눈이 내렸다. 그럴 때면 마음에서는 온통 붉은 눈이 내렸다. 자신의 함정에 빠진 것이었다. 나의 작은 머릿속에서 니보는 끊임없이 모습을 바꿨다. 나는 때로는 미안함에 눈물을 흘리고, 가슴이 에이도록 그리워했으며, 당장 니보에게 따져 묻고 싶을 만큼 분노하기도 했다. 하지만 내가 태도를 달리하는 동안 니보와 나 사이에 특별하게 새로 일어난 일이 없다는 사실이 나를 당혹스럽게 했다. 그저 기억 속 장면만이 쉼 없이 표정을 달리했고, 그에 따라 현재 내가 마주해야 할 니보의 모습이 자꾸만 바뀌어 갔을 뿐이었다. 과거는 현재를 옥죄고 마치 풀 수 없는 세기의 수수께끼처럼 나를 빠져나올 수 없는 미궁에 빠뜨렸다. 니보의 흰 얼굴은 날이 갈수록 아리송해져 갔고 도무지 어떤 기억이 진짜인지 구분하기조차 어려워져 갔다. 나는 그저 알고 싶었던 것뿐이다.

니보의 태도를, 그래서 얼마나 마음껏 사랑할 수 있는지를. 니보를 위해 모든 것을 희생하고 소진할 사랑의 자격을 얻고 싶었다. 하지만 이는 내가 알고 있는 니보의 모습이 전제되어야만 가능할 것이었다. 나에 대한 일말의 감사와 존경 그리고 애정이 있는 니보 말이다.

니보는 나의 더미였다. 왕위를 물려받기 전 만에 하나 나에게 무슨 일이 생기는 것에 대비해 준비된 나의 그림자였다. 나 역시 왕위를 물려받기 직전에야 그 사실을 알게 되었다. 어려서부터 나는 세상의 슬픔이 보였다. 세상에는 어째서 이다지도 슬픔이 많은 걸까, 왜 사람들의 가슴은 이렇게 하릴없이 부서져야만 하는 것일까 하는 의문이 들었다. 그럴 때마다, 더 많은 그림자를 내 속에 두어 더는 세상의 어둠에 놀라지 않겠다고 다짐했다. 나의 연약한 가슴이 비정한 세상 때문에 무너지지 않도록 미리 준비하겠다고 생각한 것이었다. 하지만 세상은 가난한 가족에게 닥친 병마처럼, 어린 꽃 위로 떨어지기 시작한 눈송이처럼 언제나 내가 생각한 것보다도 더 잔혹한 형태로 모습을 드러냈다. 이를 미리 알고 있었던 건 아버지와 몇몇 나이 든 엘로어 뿐이였다. 즉위식이라는 것은 녹스상툼의 중앙 광장에서 왕위를 물려주게 될 왕과 열세 명의 원로 엘로어가 참석한 가운데 비밀스럽게 이루어지는데, 그중 가장 중요한 의식은 검술 시합 후 내 손으로 직접 니보를 희생하는 일이라고 했다. 형식적인 검술 시합 도중 니보의 검이 나의 검에 의해 땅으로 떨어지면 나는 '하늘에는 어둠이, 땅에는 불꽃이, 그리고 심장에는 신성한 하얀 빛이.'라는 주문과 함께 니보의 심장을 찔러야 한다고 했다. 그리고 시신은 카르디아로 옮겨져 이레 동안 보관된 뒤 그곳에서 화장되어야 한다고 했다. 참석하는 소수의 인원 외의 다른 사람들에게는 알려지지 않은 의식이었지만, 그제야 문득 녹스상툼의 벽화에서 그와 같은 이야기를 본 것도 같다는 생각이 떠올랐다. 뮈스테리온은 신분에 따른 교육이 엄격하게 통제되어 있는 사회였다. 특히나 왕자의 교육은 태어나면서부터 정교하게 계획되어 있기에 왕자의 신변에 무슨 일이 생긴다면 대체자를 찾는 일은 불가능했다. 그래서 세대마다 더미를 준비해 왕자와 함께 교육을 시키는 것이었다. 왕세자와, 불미스러운 일이 생겼을 때를 대비한 그의 더미 왕자에게.

우리는 태어나서부터 네 살까지는 레테이아에서 교육을 받았다. 비록 그 시절의 기억은 거의 없지만 우리 역시 이곳 너머의 빛을 본 적이 있는 것이었다. 어렴풋이 기억나는 장면 하나는 우리 앞에 앉아 있는 안경 쓴 남자와 주위를 원으로 에워싼 여러 사람들의 모습이었디. 사람들의 정확한 얼굴이나 당시의 상황은 기억나지 않지만 다만 그 장면만이 흔들려 초점이 나간 사진처럼 모호한 모습으로 가끔 수면 위로 떠오르곤 했다. 네 살 이후의 우리는 열일곱 살 성인이 될 때까지 뮈스테리온과 판타스마를 오가며 교육을 받았다. 물론 밖으로의 출입은 엄격하게 금지되었다. 판타스마에서 우리는 하루에 여섯 시간, 매주 여섯 날 학문을 익혔다. 이외의 시간은 취미활동으로 자유로이 쓸 수 있었지만, 한 달의 한 주는 온전히 뮈스테리온에서 지내야 했다. 우리는 매월 셋째 주를 온전히 뮈스테리온 전역을 탐방하는 데에 썼는데, 이는 우리의 몸과 마음을 뮈스테리온에 적응시키는 훈련이었다. 돌아다닐 때 나와 니보, 그리고 모든 네피는 검정 베일을 써야 했다. 정식으로 왕이 되기 전까지는 백성들 앞에서 얼굴 노출을 하지 않는 것이 규칙이며, 왕이 된 이후에도 아주 특별한 예외 상황이 아니고서는 대중 앞에 얼굴을 노출하지 않는 것이 원칙이기 때문이었다. 호기심이 많은 니보는 뮈스테리온을 돌아다니는 도중 종종 사라지곤 했다. 우리가 보는 앞에서 정말 감쪽같이 사라지곤 했는데, 그럴 때마다 온몸이 긁히고 젖은 채로 신기한 생명체나 돌 같은 것을 하나씩 손에 쥐어 들고 불쑥 나타나곤 했다. 니보는 뮈스테리온의 구석구석에 관심이 많았고, 뮈스테리온의 생태나 숨겨진 길을 탐구하며 아이처럼 기뻐했다. 그래서인지 한 달에 한 번 뮈스테리온에 갈 시간이 다가올 때면 니보는 아침 이슬을 머금은 꽃잎처럼 밝게 피어났다. 내가 이해할 수 없는 이유로 니보는 뮈스테리온을 정말 사랑했다. 반면 나는 판타스마의 보송하고 안락한 환경에서 책을 읽으며 사색에 잠기는 시간이 좋았다. 나에게 뮈스테리온은 너무도 서늘하고, 음침하고, 축축했다. 게다가 신체 활동 때문에 어디에도 정신을 온전히 집중할 수 없었다. 나는 매달 한 주 몸은 뮈스테리온에 있었지만 마음은 전혀 다른 곳을 배회하며 그저 시간이 어서 지나가기만을 바랐다. 뮈스테리온을 돌아다니는 것은 나에게 더할 나위 없이 지루한 일이었고, 나의 마음은 전에 읽었던 이야기나 영화 속을 줄곧 맴돌았다. 나는 이곳의 생태나 사람에 그다지 관심이 없었다. 뮈스테리온은 내가 이해할 수도 없고 나를 이해할 수도 없는 낯선 공간일 뿐이었다. 그래서인지 그 시절의 수많은 뮈스테리온 탐방에도 나는 아직 이곳의 길을 잘 알지 못했다. 오직 녹스상툼의 길만 훤하게 알고 있을 뿐.

*

녹스상툼 중앙광장의 너른 돌 위에 숫자 6이 새겨져 있었다. 또 무슨 일인가가 생긴 것이었다. 뮈스테리온에서는 평소 그다지 많은 사건이 일어나지 않는다. 물론 은총 행사가 기끼워지면 얘기가 다르지만 말이다. 그런 시기에는 은총행사에 참여할 사람들을 선발하는 일과 이후의 처우 문제로 이런저런 잡음이 생기고는 했다. 하지만 그 역시 대부분 엘로어들 선에서 해결이 가능했다. 혹은 그런 주기가 된 것인가? 이곳은 어떻게 보면 닫힌 계이기 때문에 주기적으로 사건이 자주 발생하는 시기가 돌아오고는 했다.

그런 시기에는 고여버린 에너지를 풀어 줄 섬세한 계획과 작업이 필요했다. 상징적인 큰 사건을 하나 만들어서 쌓인 에너지를 풀어줘야 하는데, 자칫 잘못하면 에너지가 원치 않는 방향으로 증폭될 수도 있기 때문이다. 백 년 전의 사건도 에너지를 잘못 돌려서 생긴 일이었다. 아니면 또 니보인 것일까? 나는 숫자 위에 작고 뾰족한 돌로 정삼각형을 그려 넣었다.

오후가 되자 바르카가 들어왔다. 요즘 들어 통 니보가 보이지 않아 적적하던 차에 바르카의 모습을 본 나는 반가움을 주체할 수 없었다. 나도 모르게 반사적으로 일어나 바르카의 볼에 가볍게 입을 맞추었다. 바르카에게서 이상한 향기가 났다. 긴장한 동물의 냄새 같은 것이 바르카의 목덜미에서 느껴진 것이다. 바르카는 왠지 모르게 초조해하고 있었다. 처음 보는 그의 모습이었다.

"사람들이 숲의 이편으로 넘어왔습니다. 그것도 많은 사람들이요."

"그게 무슨 말이야? 사람들이 넘어오다니."

"말 그대로입니다. 숲 주변 사람들과 동굴 저편의 사람들 중 일부가 이쪽으로 넘어왔습니다."

나는 잠시 무슨 말을 해야 할지를 몰라 멈춰 섰다. 이곳은 신이 깃든 성스러운 곳이기 때문에 낮은 자들의 출입을 엄격하게 금지하고 있었다. 원래의 우리 백성들이었다면, 이곳으로 넘어오라고 해도 스스로 두려워 넘어오지 못했을 것이다. 신성한 곳에 낮은 자가 함부로 출입하는 것은 신성모독과 다름없는 하늘의 중죄이기 때문이다. 그런데 바르카는 갑자기 사람들이 숲의 이편으로 넘어왔다고 했다. 그 사실에서 어쩐지 현실감이 느껴지지 않았다. 무슨 일인지는 몰라도 사람들이 허락도 구하지 않고 숲의 이편으로 넘어올 생각을 했다는 것 자체가 굉장히 좋지 않은 신호라는 것쯤은 너무도 명확했다. 나는 멈춰버렸다. 다급하게 생각하지 않으면 안 되는 순간일수록 머리가 텅 비어버리는 것이다. 작은 어긋남에는 어떻게든 상황을 정상화해보려 애쓰지만, 완전히 어긋나 버렸다는 생각이 들 때면 알 수 없이 마음에는 평화가 깃들었다. 어차피 손쓸 수 없을 정도로 큰 일이 벌어진 거라면, 어느 정도는 내가 애써 만드는 시나리오 말고 세상이 계획한 전개를 좀 보고 싶은 것이었다. 하지만 이번에는 정말 놀랐다. 아주 추상적으로 공기의 흐름이 바뀌었다는 것 외에는 징조가 보이지 않았기 때문이었다. 내가 무엇을 놓친 것일까? 굳이 따지자면 일어날 수도 있는 일의 범주에 들어가는 있지만 현실적으로 일어날 리 없는 일이 내 앞에서 펼쳐지고 있는 것이었다. 그때 코끝으로 달콤한 프랄린의 향이 스쳤다. 축제의 향기 같기도 하고 추억의 향기 같기도 한 달콤한 향. 무자비하며 자애로운 운명이 나를 심판하러 온 것인가? 내 안의 또 다른 나는 어떤 선택을 원하고 있는지 묻고 싶었다.

어차피 지쳐가던 차였다. 운명에 몸을 맡겨야만 하는 지금 상황이 꼭 최악은 아니라는 생각이 들었다.

"그래서, 내가 할 수 있는 게 뭐지?"

바르카는 의아하다는 표정으로 나를 바라봤다. 당연하다. 그것을 그에게 물을 것이 아니었다. 하지만 그렇다고 나에게 딱히 답이 있을 상황도 아니었다. 형식적이라고 생각했던 자리에서 책임을 지고 행동해야 할 일이 하필 나의 세대 때 생기다니. 어쩌면 내가 그런 일이 생기지 않기를 바랐기 때문인지도 몰랐다. 편안하고 즐거운 니보와의 일상이 좋아서 이를 방해하는 거추장스러운 일이 생기지 않기를 바랐다. 하지만 동시에, 끈질기게도 변하지 않는 현실에 숨이 막혀왔다. 아무것도 변하는 것 없이 시간은 계속 흘러갔고 내가 놓치고 있는 기회에 대한 불안감은 증폭되어만 갔다. 인간은 이렇게나 모순적이다. 그래서 무엇도 해결되지 못한 채로 하루에 하루를 더하고 또 더해왔다. 세상은 좋은 것이든 나쁜 것이든 마음에 품는 순간 현실로 가져다주곤 했다. 아니던가, 가장 간절한 것을 가져다주는지도. 어쩌면 바라거나 바라지 않거나 둘 다 같은 이야기일 것이었다. 하나는 표면의 내가 원하는 것, 다른 하나는 나의 그림자가 바라는 것일 테니 말이다. 그렇기에 어쩌면 일어나지 않았으면 하는 일이 사실 일어났으면 한다고 믿고 있는 일보다 더 강하게 일어나기를 바라는 일일 것이었다. 억압되고 짓눌린 상태에서는 빛이 비집고 들어오는 하나의 틈을 더 잘 찾을 수 있기 때문이다. 어떤 것을 강하게 피하고 싶어 하는 것의 본질에는 지금의 인생에서 가장 필요하고 또 결여되어 있는 무언가가 있을 것이었다. 그리고 절대로 피하고 싶은 일이 일어나 버리는 것처럼 사람을 새롭게 하는 것도 없을 테고 말이다.

"그리고, 니보가 사람들과 함께 있습니다."

"니보가 사람들과 함께 있어?"

나는 니보가 걱정되었다. 혹시 위험에 처했을지도 모른다는 생각이 들었다. 니보는 숲의 저편 사람들이 나쁜 사람들이 아니라고 했지만, 내 생각은 조금 달랐다. 악하다는 게 과연 무엇인가? 태어나면서부터 정해진 악인이 있다고는 생각하지 않는다. 그저, 나태함과 무지함에서 비롯한 악함만이 있을 뿐이다. 나태해져 생각하기를 멈추는 것, 그래서 에너지가 트랜스 지방과 같은 형태로 쌓이는 상태가 악이다. 자신과 세상을 만드는 데에 쓰여야 할 에너지가 그렇게 되지 못하고 폭력적이고 불순한 형태의 에너지가 되어 애먼 형태로 주변을 공격하는 것이다. 고결한 곳에 쓰여야 할 영혼의 에너지가 오길 데 없이 낭비되고 있다는 불안감이 에너지의 형태와 방향을 바꾸는 것이다. 끊임없이 변화하고 창조하는 데 쓰여야 할 에너지는 고여 썩고, 주변의 에너지를 방해하는 데에만 쓰이게 된다. 타인의 에너지를 반대로 공격해 자신과 상대의 에너지를 아무런 생산 없이 소멸시키는 것이다. 또한, 자신과 세상에 관한 생각, 옳고 그름에 관한 생각, 더 나은 자신을 만들고자 하는 생각이 없는 사람 역시 내가 생각하는 악인이다. 자신이 어떤 사람인지, 추구하는 가치가 무엇인지에 대해 깊이 생각해 본 적이 없고 그에 기반한 선택을 내리지 않는 사람들 말이다. 그런 사람들의 말이나 행동은 명확한 근거에 기반하지 않기 때문에 일관성이 없고 예측할 수도 없으며 그렇기에 합리적인 대화가 불가능하다. 상대방을 찌르는 이야기를 해놓고도 '왜 그런 얘기를 했어?' 하고 물어보면 '그냥 아무 생각 없었는데?'라고 대답할 사람들. 사실 세상에 그냥이라는 것은 없다. 무엇에 씌어 빙의가 되지 않는 이상 뇌에서 명령을 내려야만 물리적인 행동을 할 수 있기 때문이다. 다른 사람을 배려하지 않는 행동을 '그냥' 하는 판단의 근원을 찾아 들어가면 비합리적일 정도로 무한한 이기심과 시기심을 발견할 것이 뻔하기에 굳이 더 묻지 않는 것이다. 뻔하디뻔한 그런 곳에 나의 에너지를 단 한 톨도 쓰고 싶지 않기 때문이다. 가치에 기반한 선택이라면 결국 가장 중요한 것은 옳다고 생각하는 가치를 섬기는 것이기 때문에 더 나은 방법이 있다면 판단을 번복하고 맞춰갈 수 있는 것이다. 그렇기에 자신만의 명분과 기준이 있는 사람은 더 나은 방법을 제안받는 것을 자신의 가치를 위해주는 노력이라고 생각하지, 자신에 대한 도전이라고 생각하지 않는다. 하지만 선택에 명확한 기준이 없는 사람에게는 더 나은 선택이라는 것조차 있을 수 없다.

자신이 선택했음이 선택의 가장 중요한 요소가 되어버리기 때문에 다른 선택의 가능성을 제안받는 것 자체를 자신에 대한 무시로 받아들인다. 그리고 그런 사람들은 다른 사람의 선택에 합당한 이유가 있을지라도 이유를 들여다보려고 하지 않고 생각 자체를 피곤한 것으로 치부하며 '그냥' 혹은 '다른 사람은 보통 안 그러던데'라는 이유로 타인의 개인성을 인정하지 않는다. 어쩌면 그들이 한 번도 '자아'라고 불리는 개인성을 가져본 적이 없어서일 것이다. 그들이 그렇게 앵무새처럼 따라 하는 '다른 사람' 역시 또 다른 사람을 바라보며 행동했을 것이고, 결국 처음의 누군가는 의식적인 판단을 해야 했을 텐데 말이다. 결국 생각하는 사람을 맹목적으로 따라 하면서, 실제 주변의 생각하는 사람은 피곤해하는 꼴인 것이다. 자신의 기준에 따라 판단한 것이 아니라면 결국 다른 사람의 의견에 메아리칠 뿐이거나 누군가의 의도대로 조종당할 뿐이다. 사실 정확히 이런 현상을 두고 빙의라고 하는 것이 아닐까. 육체의 일시적 안락과 맞바꾼 자아가 사라진 곳엔 자신도 알지 못하는 누군가의 의지가 채워질 뿐인 것이다. 그들은 자신의 기준에 따라 행동하는 사람을 맹목적으로 추종하거나 경멸한다. 타인의 자아를 인정해 버린다면 자신에게 있어야 할 자아가 부재한다는 사실을 들여다봐야 하므로 두려워하면서도, 어렴풋이 그것에 이끌리는 것이다. 생각하지 않는 사람들은 또한 자신의 부정적인 감정을 자세히 들여다보고 그에 대한 직접적인 내면의 원인을 찾아 성장하는 쪽으로 해결하려고 하지 않는다. 노력으로 만들었어야 할 일말의 인생의 구조조차 없어서 모든 일을 세상에 맡기고 세상 탓을 하는 것이다. 물론 세상을 통제할 수는 없지만, 분명 자신의 노력으로 만들어갈 수 있는 부분 역시 있게 마련이다. 그렇게 모든 것을 온전히 우연에 맡김으로써 생긴 불안은 주변을 좀먹는 부정적인 감정으로 예측할 수 없이 분출된다. 성인이라면 스스로 들여다보고 해결해야 했을 문제들도 전혀 들여다보고 노력하지 않아서 감정이 시시각각 들쭉날쭉하며 주변에 부정적인 기운을 쏟아낼 뿐이다. 이에 그치지 않고 선택은 일관성이 없는 데에다 이기심에 기반할 뿐이며 더 나은 쪽으로 나아가고자 하는 일말의 의지나 생각조차 없다고 생각하면 어떻게 그들을 신뢰할 수 있겠는가. 그리고 어떻게 그들에게서 일말의 인간적 연민을 느낄 수 있겠는가. 이성적인 사고로 판단할 수 없는 사람은 주변과의 합리적 조율이 불가능 하기 때문에 다니는 곳마다 필연적으로 끊임없는 마찰을 빚는다. 그리고 때로는 그런 사람들이 무리를 지어서 비합리적인 생각을 마치 옳고 타당한 것처럼 만들어버리는 때도 있다. 서로 다른 개인이 제공하는 다양성의 축복을 누릴 기회조차 혐오와 다툼으로 바꾸어 버리는 능력을 갖춘 사람들인 것이다. 나도 한때는 그들의 입장에서 마음으로 열띤 변호를 펼치던 때도 있었다. 나 자신을 자책하고 낮추며 그들의 단순함과 순진함에서 나오는 고결함을 치하한 적도 있었다. 하지만 이제는 안다. 고결함은 그들에게서 나왔던 것이 아니라 그들을 그렇게 보았던 나의 마음에서 나왔다는 것을 말이다. 니보는 우리가 그들을 독립적으로 생각하지 못하게 했다고 말한다. 나도 한때는 그렇게 생각한 적도 있었다. 하지만 지금은 그렇게 생각하지 않는다. 저들이 스스로 생각하는 힘을 잃어버린 것은 다른 누구의 탓도 아니다. 그러한 능력은 누가 빼앗거나 통제할 수 있는 것이 아니다. 저들은 스스로 파멸한 것이다. 자신과 세상에 대해 일말의 의문을 품지 않는 쉽고 게으른 길을 택한 것이다. 최대한 적은 에너지를 쓰라는 뇌의 꼬임에 넘어가 영혼을 저버린 것이다. 자신과 세상에 대해 탐구하고 싶다는 일말의 생각이 있었다면 그들은 모든 곳에서 방법을 배우고 길을 찾을 수 있었을 것이다. 조금 더 편하게 살기 위해 존재 이유 자체를 맞바꿔 버린 사람들, 이런저런 온갖 이유를 갖다 붙여 자신과 주변을 파멸시키는 사람들. 그리고 이런 사람들이 바로 내가 생각하는 사회악이자 대다수의 뮈스테리온 국민이었다.

녹스상툼 앞에선 기이한 광경이 펼쳐지고 있었다. 엘로어와 네피가 녹스상툼의 입구에서 대열을 이루고 있었다면, 맞은편에서는 서른 명 남짓의 이름 없는 백성들이 무리를 형성하고 있었다. 그래도 걱정만큼 많은 수의 사람은 아니라서 다행이었다. 이 정도면 진압이 가능했다. 최악의 상황은 아닌 것이다. 한숨을 돌리고 사람들을 둘러보았다. 웬만해서는 내가 마주칠 일이 없길 바랐던 사람들. 영혼이 나간 듯 초점 없는 눈동자, 맥락에서 사고하지 못해 국소적인 부분에 심취해 있는 맹목적인 눈동자. 그리고… 그들 가운데에 홀로 빛나고 있는 나의 은방울, 니보. 대충 좋지 않은 상황이라는 것도 알겠고 니보가 이쪽에 서 있지 않다는 것도 알았지만 오랜만에 본 니보에 모습에 피식 웃음이 나왔다. 너무 반가운 마음에 심장이 빛을 반사하는 금처럼 녹아내렸다. 분명 무슨 문제가 생긴 상황이라는 것을 추측할 수 있었지만, 평소 지루하고 고요하기만 했던 뮈스테리온이 갑자기 생기가 넘치는 모습을 보니 마음 한 구석은 알 수 없이 뿌듯했다. 우리들의 즐거운 축제. 지금의 광경을 녹스상툼에 비잔틴 모자이크처럼 표현해 놓으면 볼만할 것이다. 그땐 니보의 확고한 눈을 강조해서 표현해야지. 오랜만에 봤는데도 여전히 사랑스러운 저 녀석이 어떤 곤란한 일을 들고 온 것인지는 모르겠다. 다만, 무슨 사달이 난다고 해도 차라리 니보의 손에 나는 게 이상적일 것이라는 생각을 했다.

"다들 여기서 무엇을 하는 게냐."

나는 한껏 심각한 표정을 하고 낮은 목소리로 말했다.

"엘로어 캄주에게 마땅한 벌을 주십시오. 확답을 주실 때까지 저희는 움직이지 않겠습니다."

니보가 대답했다. 우리는 사람들이 주변에 있을 때는 언제나 서로 격식을 차린다. 남들이 상상할 수 있는 것보다도 훨씬 더 가까운 우리 사이는 둘만 아는 비밀인 것이다. 항상 둘만 보다가 이렇게 사람들 사이에서 만나니 새로우면서도, 서로를 향한 이런 말투가 낯설기만 했다. 나는 여전히 이해할 수 없었다. 그런 일 때문에 사람들이 몰려오다니. 우리 뮈스테리온의 백성들은 계획적인 집단행동에 능하지 않다. 니보가 이들을 선동한 것일까? 더욱이 상하 구조가 명확한 이곳에서 윗사람에게 자신의 권리를 당당히 묻다니. 내가 놓친 무언가가 뮈스테리온에서 일어나고 있는 것이 분명했다. 니보의 당당한 목소리가 뮈스테리온에 울려 퍼지자, 사람들의 눈동자에 순간 반짝하고 빛이 들었다.

"너희들도 알다시피 엘로어들은 신의 충직한 종이자 신과 한걸음 가까이 있는 자들이다. 너희의 눈으로 보기에는 잘못되어 보이는 일도 다 신의 섭리가 깃들어 있는 법이다. 너희가 헤아릴 수도 없을 만큼 장엄한 신의 섭리 말이다. 신이 하시는 일에 너희가 훼방을 놓는 것이냐. 하지만 신은 누구보다 너희를 어여삐 여기신다. 모두가 결국엔 너희를 위한 일이었음을 깨닫는 날이 올 것이다."

무리 중 한 명이 나서서 무슨 얘기를 하려고 하자 니보가 그를 제지했다. 그리고 니보가 대신해서 말을 했.

"저희는 그가 처벌받는 것을 두 눈으로 똑똑히 봐야겠습니다."

"무엄하다! 네가 지금 얕은 생각으로 신을 모독하고 있다는 것을 알고 있느냐?"

그때 백성 중 한 명이 엘로어 캄주에게 돌을 던졌다. 놀란 내가 어떻게 해볼 새도 없이, 하나의 돌이 기폭제가 되어 수많은 돌이 엘로어 캄주에게 날아들었다. 조금 전 백성들에게서 보았던 번뜩이는 빛은 어느새 활활 타오르는 불꽃으로 변해 있었다. 주변에 서 있던 다른 엘로어들은 혹여 자신에게도 피해가 올까 주춤주춤 캄주에게서 한 걸음 또 한걸음 멀어졌다. 사실 캄주는 나 역시 탐탁지 않아 하던 사람이었다. 속에 품은 교활함과 잔인성이 눈빛과 표정으로 문득문득 느껴지는 사람이었으니까. 나는 나에게 잘하지 못하더라도 본성이 선한 사람을 좋아한다. 반면 나에게 잘하더라도 공격적이고 악한 사람은 내 속에서 거부한다. 몸이 위험하다고 신호를 보내는 것이다. 그런 사람과는 말을 섞는 것조차 싫다. 전자는 나만 잘하면 되는 일이지만 후자는 다르다. 나의 모든 것을 이용하려 들고 이용 가치가 떨어지면 잔혹하게 나를 짓밟을 것이었다. 그래서 내가 엘로어 회의에 나가기를 꺼리는 것이다. 그런 사람들이 나의 일상에 들어오는 것을 원치 않기 때문이다. 엘로어 회의에서 선한 사람을 기대해서는 안 된다. 그들은 매 순간 오직 자신만을 위해 끊임없이 작은 머리를 굴릴 뿐이다. 그런 사람들과 괜히 대립했다가는 골치 아픈 문제들에 휘말리게 되기 때문에 캄주가 하는 짓을 그냥저냥 조금씩 눈감아주고 있던 차였다. 차라리 잘됐다고 생각했다. 나도 그가 꼴 보기 싫어진 지 오래였는데 어쩔 도리가 없을 뿐이었다. 그렇기에 나는 조금만 더 기다리기로 했다. 기왕 이렇게 된 거, 괜히 중상만 입고 그쳤다가는 난리가 날 것이었다. 그는 치명상을 입거나 여기서 숨을 거둬야 했다. 그때, 얼굴이 알아볼 수 없이 깨진 그가 땅으로 고꾸라졌다. 특유의 교활함으로 약한 자들을 천년만년 괴롭힐 것 같던 그가 온몸의 생명 에너지를 소진하고 한순간에 '픽' 하고 쓰러져 버린 것이었다. 마지막 순간에는 마치 태양 빛에 오래도록 두들겨 맞아 말라비틀어진 식물이 된 것만 같았는데, 그 모습은 나에게도 가히 충격적이었다.

"네피들은 무얼 하느냐! 저 사람들을 막지 않고. 그리고 어서 엘로어 캄주를 녹스상툼 안으로 옮겨라. 치료가 시급하다."

나는 급하게 네피들에게 외쳤다.

"그리고 저 자들을 숲에 여섯 날 동안 묶어두고 지켜라. 이를 보고 혹 마음에 의심을 품은 자들이 회개하도록 하라. 저 자들은 신의 은총에서 너무도 밀어진 자들이다. 하지만 신은 자애로우시다. 신은 저들에게 여전히 언약의 백성으로 남을 수 있도록 기회를 주고 싶어 하신다. 내 특별히 저들 중 이번 은총행사의 참가자를 모두 뽑을 것이니라. 저들이 신의 은총을 받을 수 있도록 다시금 기회를 줄 것이다. 신은 우리가 어떤 잘못을 하더라도 우리를 저버리는 일이 없음이니라. 그리고 니보는 특별 회개가 필요할 것 같으니 녹스상툼 안쪽에 그를 묶어두어라. 그리고 역시 여섯 날 동안 모든 엘로어의 녹스상툼 출입을 금하노라. 정 급한 일이 있거든 바르카를 통해 전하도록 하여라."

*

나는 녹스상툼으로 돌아와 캄주가 있을 곳으로 향했다. 이 순간 광활한 녹스상툼 안에는 캄주와 나 그리고 니보뿐이었다. 오늘의 특별한 이야기를 먹고 공간은 여느 때보다도 서늘하고 깨끗한 공기로 가득 차 있었다. 캄주는 초입 광장에 덩그러니 뉘어져 있었다. 마치 버려진 듯도, 죽은 듯도 보이는 그는 더 이상 공간을 가로지르는 생명이 아닌 공간을 이루고 있는 동굴의 일부처럼 보였다. 맥을 짚어보니 아주 미약하게나마 맥이 뛰고 있었다. 가만히 두면 이대로 천천히 숨을 거두게 될 것이었다. 언제나 다듬어지지 않은 날카로운 에너지로 주변을 경계하게 만들던 사람이 에너지가 남김없이 소진된 채로 숨만 간신히 붙어 있는 것을 보자니 기분이 묘했다. 이번 생을 아등바등 산 것 같은데, 다음 생애에서는 조금 더 편안하게 살기를 기원해 주었다. 다음 생에는 제발 조금 더 나은 사람이 되어주겠니? 나는 저장고에서 기름 한 통을 가져와 캄주의 몸에 부었다. 그러다 작은 기척이 들려 내려다보니 캄주가 땅에 붙어 몸을 꿈틀대고 있었다. 그는 마지막 힘을 짜내어 무언가 소리를 냈다.

"모두… 그 녀석들이 모두 꾸민 짓이야… 이번에는 맹세코 내가 덫에 걸렸다고 할 수 있어…. 그 녀석들은 더 이상 이곳의 신을 믿지 않아…. 자신들의 새로운 여신을 믿고 있어…."

소리를 내뱉는 것이 그에게는 더 이상 자연스러운 일이 아니었다. 죽기 전에 한 말이니 아마 새겨들을 가치는 있을 것이다. 죽음을 눈앞에 둔 캄주는 더는 나를 높여 부르지 않았다. 하지만 이번 일에 억울함이 있다손 치더라도 지금까지의 행태에 대한 억울함은 없을 것이었다. 그를 바라보는 나의 고통과, 그가 느끼고 있을 고통을 어서 종식해주고 싶었다.

"어서 눈을 감아. 네가 불러온 현실을 받아들이고 자유로워져."

나는 구석에서 타오르고 있던 횃불을 집어 들어 그의 위로 던졌다. 그의 몸은 곧이어 커다란 불길에 휩싸였는데, 처음 불이 붙을 때의 장면은 섬뜩하리만치 아름다운 무엇이었다. 전율이 온몸 구석구석 각인되어 버리는 그런 장면 말이다. 조금 전까지 자신만의 의지로 이야기를 만들어

내던 존재가 다만 여러 빛의 타오르는 가스로 변해 하늘을 향해 높이높이 춤을 추었다. 물리적으로도 사람은 빛이 될 수 있는 것이다. 그의 몸은 달콤하면서도 어딘지 톡 쏘는 역한 향을 풍기며 밝은 빛으로 타닥타닥 타올랐다. 나에게도 호흡을 통해 캄주의 일부가 들어왔다. 이런 식으로 그에게 쉽게 기회를 주고 싶지는 않았는데. 캄주의 에너지 일부는 플라스마 상태로 녹스상툼에서 빠져나갈 구멍을 찾고 있는 듯 보였다. 하지만 그는 곧 다른 모습으로 돌아올 것이었다. 그때는 그를 사랑하게 될까. 눈앞의 밝고 따뜻한 빛에서 애잔한 페니키아의 향이 나는 것도 같았다.

"아니, 아직은 아니야. 여기서 나가는 건 네가 아니야. 자유는 그렇게 쉽게 얻을 수 있는 것이 아니야. 이번의 교훈을 영혼에 잘 새겨두시길."

빛나는 작은 것들이 평소와는 다른 공기를 감지한 듯 우리가 있는 공간으로 하나둘 모여들었다. 하나의 타오르는 빛을 작은 빛의 무리가 에워싸 공간은 거대한 빛의 제단이 되었다. 이 의식을 관통하고 있는 소망은 무엇일까. 이러한 장면을 불러온 의식의 주체는 과연 누구일까. 나는 한때 우리의 일원이기도 했던 타오르는 것을 뒤에 쓸쓸히 남겨둔 채 녹스상툼 안쪽으로 걸음을 향했다.

니보는 중앙 광장의 검고 너른 돌 옆에 손과 발이 묶여 있었다.

"진짜 이번엔 인정해야겠어. 나는 네가 이런 일을 벌일 스타일이라고는 생각하지 않았는데. 아, 당연히 너의 능력 얘기를 하는 게 아니야. 단지 이런 쪽으로 큰일을 벌일 거라고는 생각하지 못했거든. 하여튼 의외의 모습이야. 대단한걸."

나는 멀리서 니보를 발견하고는 멋쩍게 이야기했다. 나를 보는 차갑고 애정없는 그의 눈빛이 낯설었기 때문이다. 나는 걱정스러운 마음으로 달려가 니보의 손과 발에 묶인 매듭을 풀어주었다. 하얗게 빛나던 살은 매듭에 묶이고 돌에 쓸려 붉게 부어있었다. 시기상 오늘은 보름달이 떴을 것이다. 아무도 없는 이곳에서 혼자 버려진 채로 니보는 어떤 생각을 하고 있었을까, 많이 서러웠을까. 하늘의 달은 지금 뮈스테리온에서 벌어지는 이 기이한 광경을 모두 지켜보고 있을까.

"나는 형이 사람들을 어떻게 생각하는지 알아."

니보는 일어나 앉으며 나에게 말했다. 말을 하는 니보의 목이 메였다. 생각해 보니 오랫동안 물을 마시지 못했겠구나. 나는 이른 주변의 작은 폭포에서 물을 떠다가 그를 살짝 감싸안고 천천히 물을 떠먹여 주었다.

"내가 사람들을 어떻게 생각하는데? 너도 알겠지만, 나는 사람들에게 큰 관심이 없어. 그냥 서로 조금씩 배려하고, 피해주지 않고, 그 정도로 선을 지켰으면 하는 것뿐이지. 누구나 그렇지 않을까? 가까운 몇 빼고는 그냥 추상적인 타인인 거지. 물론 너는 예외야. 너는 나에게 지극히 개인적인 사람이지. 너를 위해서라면 무엇이든 해주고 싶어. 다른 사람에게 흩어질 관심을 모두 너에게 쏟아주고 싶고 너와 일상을 보내고 싶어. 너는 꼭 특별한 것을 하고 싶은 거야? 자신을 아껴주는 사람과 평범한 일상을 보내는 것으로는 부족한거야?"

"형은 나를 아끼는 게 아니야. 형을 형일 수 있게 해주는 나를 특별하게 생각하는 거지. 나를 통해 보이는 형의 모습을 놓을 수가 없는 것뿐이야."

"사람 사이의 관계는 그렇게 간단하게 말할 수 있는 것이 아니야. 너무도 복합적이고, 유동적이며, 또 스펙트럼으로 존재하는 거지. 니보, 너는 그런 것을 나쁜 것처럼 말하는데 무언가를 자신과 완전히 분리해서 생각한다는 것은 애초에 가능하지 않아. 너 자신은 모든 것을 지각하는 주체이고 너와 세상은 끊임없는 상호작용을 해. 그리고 그런 과정에서 어떤 감정을 느끼게 되는 것이고. 이것이 당연한 것이 아니니? 서로의 모습을 비춰주는 행위를 사랑하는 일이 어떻게 부정적인 것이 될 수 있는 거지? 네가 나를 나일 수 있게 해주는 점을 사랑하기도 하지만, 너의 웃는 모습 역시 그만큼 사랑하는걸. 꼭 무엇이 먼저고 어떤 것에 우선한다고 할 수 없을 정도로 서로 복잡하게 얽혀있어."

"내 자리에 어떤 사람이 있더라도 형은 개의치 않았을 거야. 만일 내가 형과 어렸을 때부터 같이 교육받고 시간을 보낸 니보가 아니라면 형은 나를 사랑하지 않았을 거라는 이야기지."

"네 상황, 그리고 선택과 경험이 모두 총체적으로 너를 구성하고 있는 거야. 물론 네 말처럼 네가 전혀 다른 상황에서의 니보라면 지금처럼 사랑할 수 없었겠지. 하지만 그래서 더 특별한 것이 아니야? 조금만 어긋났어도 이런 감정은 싹트지 못했을 텐데. 어쩌면 운명이라거나 필연이라고 느껴질 만큼 모든 것이 적재적소에서 놓여 이런 소중한 사이가 탄생했는데, 어째서 우리가 가지고 있는 것이 가장 특별하다고 생각하지 못하는 거야. 지금의 소중한 관계는 인생의 선택과 별들의 위치와 세상의 우연이 전부 한 방향을 가리킬 때야만 비로소 생겨날 수 있는 거야. 생각을 해 봐. 네가 생각하는 진정한 사랑이 무엇인지. 역으로, 만일 내가 엘로어 캄주의 환경에서 그와 같은 성격을 가지고 그와 같은 선택을 해온 사람이라면, 너는 나를 아낄 수 있었겠니?"

"형이 결국 모든 것은 스펙트럼으로 존재한다고 했지? 형은 극단적인 사람이야. 스펙트럼의 극단에 존재하는 사람이라고. 다른 사람에 대한 연민이 전혀 없잖아. 사실 다른 사람을 형과 동등한 존재라고 생각하지 않는 거지. 형은 균형 잡힌 사람이 아니야. 백성들에게 좋은 통치자가 아니라고. 형은 인식하지 못하는 것 같지만 형이 캄주보다 도 더 잔인해."

"고작 그런 이유인 거야? 내가 균형 잡힌 사람이 아니어서? 그런 것은 수치로 환산할 수 있는 건가? 어느 정도에 미달하면 타인에 대한 연민이 부족한 사람이고, 또 어느 정도를 넘어가면 타인에 대한 연민이 과다해서 집단을 통솔할 수 없는 상태가 되는 것이니? 그렇다면 네가 원하는 정도는 어느 정도니? 너는 그러한 것을 어떤 척도로 판단하니? 네가 꼭 필요하다면 너의 기준을 알려줄래? 노력으로 맞춰볼 수도 있을 것 같은데. 사실 타인에 대한 연민 같은 것도 원한다면 얼마든지 그리해 줄 수 있어. 하지만 니보, 내 몸과 마음은 여럿이 아니야. 내 심장은 하나라서 쓸 수 있는 애정과 에너지가 한정되어 있어. 다른 사람들에게 돌아가야 할 관심을 나는 모두 모아서 너에게 준 거라구. 이건 내가 균형 잡히지 못한 사람이어서가 아니야. 나의 의식적인 선택인 거지. 모든 판단에는 우선순위가 있잖아, 그렇지? 그렇지 않고서야 어떻게 판단을 하겠어. 나는 너를 중요하게 생각하는 만큼 의식적으로 모든 관심과 애정을 너에게 몰아준 거야. 너는 나에게 너무 중요해서 너를 평범하게 사랑하고 싶지 않았거든. 널 아끼는 만큼 너의 말을 경청하고 너를 편안하게 해주고 싶었어. 너에게 어리광 부리지 않았지. 하지만 세상은 참 가혹하네, 그리고 너도. 하루하루 살아져서 사는 사람들은 그렇게 아끼면서, 너를 위해 모든 것을 홀로 세우려는 나에게는 어쩜 그렇게 가혹할 수가 있는 거니? 너를 위해 커지고 굳건해질수록 너는 마치 현미경으로 나의 결점을 한오라기라도 찾아내려는 사람 같아. 너를 위해 완벽해지고자 할수록 너는 이유 없이 나에게서 멀어져만 가. 왜지?"

"형은 엘로어들에게는 세상의 부당함에 대해 말하지 않지. 그렇지? 그리고 그들이 어느 정도 부조리하게 굴어도 그냥 그러려니 하고 넘어가잖아. 하지만 나나 아버지에게는 그런 이야기를 허물없이 하지. 왜 그럴 수 있는 것 같아? 사람은 참 묘한 게, 이해가 아예 불가능한 사람에게는 되레 묻지도 않고 화도 내지 않아. 그냥 어느 정도 이해할 수 있는 선이면 그렇게 넘어가는 거지. 하지만 자신과 조금이라도 이해의 접점이 있는 사람에게는 오히려 그 사람을 득달같이 자기 생각으로 설득하려고 하는 거야. 형은 내가 형을 이해할 수 있을 거라고 생각하기 때문에 나를 자꾸만 설득하는 거야. 형을 계속 봐주고 사랑해달라고. 형이 좀 전에 물었지, 특별한 무언가가 필요한 것이냐고, 함께하는 일상으로는 만족할 수 없는 거냐고. 형, 나는 형의 인형이 아니야. 형이 잊고 있는 것은, 나에게도 형과 전혀 집집이 없는 의지나 목표가 있을 수 있다는 사실이야. 어쩌면 형이 계획하는 것들과 상충할 수도 있는 그런 꿈 말이지. 나 혼자서만 이뤄야 하는 것들. 형은 그런 점들을 전혀 고려해 주지 않잖아. 형이 생각했을 때 좋은 것을 나도 좋아할 거라고 멋대로 판단하는 거지. 하지만 형, 형이 생각하는 완벽한 미래가 내가 그리는 이상적인 미래와는 같지 않다는 사실을 알아야 해. 형은 더 이상 주변을 통제하려는 생각을 버리고 앞에 펼쳐지는 것들을 받아들일 필요가 있어. 통제하려고 하면 할수록 그렇게 되지 않을 테니까. 그리고 특히, 사람을 통제하려고 해서는 안 돼."

"통제라고 하니 굉장히 부정적으로 들리는데, '의지와 신념으로 만들어낸 환경'이라고 말해주면 어떨까? 나는 단지 꿈을 꿨을 뿐이야. 꿈을 이루기 위해 모든 노력을 다했을 뿐이라고. 내가 세계 정복을 하겠다고 하는 것도 아니고, 내 사랑을 지키고 싶은 마음, 단지 그것인데, 그게 그렇게 마음에 들지 않았니? 그렇게도 숨이 막혔어? 난 단지 우리가 조금 더 자유로워질 수 있는 세상에서 함께 생활하고 싶었던 것뿐이야. 목표를 이루기 위해 방법을 이것저것 생각해 보는 거라고. 이게 환경을 통제하는 것같이 느껴져? 내가 강압적으로 너를 데리고 나가겠다고 하는 것도 아니고, 너의 사랑을 구하고 있잖아. 어떻게 이걸 통제라고 느끼는지 잘 모르겠어. 자유는 환경을 거슬러서 쟁취하는 것이라고도 하잖아? 자유란 무엇일까. 자유는 어째서 싸워야만 얻을 수 있는 거지? 어쩌면 시스템적으로 그렇게 설계된 것 같아. 자신이 지금 갖지 못한 것, 즉 가능성으로만 존재하고 아직 현실에 없는 것을 현실로 불러오는 일이 자유를 행하는 길 같기도 해. 너는 주변을 통제하지 말라고 하지. 그럼 내 마음속에 있는 꿈은 어쩌면 좋지? 버려진 채 잊혀야 하는 건가? 그래도 나에게는 가장 고결하고 소중한 삶의 이유인데 말이야."

"형, 형이 간과한 것이 있는데, 여기서 중요한 점은, 형은 형의 목표를 이루기 위해서라면 당연히 내 목표를 희생시킬 것이라는 점이야. 만약에 지금 내가 이뤄야 할 나만의 목표가 있어서 형을 사랑할 수도, 형과 미래에 함께할 수도 없다고 말한다면, 형은 내 말을 받아들일 수 있을까? 형의 문제는 그거야. 형은 아마 받아들이지 못할 거야. 형에게 다른 대안이 없기 때문이지. 자신에게 다른 대안이 없는 것은 자신이 해결해야 하는데 상대방의 목표를 비틀어 가면서까지 형은 형의 목표를 이루고 싶어 하는 거야. 그리고 나도 좋아할 것이라고 멋대로 설득하는 거지. 형은 막연히 나를 자신의 연장으로 생각하고 있는 것 같아. 그래서 나를 그토록 사랑하는 거지. 보고 듣고 만질 수 있는, 언제나 함께할 수 있는 자신의 일부라고 생각하기 때문에."

"어째서 나와 함께는 너의 목표를 이룰 수가 없는 거지? 하고 싶은 게 있다면 더 자유로운 환경에서 서로 응원해 주면서 하면 되잖아. 너의 말을 듣다 보면 나의 꿈을 억지로 좌절시키려는 인위적인 노력같이 느껴져. 그리고 니보, 너야말로 다른 엘로어들에게는 이렇게 자유롭게 생각을 말하지 않으면서 나의 의견에는 아주 작은 것까지 조목 조목 반박하곤 해. 나를 사랑해서는 안 되는 이유를 꼭 찾아내야만 하는 사람처럼. 아니면 그저 뮈스테리온 밖으로 나가기가 싫은 거니? 만약 뮈스테리온 밖으로 나가기가 싫은 거였다면 더더욱 이런 일을 벌여서는 안 됐어. 이번 사건으로 백성들은 모두 이상한 것에 홀린 듯 고조된 상태야. 예측할 수 없어 위험한 상태 말이야. 만약 네가 생각을 바꿔 나와 함께 뮈스테리온을 떠날 거라면 이번 은총행사가 마지막 기회일 거야. 지금의 사람들은 작은 자극에도 터져버릴 수 있는 상태니까. 오히려 더 미룰 수가 없게 된 지금의 상황이 세상이 우리에게 돌아보지 말고, 떠나라는 신호를 보내는 것 같아. 그동안의 숙원사업을 해결하라고."

"형, 나는 세상으로부터 조금 다른 메시지를 받았어. 그리고 지금이 기회임에는 틀림이 없는 것 같기도 해…."

"그건 또 무슨 프레모니션 같은 소리야."

나는 피식하고 니보를 보며 미소를 지었다. 그런 나를 보고 니보도 어이가 없다는 듯 옅게 웃으며 나의 어깨에 자신의 얼굴을 파묻었다. 이 모든 사건에도, 내가 알고 있던 니보의 모습은 사라지지 않고 여전히 어딘가에 존재한다는 사실이 나를 위안했다. 나와 연결된 존재는 그대로 니보 안에 살아 있는 것이다. 니보는 나를 속인 게 아니라, 단지 지켜야 할 여러 모습이 있을 뿐이다. 그것만으로도 오늘 겪었던 모든 일이 더 이상 아까와 같은 타격으로 다가오지는 않았다. 서로의 목표가 충돌했을 뿐 배신의 상처는 아닌 것이다. 최소한 그동안 니보에게 쏟았던 나의 시간과 감정을 도둑맞지는 않은 것이다. 마음속으로 쥐고 있던 푸른 사파이어는 빛나는 모습 그대로 나의 두 손위에 놓여있었다. 그리고 그걸로 참 다행이라는 생각이 들었다.

아주 많은 소리가 우리를 향해 다가오고 있었다. 나무 줄기로 만든 신발이 돌 표면에 충돌하는 소리와 사람들이 웅성거리는 소리가 들려왔다. 나는 문득 운명은 어떤 소리를 내며 오는가 하는 생각이 들었다. 그러자 운명은 사랑의 소리를 내며 오는 것인지도 모르겠다는 생각이 들었다. 사랑을 해서 상처를 입을 수도 있는 것이 아니라 상처를 입고자 세상에 가슴의 요새를 은밀하게 내어 보이는 일이 사랑이 아닌가 하는 생각이 들었던 것이다. 육체를 보호하기 위한 보수성이 정신을 더 이상 황폐화하지 않도록, 작은 가능성의 에너지를 품어내는 일이 사랑이 아닐까 하는 생각에 미쳤다. 끝임없이 새로워지고 싶어 하고 인생을 최대한으로 살고 싶어 하는 정신의 열망이 품어낸 작은 혁명의 씨앗, 나는 바로 그것이 사랑일 것으로 생각했다.

"나는 형을 사랑하게 되는 것이 두려웠어. 절대 잊지 않겠다고 다짐했던 순간들이 시간에 옅어지고 점점 형을 이해하게 되는 자신이 혼란스러웠어. 나는 어리고 연약한 날들의 목표를 지켜야 하는 것일까, 아니면 지금의 내가 하는 이야기를 들어줘야 하는 것일까. 지금의 이야기에 귀를 기울인다면, 그동안의 수많은 다짐은 그저 허공에 흩어질 텐데. 그것으로 괜찮은 걸까? 지금의 내가 수많은 다른 순간의 자신을 배반하게 된 것이 아닐까? 나는 그들이 참 가엾어. 순수함과 세월을 대가로 흔들리지 않는 목표를 얻었는데, 결국 목표를 이룰 수 없도록 방해하는 건 다른 그 누구도 아닌 자신이라니. 그들은 무엇을 위해 어린 날의 정신을 제단에 바친 것이지? 나는 또 다른 그들을 만드는 것을 막고 싶었어."

곁에 앉아 이야기하던 니보는 별안간 천천히 일어섰다. 다가오는 뮈스테리온 백성들의 표정은 난생처음 맡게 된 역사의 주인공 역에 비장하기까지 해 보였다. 그들에게는 옳다고 믿는 어떤 것이 생겨난 게 분명했다. 그동안 믿고 있던 모든 것을 부조리하게 느끼게 만드는 무엇인가가 그들을 강하게 움직이고 있는 것이었다. 가만, 캄주는 죽기 전 그들이 더 이상 이곳의 신을 믿지 않는다는 의미심장한 이야기를 남겼다. 그들은 자신들만의 여신을 믿고 있다는 말과 함께. 분명 그 이야기와 관련이 있을 것이었다. 하지만 갑자기 무슨 여신인가? 새로운 신화라도 생긴 것인가? 나는 니보에게 어떤 일이 일어나고 있는지를 묻고 싶었다. 그때, 우리를 발견한 사람들의 눈길에 맞춰 니보는 희고 날카로운 손으로 나를 가리켰다. 그러자 나의 백성들은 단 한 번 망설이지 않고 다가와 나를 결박했다. 그렇게 그들은 나를 데리고 숲의 저편으로 향했다.

녹스상툼의 입구를 지키고 있어야 했을 네피들의 모습은 보이지 않았다. 숲의 저편으로 향하며, 그들은 보란 듯 네피들을 잡아 나무에 묶어 둔 지점을 지나쳐 갔다. 아무리 용맹한 전사라고 해도 백성들의 숫자를 감당할 수는 없었던 것이다. 숲의 저편에 직접 간 것은 정말 기억나지 않을 만큼 오래 전의 일이었다. 왕이 되기 전 뮈스테리온의 지리를 학습할 때 네피들을 대동하고 니보와 함께 갔던 것이 마지막이었을 것이다. 그것도 숲의 저편에 발을 들였을 뿐 깊은 곳까지는 가보지 못했다. 숲의 저편은 아주 넓어서 몇 날 며칠을 걷는다고 해도 깊은 곳까지는 쉽게 도착하기가 어렵기 때문이었다. 그래서 보통 우리가 지칭하는 숲의 저편이란, 광활한 숲을 지난 저편의 입구 같은 것이었다. 숲을 지나며, 하늘을 올려다보았다. 보름달이 빛나고 있었다. 한 점 한 점 어둠으로 메워져 가는 세상에서 빛이 남기고 간 흔적은 우리의 모든 것을 지켜보고 있었다. 빛은 다시 돌아오기 위해 어둠에 자리를 내어 준 것이다. 자신에게로 돌아올 수 있도록 어둠을 만들어 낸 것이다.

*

 우리는 일곱 날 일곱 밤을 꼬박 걸어 여덟 번째 날 아침, 숲의 저편 끝에 도착했다.

 숲 저편의 깊은 곳에는 마치 녹스상툼과 같은 거대한 '동굴 속 동굴'이 자리하고 있었다.

 "당분간 아무도 포스상툼 안으로 들어오지 않도록 해. 나는 이자가 진정한 뮈스테리온을 마주하도록 하겠어."

 니보는 자신을 따르는 백성들에게 지시를 내린 후 나를 끌고 '포스상툼'으로 향했다.

 "형이 생각하는 게 맞아. 포스상툼, 빛의 지성소지."

 "동굴의 반대편에 이런 곳이 있는 줄은 몰랐네. 언제부터 여기를 성소로 쓴 거지? 그것보다도, 언제 이런 이야기를 다 만들어낸 거야? 내가 듣기로는 여신이 있다던데."

 "형도 곧 만나게 될 거야. 우리의 여신은 포스상툼의 카르디아에서 지내고 있거든."

"절대 할 수 없어요."

"이건 할 수 있고 없고의 문제가 아니야. 이것밖에 방법이 없어. 해야만 한다."

"바로 내일 저녁이 즉위식인데, 이제서야 그 사실을 알려주시는 이유가 뭐죠?"

"언제 안다고 해서 달라질 것은 없어. 달라져서도 안 되고. 니보도 지금쯤 이야기를 들었을 거다."

"저는 분명 말씀드렸어요, 절대 그럴 수 없다고."

"사랑하는 나의 아들아, 이 세상은 너의 것이 아니야. 너는 거대한 기계 속 하나의 톱니바퀴 역할을 수행하고 있다는 사실을 자각해야 한다. 그렇게 하고 싶은 대로만 행동해서는 안 된다는 이야기다. 세상에서 자신의 위치를 잘 알아야 해. 너에게는 아직 세상을 거스를 능력이 없단다. 능력이 없는 상태로 괜한 감성에 휘둘려서 규칙을 어기게 된다면 너뿐만이 아니라 우리가 모두 위험에 처할 수도 있어. 윗사람들의 심기를 거스르지 말라는 이야기다. 너는 후계자를 낳아야 하고 은총행사를 위해 사람들을 위로 보내야 하며 이곳이 계속 유지될 수 있도록 관리해야 한다. 이

것이 뮈스테리온 왕이 절대적으로 지켜야 할 룰이다. 이렇게 단도직입적으로 말하고 싶지는 않았다만, 너는 이미 흠이 있는 왕자야. 아직 후계자를 생산하지 못했잖니? 즉위식 전에 무조건 후계자를 생산해서 위로 보냈어야 해. 그렇지 않고서는 왕관을 머리에 쓸 수 없거든. 그들이 이에 대해 아무런 말이 없는 것이 나도 의아하긴 하다만 이런 상태에서 또 다른 문제를 일으킬 순 없어. 고개를 낮게 숙이고 조심히 다녀야 한다는 뜻이야. 자존심과 정의감만으로 고개를 뻣뻣하게 들고 다니다가는 목이 부러지고 말 것이라는 이야기다.

"니보의 심장을 제 손으로 찌르느니 차라리 제가 위험에 처하는 게 나을지도 몰라요."

"다시 말하지만, 무슨 일이 발생할지는 아무도 몰라. 뮈스테리온 자체가 위험해진다면 어쩌지? 아니면 나와 엘로어들까지도 모두 위험에 빠진다면? 그들이 왕권을 교체해 버린다면 어쩌냔 말이다."

"이 허울뿐인 자리와 아직 일어나지 않은 일 때문에 가장 가까운 사람을 희생하는 게 더 합리적이라는 말씀인가요? 아버지의 말씀이란 게?"

"네가 왕이 아니라면 너는 영원히 판타스마에 갈 수도 없고 언젠가 밖으로 나갈 가능성마저 모두 빼앗기게 된다는 뜻이다. 그야말로 평생 뮈스테리온에 갇히게 되는 거지.

너는 그래도 괜찮겠니?"

"무슨 방법이 있을 거예요. 그리고 즉위식에는 아버지와 저, 니보와 엘로어들밖에 참석하지 않는데, 그들이 무슨 수로 알 수 있겠어요? 니보에게 무슨 일이 생겼는지."

"그들이 모르는 건 없어. 그들은 언제나 우리를 지켜보고 있다."

"만약 아버지의 말씀이 사실이라면 그들은 우리가 생각하는 것만큼 예외적인 상황을 싫어하지 않는지도 몰라요. 우리가 은총행사를 위한 사람들만 꼬박꼬박 보내준다면요. 제가 아들을 낳지 못한 채로 즉위식을 하는데도 아무런 이야기도 없고 말이에요."

"그렇게 매번 위험을 감수하면서 살 수는 없다. 내가 할 말은 그것뿐이다. 네가 감수한 위험은 증폭되어 결국 너를 운명의 교수대로 끌고 갈 거야."

"그 말씀은 걱정인가요, 저주인가요."

"예감이란다."

녹스상툼의 중앙 광장에서는 손에 횃불을 든 열세 명의 엘로어가 나와 니보를 타원으로 감싸고 있었다. 그리고 아버지는 근처의 검고 너른 돌 위에 앉아서 우리를 내려다보고 계셨다. 니보와 나는 각자 타원의 양 초점에 서서 칼을 뽑아 들고 서로를 마주 보았다. 니보는 모든 것을 체념한 듯 보였다. 덫에 발목이 걸린 애처로운 동물의 눈동자가 보였다. 마치 세상이 수집해 마지않는 인간의 슬픈 눈동자 같았다. 니보는 나의 표정을 읽을 수 있을까? 손이 두려움에 미세하게 떨리는 것이 느껴졌다. 나는 크게 심호흡을 했다. 어차피 맞이해야 하는 슬픔이라면 그나마 조금 덜 슬픈 길을 선택하겠어. 나는 시선을 앞에 고정한 채 주변 엘로어들의 위치를 파악했다. 이런 상황을 아무렇지 않게 묵인하고 종용하는 당신들이 세상보다 더 나빠. 나는 생각을 마쳤다. 마음이 찾아낸 길에 확신이 생겼다. 어차피 다른 길은 없을 테니까. 그 순간 모두가 깜짝 놀랄 만한 커다란 함성을 내지르며 나는 얼굴이 새파랗게 질린 엘로어들을 향해 달려들었다. 어차피 저들은 무장도 되어 있지 않은 굼뜬 노인들이었다. 나는 혼비백산해서 달아나는 그들을 하나하나 차례로 베었다. 내가 다른 엘로어에게 집중하고 있는 동안 도망가려던 몇 엘로어는 니보에 손에 쓰러졌다. 그렇게 우리는 열셋의 원로 엘로어를 세상에서 말끔히 지워버렸다. 한차례의 폭풍이 지나간 뒤 공간에는 다시 적막만이 가득했다. 그제야 나는 두려움에 주저앉았다. 니보는 옆으로 다가와 나를 끌어안으며 눈물을 흘렸다. 아버지는 말없이 내려와 지상에서의 숨이 다한 엘로어들의 몸에 기름을 붓고 불을 붙이셨다. 그렇게 나와 니보는 쉴 새 없이 흘러나오는 눈물에 가려져 온통 모호하게 일렁대는 노랗고, 빨갛고, 푸르고, 또 흰 불꽃을 하염없이 바라보고 또 바라보았다.

*

 사람들을 물리고 함께 포스상툼으로 들어서면서 니보가 가장 먼저 한 일은 내 손의 결박을 풀어주는 일이었다. 니보는 아무 말도 하지 않았지만, 그의 손길에서 나에 대한 일말의 다정함을 느낄 수가 있었다. 그 어느 옛날 내가 니보를 녹스상툼의 카르디아로 처음 이끌었던 날처럼 니보는 나를 포스상툼의 깊은 곳으로 이끌었다. 이곳은 놀라우리만큼 많은 면에서 녹스상툼을 닮아있었다. 초입광장과 중앙광장, 그리고 카르디아와 같은 공간으로 구성되어 있다는 점도 그랬다. 지금 서 있는 곳이 숲의 저편이라고 스스로 끊임없이 되새기지 않는다면 이곳을 녹스상툼으로 착각한다고 해도 전혀 이상할 것이 없었다. 얼마 전까지만 해도 이곳의 존재조차 알지 못했던 나는 알 수 없는 사건의 소용돌이에 휘말려 새로운 길을 걷고 또 걷고 있었다.

 "보니까 애초에 우리를 제압할 수 있었을 텐데, 왜 사람들을 더 데리고 오지 않았어? 처음 캄주를 벌해달라고 왔던 날 말이야."

 "나도 형 옆에 있다 보니까 배운 거지. 모든 일에는 순서가 있다는걸. 일을 끝까지 진행할 수 있을 만큼의 강력한 동기와 올바른 명분, 그리고 기억에서 잊히지 않을 선명한 사건이 필요했어."

"그럼 캄주에게 돌을 던지는 것부터 네가 잡혀가는 것까지 다 계획되어 있었던 거야?"

"뭐 어느 정도는 그렇다고 할 수 있지."

"사람들과 함께 계획한 거니?"

"아니지. 사람들에게 보여주기 위해 계획한 거지."

"능숙하네. 그렇다면 결국 하고 싶은 게 뭔데? 왕이라도 되고 싶은 거야? 그 타이틀이 그렇게 가지고 싶었다면 나한테 간곡히 이야기해 볼 수도 있지 않았을까? 이 사달을 내지 않고서도 말이야. 어차피 나는 후계자도 없는데. 왕이라는 타이틀을 그다지 사랑하는 것도 아니고. 나는 판타스마에 있을 수만 있다면 그만이야. 아예 이곳을 떠날 수 있다면 더 좋고."

"아니, 그렇게 해서는 내가 원하는 것을 얻을 수 없어. 나는 명분을 가지고 형으로 대변되는 기존의 굳건한 체제를 내 손으로 산산이 부수고 올라가야 했어. 우리 백성들은 아주 강한 신념을 필요로하고 있거든. 그리고 지금은 바로 그 신념으로 향하는 사건들을 통과하는 중인 거지. 하나씩, 차근차근."

"그래? 흥미롭네. 왕이 되는 것 이상의 무언가 하고 싶은 것이 있구나? 나는 그동안 마음속에 있는 얘기를 너에게 다 한 것 같은데, 너는 나랑은 확실히 다르구나. 이 많은 이야기를 새어 나오지 않게 어떻게 혼자서 속에 품었니. 너를 잘 안다고 생각하다가도, 가끔 그렇지 않은 것 같아 불안했던 적이 있어. 그런데 역시구나. 네 속엔 내가 모르는 거대한 무언가가 있는 것 같아. 조금은 어둡고 또 조금은 쓸쓸한 무언가가."

"형이 나를 진정으로 알고 싶어했다면 알 수 있었을지도 모르지."

"같이 뮈스테리온을 떠나자는 이야기는 더 이상 해봐야 소용이 없겠구나."

"나도… 나도 언젠가는 이곳을 떠나게 되겠지."

"그게 꼭 어느 시점이어야 하는 거야? 어차피 떠날 거면 지금이 기회라고 생각하는데."

"나는 뮈스테리온 사람들 모두와 함께 이곳을 나갈 거야."

순간 나도 알 수 없는 전율이 온몸을 타고 흘렀다. 이것은 동경일까, 두려움일까. 그대로 걸음을 멈추고 니보를 바라보았다. 커다란 어둠 속을 비추고 있는 작은 불빛들…. 오팔의 눈동자가 흐릿하게만 보였다. 우리가 넘치는 밝은 빛 아래에 있었더라면 아름다운 눈동자의 색을 모두 세어 볼 수도 있을 텐데. 어째서 우리는 인생의 많은 시간을 어둠 속에서 헤매야만 하는 것일까? 처음 어둠 속에 던져졌을 때의 막막함과 두려움은 오랜 시간을 지나며 이름을 알 수 없는 복합적이고 모호한 하나의 감정으로 변해갔다. 굳이 이름을 붙이자면 쓸쓸함, 아니 애잔함 같은 것이랄까. 처음 나면서부터 밝을 빛만을 살아가는 사람들도 있는 것일까? 따스하게 쏟아지는 빛의 품에 안겨 평생 자유 속을 살아가는 인생도 존재하는 것일까? 어쩌면 그런 인생에도 자신만의 감옥이 있는 것일까. 우리는 자신에게 자유를 향해 걷는 법을 알려주기 위해 스스로 감옥을 만드는지도 모른다. 아니, 어쩌면 그보다도 먼저 자유의 빛을 알아보는 법을 배울 수 있었다. 마음속의 어둠을 통해.

니보는 희고 작은 어깨로 너무나도 많은 것을 지려 하고 있었다.

"형은 사람들을 경멸하지. 난 느낄 수 있어. 형은 다른 사람들이 형만큼 삶을 추구할 가치가 없다고 생각해. 지금의 상태로 사람들의 모든 순간을 판단하지. 하지만 형, 사람은 아주 복잡하고, 유연하고, 또 무엇이든 될 수 있는 존재야. 그리고 형도 원래부터 지금의 형은 아녔어. 형은 우리 뮈스테리온 백성들이 세상에 아무런 도움이 되지 않고 전혀 흥미롭지도 않은 그런 사람들이라고 생각하고 있지. 형, 그런데 우리가 모두 같은 인간이라는 걸 형은 종종 잊는 것 같아."

"나는 오히려 모든 사람은 성인이 아니라는 사실을 네가 잊고 있는 것 같은데. 수많은 사람의 계몽을 위해 내 인생을 헌신하지 않았다고 해서 비난받아야 하는 건가? 내가 역사 속의 독재자들처럼 백성들을 괴롭힌 것도 아니고, 최대한 내가 할 수 있는 것을 하면서 다만 내 시간을 가지고 싶을 뿐이야. 어째서 나에게만 그렇게 완벽의 잣대를 들이미는 거지? 뮈스테리온 백성들에게도 나에게 요구하는 것들을 요구하니?"

"형은 합리적인 사고를 할 수 있는 사람이야. 적어도 말도 안 되는 악습이 있다면 그 정도는 고쳐야 했어."

"말도 안 되는 악습?"

"은총행사 말이야."

"오, 니보. 저들이 그것만은 양보하지 않을 거라는 걸 알잖아. 어쩌면 우리를 이곳에 살려두는 가장 중요한 이유일 수도 있고."

"만약 은총행사를 위해 우리를 이곳에 가둬두는 거라면 더더욱 없어져야 해. 그렇게 중요한 일이라면 저들이 직접 제물이 되면 되겠네. 마지막 은총행사는 윗사람들이 제물이 될 거야. 하나도 빠짐없이 모두 다."

"윗사람들에게 대항해 혁명이라도 일으키려는 거야?"

"두고 보면 알겠지. 우리는 천천히 준비해서 위로 올라갈 거야. 이번에 형에게 했던 것처럼."

"불가능해. 그럴 방법이 있다면 어떻게라도 너를 돕고 싶지만, 아무리 생각해도 네가 이 사람들을 모두 데리고 뮈스테리온을 나갈 방법 같은 건 없어. 백번 양보해서 아주 실낱같은 희망이라도 있었다면 너를 응원했겠지만 불가능한 일 때문에 그나마 가진 기회마저 놓치고 위험해지는 것을 볼 수는 없어."

"뮈스테리온은 하나의 작은 국가야. 맹목적인 신념을 가진 사람들로 구성된 국가."

"그건 나도 알고 있어. 뮈스테리온의 백성들은 맹목적인 신념을 가지고 있지. 예전에 우리가 했던 이야기 기억나니? 너는 사람들을 스스로 생각할 수 있게 교육하고 싶다고 했었지. 그 생각, 혹시 아직도 유효한지는 모르겠지만 사람들을 교육해서 이곳을 빠져나가려는 생각은 접는 게 좋을 거야. 사람들이 이성적인 사고가 가능해지면 가장 위험한 건 너랑 나야. 사람들은 필연적으로 그동안의 부조리를 깨닫게 될 거라고. 자신들이 기만당했다는 사실을 전부 알게 될 거라는 이야기야. 평생에 걸친, 아니 대대로 내려온 사기를 깨달았을 때의 분노를 네가 감당할 수 있을 것 같니? 나는 무조건 이번에 탈출을 시도할 거야. 이후에 일어나는 일에 대해서는 나도 어떻게 도움을 줄 수 없다는 이야기야. 아무리 생각해도 이건 좋은 생각이 아닌 것 같아. 분명 알겠어. 의도나 생각 자체는 고결하지. 아주 이상적이야. 하지만 현실은 네가 가지고 있는 단 하나의 패마저 스스로 불태우고 있는 형국이야. 주변 모든 것들에 불을 붙이고 그 속으로 들어가는 것과 다름이 없어. 니보, 이미 우리는 너무 멀리 왔어. 우리가 태어난 순간부터 우리에게는 다른 선택권이 없었어. 우리가 원하는 것과 옳다고 생각하는 것, 그리고 우리가 할 수 있는 것은 모두 다른 거야. 물론, 우리가 다른 사람들보다 편하게 산 것은 맞아. 하지만 우리가 편해서 거짓말을 계속해 왔다고 생각하지는 않아. 현상을 지속하지 않으면 우리의 생명이 위험해지니까, 어쩔 수 없이 선택한 것뿐이야. 아니, 사실 선택이 아니지. 선택을 가장한 유일한 선택지니까. 거짓은 몸집이 점점 자라서 결국 아무도 손을 쓸 수가 없게 된 거야. 진실이 악의 기폭제가 될 만큼 거짓이 너무 크게 자랐어. 진실은 모두에게 죽음만을 불러오게 될 거야. 그것도 커다란 분노와 원한이 불러온 죽음 말이야. 그리고 사실, 이미 시위는 당겨졌는지도 모르지. 니보, 너의 큰마음이 활시위를 당겼어. 하지만 기억해 두기를 바라. 선하고 옳은 방향이라 할지라도 큰 변화는 언제나 훨씬 큰 대가를 필요로 한다는 사실을 말이야. 끝까지 성공해 내지 못한 혁명에는 죽음뿐이라는 사실 역시."

"진실은 당장에는 밝히지 않을 거야. 하지만 나의 최종 목적이 사람들에게 진실을 선물하고 스스로 판단할 수 있는 이성을 길러주는 것이라는 점에는 변함이 없어. 지금은 여신의 계시를 이용해 사람들을 설득할 거야. 우선 여기서 무사히 빠져나간 후에, 천천히 진실을 밝힐 거야."

"여신의 계시? 도대체 여신이 누구지? 정말 신이 뮈스테리온에 강림하기라도 했다는 거야? 그렇지 않고서야 또 다른 거짓으로 거짓을 덮는 거잖아. 그냥 우리가 지금까지 해왔던 짓을 내용만 바꿔서 똑같이 하는 거라고. 그런 변화에는 아무런 명분도 없다는 것을 네가 더 잘 알 텐데. 넌 명분이 필요해서 명분을 날조한 거야. 정말 나중에라도 사람들에게 진실을 가르쳐 줄 생각이 있기는 한 거야?"

"오직 그 이유로 모든 일을 시작한 거야. 형이 평생을 그 자리에 있으면서 하지 못했던 일을 내가 할 거야."

"하지만 무엇이 좋고 나쁘고는 사람들이 판단해야 하는 것이 아닐까? 거짓으로 사람들에게 특정한 길을 강요하는 것은 그저 선동이 아닐까?"

"형도 알겠지만, 나는 이 일로 얻는 것이 아무것도 없어. 사람들은 자유로운 판단을 하기 위한 자유로운 환경이 필요해. 나는 다만 어떤 수를 써서라도 사람들을 이곳에서 빠져나가게 하려는 거야. 형 말대로 지금 진실을 가르치려 들었다가는 되려 분열과 혼란만 가져올 테니까."

"사람들의 미래의 자유를 위해 현재의 정보나 선택권을 마음대로 박탈할 수 있다고 생각하는 거야? 그리고 그 결정은 네가 하는 것이고?"

"형이 무슨 생각하는지는 잘 아는데, 형이 나한테 그런 말 할 자격 없어. 형은 평생 사람들의 권리를 박탈했으면서 아무런 결과도 가져다주지 못했잖아. 결국 사람들의 박탈당한 권리는 형이 편하게 사는 데만 쓰였던 거라고. 그들에게는 돌아간 것이 아무것도 없어. 그리고 이 방법이 아니고서는 사람들에게 자유를 줄 수 있는 길이 없어. 나는 우리가 당장은 어떤 일을 겪더라도 결국 미래에는 지금껏 한 번도 보지 못한 가능성의 세계가 있었으면 좋겠어. 조금 더 자유롭고, 스스로 바로 설 수 있는 그런 세상 말이야. 지금 우리는 이렇게 서로 누가 맞네 틀리네 하더라도 미래의 세대는 자신의 인생을 스스로 선택할 수 있다는 생각을 태어나면서부터 가질 수 있도록, 더 이상 말도 안 되는 이야기로 희생을 강요당하지 않도록 말이야. 그리고 어떤 면에서는, 디도가 우리를 구원해 줄 진짜 여신이라고 생각하기도 해. 전에는 내가 바라는 세상을 이룰 방법이 없었어. 그래서 설득될 리가 없는 형을 끝없이 설득해야만 했지. 그런데 형이 우리 모두를 버리고 뮈스테리온을 정말로 떠나겠다고 말하던 날, 그녀가 나타난 거야. 모든 것이 다 끝났다고 생각한 순간 그토록 염원했던 세상을 이룰 수 있게 도와 줄 하나의 동아줄이 그야말로 하늘에서 갑자기 내려온 거지. 세상에 그냥 일어나는 일은 없다고 형은 항상 이야기했지. 그 얘기를 이번에야 비로소 가슴으로 깨달을 수 있었어. 정말 세상에 그냥 일어나는 일은 없어. 모든 것이 더 크고 장엄한 섭리를 위한 단계야. 아무리 어긋나 보이는 조각들도 모두 맞춰놓고 보면 경외감이 들 만큼 매끄럽고 아름다운 거지. 마치 처음부터 모두 계획되어 있었던 것처럼. 형, 나는 이제서야 비로소 큰 그림의 그림자를 잠시 엿본 기분이야. 고통과 절망으로 가득했던 내 인생의 진짜 의미와 소명을 깨닫게 된 거야."

니보는 마치 커다란 거울 앞에 비친 푸른 달처럼 빛났다. 한편으로는 달빛에 심취한 광신도 같아 보이기도 했다. 무언가를 열렬히 믿게 된 사람의 눈에서 찾게 되는 기쁨의 광휘를 니보의 눈에서도 발견할 수 있었다. 마치 갇혀 있던 마음의 빛이 눈을 뚫고 나와 하늘의 빛을 향해 연결된 것만 같았다. 세상 구석구석을 아무리 헤매어도 찾을 수 없었던 자신의 인생을 약속받은 자들의 터져 나오는 환희였다. 궁지에 몰린 사람들이 모여 만들어 낸 거대한 환상 속, 니보는 자신과 다른 이들의 인생을 약속하는 선지자가 되어 높은 곳에 홀로 우뚝 서 있었다. 인생이 그에게 가져다 준 고통과 절망만큼 그가 그리는 세계는 더욱 빛나고 따뜻한 곳이어야만 했다. 마음으로 만들어 낸 그곳, 어둠 속에서 찾아낸 빛 한줄기. 아이겐그라우의 그곳에서 그들은 모든 가능한 색으로 세상을 채울 것이었다. 나는 니보를 아끼고 사랑했다. 나의 눈에는 이런 것이 가능할 리 없어 보였지만 어차피 믿지 않는 자는 영원히 볼 수 없을 것이었다. 나는 다만 처음으로 보는 니보의 평안한 얼굴을 가슴에 묻고 니보가 그리는 세상을 마음속에 함께 그려볼 뿐이었다.

3. 니보의 이야기

3

 검은 숲은 하늘이 보이는 유일한 곳이다. 이곳에서는 세상의 주기가 명확하다. 숲을 이루고 있는 모든 것은 아침 동이 터옴과 동시에 밝은 빛 아래서 자신의 얼굴을 드러내고 석양이 짐과 동시에 어둠 속에서 조용히 자신의 이름을 지운다. 하지만 밝은 빛이 쇠한 밤에도 달과 별은 자리에 남아 작고 은은한 빛으로 얼굴을 숨긴 것들의 이야기를 하나하나 비춘다. 빛으로 사물의 그림자를 만들어 냈던 것 처럼 태양은 자신의 몸을 피함으로써 생명의 어둠 속 이야기를 듣는다. 낮에도 밤에도 하늘의 빛은 그저 숲의 일부만을 밝게 비출 뿐이다. 검은 숲이 언제나 세상의 감시하에 놓여있는 공간이라면 숲의 이편과 저편은 세상에서 완전히 몸을 숨긴 공간이다. 검은 숲이 끊임없는 변화와 순환 속에서 세상과 함께 나날이 새로워져 가는 곳이라면 동굴의 깊은 곳은 세상과 합의되지 않은 관념만이 몸집을 키워가고 있는 공간이다.

 나는 검은 숲을 사랑했다. 이곳에서는 모든 것이 자신의 이름과 얼굴을 찾을 수 있기 때문이었다.

 나는 특별한 일이 없을 때는 숲에 오곤 했다. 숲에서는 깊은 어둠의 눈을 피할 수 있었다. 햇빛을 조금이라도 더 받고자 길게 길게 위로 뻗은 나무와 풀은 이야기와 함께 숨기에 좋은 은신처가 되어 주었다. 생명이 발현하는 끝 모를 색과 소리 그리고 냄새로 깊은 곳을 피해 달아난 사람들의 이야기를 가리어 주었다. 반면 빛이 들어갈 수 없는 동굴의 깊은 곳엔 공간만이 남아 모두의 일거수일투족을 감시하고 있었다. 그런 공간에서는 어김없이 날카롭게 정제된 냄새가 나곤 했다. 어둠의 향을 맡을 때면 알 수 없이 두려워지곤 했는데, 마치 내가 아닌 것의 의지로 끝없이 자신의 가능성을 상실할 것만 같은 예감이 들었기 때문이다. 그럴 때면 가쁜 마음으로 달려 숲에 오곤 했다. 숲에 와 나무들 사이로 몸을 가리고 냄새를 죽였다. 그리고 나무와 풀과 곤충과 동물과 해와 달과 별의 시선 아래에서 동굴로부터 조심스레 숨겨왔던 진짜 얼굴을 내보였다.

"형을 사랑하고 있어."

나는 혼잣말처럼 낮게 읊조렸다. 가슴에서 토해내듯 말을 내보내니 마음은 한결 개운했다. 하지만 이 사랑의 얼굴을 봐주는 것은 지금이 처음이자 마지막이리라. 나의 사랑은 더 크고 고결한 것을 위해 태어났고, 마땅히 그것을 위해 바쳐질 예정이었다.

*

 형은 아름다운 사람이었다. 나와 눈이 마주칠 때마다 언제나 자애롭게 웃어주던 형을, 갈색 머리에 약간의 푸른빛이 도는 아몬드 색 눈동자를 가진 형을 사랑했다. 나보다 한 살 위였던 형은 모든 것에 대해 자신의 의견이 있었고 언제나 신이 나서 이것저것을 나에게 설명해 주곤 했다. 형은 세상 모든 것에 대해 궁금해했다. 형과 함께 보는 세상은 신비로운 현상들과 수수께끼로 가득한, 살아갈 가치가 차고 넘치는 흥미로운 곳이었다. 형은 모든 학문을 좋아했는데, 특히나 수학과 과학에 관심이 많았다. 형은 극도로 정교하게 설계된 세상을 바라보며 언제나 아름답다는 감탄을 반복하고는 했다. '이토록 섬세하게 만들어진 모든 것들이 서로 완벽하게 맞물려 상호작용을 이루다니, 신은 도대체 인과의 몇 수 앞까지 내다본 것일까? 아니야 어쩌면 그런 것이 아닐지도 몰라. 내가 생각하는 시간과 공간의 개념을 뛰어넘을 수만 있다면! 세상의 큰 그림을 볼 수만 있다면! 끊임없이 순환하는 에너지 상태의 전이는 어떠한 요소로 촉발되는 것일까? 그리고 그것의 의미는 과연 무엇일까?' 하고 형은 종종 기쁨으로 흥분한 채 되뇌곤 했다. 그러던 어느 날부터 형은 조금씩 변하기 시작했다. 더 이상 먼저 나에게 말을 걸어오지 않았고, 내가 먼저 말을 걸 때에도 귀찮다는 듯 형식적인 답변만을 할 뿐이었다. 형이 조금 이상한 것 같다고 선생님께 말씀드리자 원래 이즈음의 나이에서 보이는 일반적인 현상이라고 이야기해 주셨다. 붙들고 있던 환상을 하나씩 내려놓는 훈련을 시작한 것이라고, 그리고 이는 자연스러운 성숙의 과정이라고도 말씀하셨다. 나는 형이 달라지기 시작한 시점을 정확히 기억한다. 형은 첫 은총행사 이후로 달라지기 시작했다. 오랫동안 참석하기를 바라왔던 은총행사에서 대체 무슨 일이 있었던 걸까.

  은총행사는 이곳에서 행해지는 가장 큰 행사 중 하나로, 보통 삼 년 정도의 주기로 진행된다. 이곳에서 이루어지는 행사 중 은총행사보다 큰 행사는 개기일식 날 진행되는 엘로어십 행사 단 하나뿐이다. 은총행사는 월식 일에 맞춰 진행되는데, 특히나 반영월식이나 부분월식이 아닌 개기월식이 진행되는 해는 가장 중요하고 성스러운 해로 간주되었다. 언제부터 시작된 행사인지는 알 수 없었으나 모두의 영혼을 위한 아주 성스러운 행사라고 듣고 배웠다. 선택받은 곳에서 태어난 선택 받은 사람 중 정확히 신의 은총을 입기 위해 만들어진 사람을 직접 신과 만나게 돕는 행사라고 했다. 그리고 선택된 생명은 신의 품에 안겨 쏟아지는 은총을 받으며 이곳 사람들 모두에게 번영을 내려줄 것이라고 했다. 우리는 열일곱 살부터 은총행사에 참석할 수 있었는데 작년 은총행사에 나는 나이가 되지 않아 형만 먼저 참석했었다. 그 때문에 형을 약간은 질투하기도 했는데, 나 역시 형 못지않게 신을 기쁘게 해드릴 수 있는 뛰어난 아이라고 자신했기 때문이었다.

형은 비어버렸다. 생기로 가득하던 사람은 어떻게 사라지게 되는 걸까. 자신의 몸으로 경험한 감각을 더는 견딜 수가 없어질 때 영혼은 육체를 떠나는 것일까. 떠난 영혼은 어디로 향하게 되는 것일까. 혹은 뇌의 깊은 곳 어디엔가 숨어있는 것일까. 바깥의 감각과 차단된 영역이 뇌 속에 존재할 수 있는 것일까. 감각으로 형성된 지각이 만들어낸 비밀스러운 장소 같은 것이 있을 수 있느냐 말이다. 감각의 영향을 받지 않도록 지각이 자신으로부터도 감춰가며 아무도 찾을 수 없는 은밀한 곳을 만들어 낼 수 있을까. 어떻게 자신이 자신을 속인단 말인가? 혹은 필요의 순간 잠시 지각이 자신도 모를 은신처를 만들어 줄 무언가를 가슴으로 부르게 되는 것인가? 그렇게 잠깐 '나'의 사용권을 넘겨주는 것인가? 그렇다면 마음은 어디에 숨어야 하는지 어떻게 알게 되는가. 자신이 살기 위해 조용히 숨을 죽이고 회복해야 할 마음의 성전을 어떻게 찾느냐 말이다. 가장 마음이 도망갈 만한 곳에 심어두는 것일까, 아니면 곳곳에 심어두는 것일까. 현재를 견딜 수 없는 마음이 숨는 곳은 지나가 버린 과거인가? 아직 오지 않은 미래인가, 아니면 더욱 아득한 곳 어디인가?

이제 형은 아름다움을 통해 현상의 근원을 찾기보다는 냉담하고 강박적인 방식으로 현상을 뜯고 파헤쳤다. 형은 분명 세상과 그를 이루고 있는 현상들에 화가 나 있었다. 줄곧 무언가를 찾아 헤매는 사람 같아 보였다. 형이 찾아야만 했던 것은 과연 무엇이었을까? 그것을 찾는다면 형은 다시 예전으로 돌아올 수 있을까? 형과 전처럼 즐거움을 나눌 수 없게 된 나는 외로웠고, 또 조금은 슬펐다. 영혼들 사이에 놓인 한 겹은 모든 것을 바꾸어 놓았다. 모든 것이 평화로웠던 우리 사이에 형은 갑작스레 막을 세웠다. 이것이 배신이 아니면 무엇일까. 알 수 없는 변덕으로 상대 인생의 즐거움을 모두 앗아가는 것이 배신이 아니면 무어란 말인가? 서로 무한한 상상의 나래를 펼쳤던 수업은 시간이 멈춰버린 지루한 말의 나열이 되어버린 지 오래였다. 함께 앉아 받는 수업은 형의 기분을 건드리지 않으려 가만히 숨을 참아야 하는 답답한 시간이 되어버렸다. 나에게서 떠나버렸던 일말의 기쁨은 뮈스테리온 탐방에서 다시 찾을 수 있었는데, 특히 숲에서 보는 푸르고 싱그러운 색들은 나의 마음에 강렬한 인상을 남겼다. 처음으로 느껴보는 두려움과 주체할 수 없을 정도의 설렘. 여러 감각이 나에게로 달콤하게 쏟아져 내리는 기분을 어떻게 표현할 수 있을까? 자신의 육체를 적극 사용해 주변의 환경과 상호작용을 하는 재미를 무엇과 바꿀 수 있을까? 전에는 알지 못했던 새로운 생명들을 발견해 나가는 신비로움은 무엇에도 비할 데 없는 것이었다. 어느새 형에게 쏟던 나의 모든 관심은 숲의 자연을 향해 있었다.

여느 때와 같은 날이었다. 나는 형, 그리고 네피들과 함께 뮈스테리온의 숲을 걷고 있었다. 그때, 저 멀리서 무엇인가가 마치 바람처럼 팔랑팔랑 나부끼는 것이 보였다. 나는 무언가에 홀린 듯 그것을 따라갔다. 조금 더 가까이 가서 보니 그것은 나비였다. 프시케! 작고 유연한 보랏빛 나비는 빛을 입어 마치 황금처럼 빛났다. 이토록 신비로운 생명체가 이곳에 살고 있다니. 아름다운 것을 손에 두고 보고 싶을 때마다 꺼내어 볼 수만 있다면 얼마나 좋을까 하는 생각이 들었다. 달려가 손으로 작은 공간을 만들어 그 안에 나비를 가두려 했지만 보랏빛을 띤 나비는 잡힐 듯 잡히지 않았다. 너무도 연약한 날개를 다치게 해서는 안 된다는 생각이 들었다. 나비가 꽃잎에 가서 쉬기라도 한다면 두 손가락으로 다치지 않게 살짝 집어 올릴 수도 있을 텐데. 눈앞의 아름다움을 생각하며 걷다 어느덧 알 수 없는 먼 곳에까지 와버린 자신을 발견했다. 나비를 따라 이끌린 곳에는 나비와 닮은 색의 꽃이 한 무더기 피어있었다. 그리고 꽃 주위를 스무 마리 남짓의 보랏빛 나비가 너울너울 날고 있었다. 그들은 아름다운 꽃을 떠나지 못하고 있었다. 그리고 꽃을 품은 사랑했던 뮈스테리온을 떠나지 못하고 있었디. 살아 숨 쉬는 삭은 아름다움으로 향하던 발걸음은 오히려 손을 뻗으면 닿을 즈음에 가서 멈췄다. 나에게로 작은 돌 하나가 날아왔기 때문이었다. 고개를 돌려 돌이 날아온 쪽을 바라보았다. 바라본 곳에는 나와 또래로 보이는 여자아이가 나무 뒤에 숨어 빼꼼 고개를 내밀고 있었다. 나는 마치 신의 번개에 심장을 맞은 가련한 사람처럼, 프시케의 아름다움에 놀라 스스로를 황금 화살로 찔러버린 에로스처럼 몸이 움직일 수가 없게 되어 멍하니 서 있었다. 그 순간 주변의 소리와 장면을 이루고 있던 색채가 하나하나 분리되고 확대되어 나에게 다가왔다. 모든 것이 확장되고 멈춰버린 순간 속에는 나와 그 아이만이 우두커니 서 있었다.

나는 그 아이에게로 다가갔다. 한 걸음씩 다가설수록 아이의 큰 눈은 더 커졌다. 나는 두 손바닥을 앞으로 내보이며 조심조심 앞으로 다가갔다.

"왜 돌을 던졌어?"

"나비를 가지려고 하니까."

"나비를 가지면 안 되는 거야?"

"나비는 자신이 하고 싶은 일이 있어."

"설사 나비가 내 소유라고 해도?"

"생각을 소유할 수는 없어."

"그럼, 생각은 소유할 수 없지만 생각을 가진 몸 자체는 소유할 수 있다는 뜻이야?"

"아니, 생각이 있으면 몸은 따라가. 다른 사람의 생각을 따라가는 것이 아니라."

"그런 생각은 어디에서 다 배웠어?"

"이런 것들은 누가 가르쳐 준다고 해서 알게 되는 것이 아니야."

놀라웠다. 이런 생각은 선생님에게서도 배운 적이 없었다. 뮈스테리온에만 속한 사람과는 전혀 이야기가 통하지 않을 것으로 생각했는데, 이 아이는 의외로 나와 비슷한 점이 많았다. 이 아이를 보자니 정말로 생각은 소유할 수도, 통제할 수도 없는지 모른다는 생각이 들었다. 한정된 경험만으로 생각은 꼬리에 꼬리를 물고 자라날 수 있는 것인가? 형이 이 아이를 만나본다면 분명 서로 좋은 친구가 될 수 있을 것이었다. 지금은 형이 네피들과 함께 있어서 안 되겠지만, 판타스마로 올라가서 형에게 이 아이에 대해 말해주어야 겠다고 생각했다. 다음에 뮈스테리온에 올 땐 몰래 형과 함께 빠져나와 함께 새로운 친구와 만나야지. 나는 난생처음 형 외의 새로운 친구가 생겼다는 생각에 한껏 가슴이 들떴다. 그도 그럴 것이, 내 나이 또래의 여자아이와 이렇듯 얼굴을 마주 보고 이야기해 본 것은 처음이었기 때문이다. 부드러운 머리칼도 그렇고 보드라운 볼이며 입술이 마치 명화 속의 신비로운 소녀 같았다. 그리고 목소리, 목소리가 마치 작은 종소리 같았다. 작은 새의 노래 같은 아름다운 목소리.

"그런데 너는 이름이 뭐니?"

"이름?"

"그래, 사람들이 너를 부를 때 지칭하는 단어 말이야. 내 이름은 니보야. 사람들이 나를 부를 때 '니보!'하고 부르지. 사람들은 너를 뭐라고 부르는데?"

"여러 가지로 부르곤 해. 여자아이, 금색 머리, 주근깨, 파란 눈…."

"너, 이름이 없구나?"

호기심에 가득했던 아이의 눈에 순간 수심이 드리웠다.

"아냐! 오히려 잘 된 거야. 우리끼리 특별한 이름을 지을 수 있을 테니까. 나도 우리가 다음에 만날 때까지 곰곰이 생각해 볼 테니까 함께 세상에서 가장 특별하고 아름다운 이름을 짓자! 그리고 그 이름은 너만의 것일 거야."

나의 말을 듣고 여자아이는 웃었다. 눈이 찡긋하고 작은 초승달처럼 기울었다. 활짝 벌어진 핑크빛 입술 사이로는 아름답고 경쾌한 웃음소리가 새어 나왔다. 와, 아름답다. 소녀의 웃음소리는 나의 귓가에서 점점 커지더니 마치 온 세상에 은하수가 내리는 소리로 변해버렸다. 정말 너무나 아름다워! 나는 마음속으로 감탄했다. 그 아이의 웃는 모습을 보며 나도 따라 웃었다. 그리고 주변의 모든 것들 역시 따라 웃기 시작했다. 세상에 이토록 아름다운 순간도 존재하는구나. 하나도 빠짐없이 기억하고 싶은 장면.

"그런데 우리 다음에는 어떻게 만나?"

아차, 그 생각을 하지 못했다. 나는 잠시 생각하다가 손목에 있는 시계를 풀어 여자아이에게 걸어 주었다.

"이건 시계라고 하는데, 아무에게도 보이면 안 돼. 너만이 알 수 있는 장소에 조심히 숨겨두어야 해. 알았지? 나는 어둠이 서른 번 지나면 다시 이곳으로 올 거야. 서른 밤이 지나고 여기 시곗바늘이 세 시 반을 가리키면 말이야. 자, 그러니까 이 짧은 막대기가 여기를 가리키고 여기 긴 막대기가 이곳을 가리킬 때 우리는 여기서 만나는 거야. 오늘 집에 가면서 이 긴 막대기가 얼마나 변하는지 관찰하고 다음에 나올 때는 그만큼 전에 출발하면 얼추 맞을 거야. 너는 똑똑한 아이니까 아마 이걸 계속 관찰하고 있으면 내가 하는 말을 이해할 수 있을 거야. 기억해 서른 밤, 세시 삼십 분."

나는 보랏빛 꽃을 한 송이 꺾어 그 아이의 귀에 꽂아 주었다. 그 아이는 만들어진 것이 아닌 스스로 핀 가상 특별한 꽃이었다. 나는 뮈스테리온을 더 알고 싶었고, 자세히는 그 아이에 대해 더 알고 싶었다. 뮈스테리온은 정말 특별한 곳인지도 모른다. 아름다운 사람들이 사는 축복의 장소. 지금의 순간을 머릿속에 하나하나 빠짐없이 새기며 나를 찾고 있을 네피들과 형이 있는 곳으로 서둘러 발걸음을 옮겼다.

다음 날 저녁 판타스마에서 함께 볼 영화를 고르다 문득 형에게 그 이야기를 꺼냈다.

"형, 사실 나 비밀이 있어."

"그런 식으로 얘기를 꺼내는 건 절대 비밀이라고 할 수 없어. 그래. 어서 말해봐. 뭔데, 너의 비밀이?"

"사실, 나 친구를 사귀었어."

"친구?"

"음, 이번 뮈스테리온에 갔을 때, 숲에서 나비를 따라가다가 길을 잃었거든. 그때 한 여자아이를 만났어. 우리와 비슷한 나이로 보였는데 엄청 귀엽고 예뻤어."

"그래서? 설마 그 아이에게 말을 걸었니?"

"그게, 우연히 대화를 시작하게 됐어. 내가 나비를 잡으려고 하고 있었는데 그 아이가 그러면 안 된다고 나한테 그랬거든."

"베일도 벗었니?"

"응, 근데 주변에 우리밖에 없어서 괜찮았어."

"그럼, 뮈스테리온 사람에게 얼굴도 보이고 서로 대화도 한 거네? 도대체 왜 그랬어? 절대 그러면 안 된다고 얼마나 배웠는데."

"근데 형, 나는 진심으로 그렇게 되어서 다행이라고 생각해. 그렇게 멋진 순간은 정말 처음이었거든. 걔는 진짜 멋진 아이야. 형처럼 생각도 깊어서 나보다도 아마 형이 더 좋아할걸? 이번에 내가 깨달은 건, 뮈스테리온 사람은 우리와 다를 바가 없다는 거야. 그래서 우리가 서로 교류를 하면 안 된다는 규칙을 더욱이 이해할 수가 없어. 나는 뮈스테리온에서 나고 자란 사람과도 친구가 될 수 있다고 생각해. 그 여자아이는 마음씨도 착해서, 내가 나비를 잡으려고 하니까 그러지 말라고 하더라. 그런데 그 이유가 뭔지 알아? 생각은 잡을 수 없기 때문이래. 고로 생각을 가진 몸도 잡아서는 안 되는데, 그 이유가 몸은 자신의 생각을 따라야 하기 때문이라는 거야. 다른 누군가의 생각이 아니라. 놀랍지 않아? 마치 형이 했을 법한 말 같아. 철학적 사고는 배우지 않아도 자연스레 생기는 것인가 봐."

형은 그 말을 듣고 잠시 말이 없었다. 손으로 두어 번 세게 얼굴을 쓸어내릴 뿐이있다.

"형, 무언가 마음에 안 드는 것이 있어? 형이 좋아하는 스스로 생각할 줄 아는 사람이잖아…. 그런 사람이 많이 없다고 형이 외로워했었잖아…."

"그래서 딜레마인 거야. 스스로 생각할 줄 아는 사람을 만나고 싶지만, 뮈스테리온에 그런 사람이 있어서는 안 되거든. 그게 바로 우리 신화가 말하는 질문하는 사람이야. 생각하는 사람은 우리 모두에게 파멸을 가져올 거야."

"하지만 그 여자아이가 잘못한 것은 없잖아. 규칙을 어긴 것도 없고, 생각이 스스로 자라난 것뿐이잖아. 사실 이건 좋은 일이라고 생각해."

"우리가 그토록 통제하는 생각이 스스로 자라난 것으로도 모자라 우연히 너와 인연을 맺게 되었다고? 그래, 이건 극도로 불순한 계획이 아니라면 아주 불길한 징조야. 위험 요소는 초반에 잘 해결하지 않으면 나중에는 걷잡을 수 없어져."

"그런데 난 그 아이와 대화하면서 형이랑 사고가 비슷하다고 생각했어. 형이야말로 그렇게 생각하지 않아? 다른 사람을 통제해서는 안 된다고."

"그러니까, 그 역시 딜레마인 거지. 다른 사람의 생각을 통제해서는 안 된다고 생각하면서도 무조건 통제해야만 하는 상황인 거지. 우리는 태어나면서부터 이 지긋지긋한 딜레마 속에 갇힌 거라고. 그 아이가 그런 사고를 가지고 있다는 것을 안 이상, 나도 어떤 조처를 해야만 해. 생각은 새끼를 치거든. 기하급수적으로 자란다는 이야기야. 그 아이를 그냥 두어서는 안 돼. 너에게는 안타까운 일이지만 고작 한번 만난 거잖아. 우리의 세계를 유지하기 위해 얼마나 많은 사람들이 희생하고 노력했는지 아니? 한 아이 때문에 그 모든 것을 걸 수는 없어. 모든 희생을 헛되이 할 수는 없다고. 그 아이도 중요하겠지만, 나에게는 그보다 너와 내가, 그리고 이 세상이 훨씬 더 중요하거든."

예상치 못한 형의 단호한 반응에 순간 나는 괜한 이야기를 꺼냈다는 생각이 들었다. 그 아이가 걱정되었던 것이다. 문득 형을 안심시켜야 한다는 생각이 들었다.

"아, 생각해 보니까 그 얘기는 내가 한 거야. 사실 형한테 새 친구를 소개해 주고 싶어서 나도 모르게 그렇게 말해버렸네. 그렇게 말하면 형이 혹시 좋아할까 싶어서 그랬나 봐. 어차피 얼굴도 기억 안 나고 앞으로 우연히 다시 볼 일도 없을 텐데 뭐. 내가 정말 생각이 짧았네. 형한테 같이 만나러 가자고 해놓고는 다시 만날 수 있는 방법이 전혀 없잖아? 나도 앞으로는 괜히 어디 정붙이지 말고, 규칙도 잘 지키고 그래야지. 영화는 뭐 볼까?"

나는 대수롭지 않다는 듯 이야기하며 DVD 목록을 뒤졌다. 다만 형이 뒤에서 어떤 표정을 짓고 있었는지는 돌아보지 않았다. 형과 눈이 마주치면 거짓말을 하고 있다는 사실이 들통날 것 같았기 때문이다.

빅터 쇠스트롬 감독의 1921년 작품인 <유령마차>를 함께 보다가 문득 궁금증이 들어 형에게 물었다.

"형, <은총 받는 자>로 뽑히게 되면, 레테이아로 나가게 되는 거야?"

"그건 왜?"

"아니, 그냥 신의 은총을 받으러 어디로 가는지가 궁금해서."

"더 큰 세상으로 간다고 볼 수도 있겠지. 여기보다는 평화로운 곳일 수도 있겠어."

"그렇구나…."

그날 이후 나는 형 앞에서 디도의 이야기를 두 번 다시 꺼내지 않았다. '그 사건'이 있기 전까지는.

*

어제는 잠을 한숨도 자지 못했다. 그 아이는 과연 나와 있을까? 혹시 타이밍이 맞지 않아 서로 엇갈리는 것은 아닐까, 날수를 잘못 센 것은 아닐까 하는 설렘 반, 걱정 반으로 밤새 뒤척였던 터였다. 나는 우리가 한시라도 빨리 숲에 도착할 수 있도록 이야기도 하지 않고 거의 뛰다시피 빠른 걸음으로 씩씩하게 발걸음을 옮겼다. 숲에 도착하자마자 나는 사람들의 눈을 피해 곧장 그 아이가 있을 곳으로 향했다. 심장이 터질 것만 같았다. 주변에서 나의 심장 뛰는 소리를 들은 것은 아닐까 하는 걱정이 되었다. 과연 그 아이는 이곳에 있을 것인가. 나는 풀과 나무 그리고 초록이 뿜어내는 식물의 향기에 취해 금방이라도 쓰러질 것 같았다. 그렇게 도착한 곳에는 그녀가 처음 만난 날과 같은 아름다운 모습으로 나무에 기대어 꾸벅꾸벅 졸고 있었다. 이전에 뒤에 숨어 나를 관찰하던 바로 그 나무였다. 그 아이의 모습을 발견한 순간 나의 작은 가슴에는 황금 나팔 소리가 울려 퍼졌다. 마치 하늘에서 작은 천사들이 아름다움을 몰고 내려와 우리의 만남을 축복하는 것 같았다. 안개처럼 흩어져 사라질 것만 같았던 한 번의 만남은 이번의 만남으로 인해 손에 잡힐 듯 확실한 무언가가 되었다. 나의 환희하고 안도하는 가슴을 이곳의 생명 모두가 알아챘을 것이다. 나는 그 아이의 곁으로 가 조심스레 나무에 등을 기대어 앉았다. 내 기척을 들은 아이는 천천히 눈을 떴다.

"많이 피곤했지. 언제부터 나와 있던 거야?"

"서른 번째 어둠이 사라진 순간부터."

어쩌면 이 아이도 나만큼이나 만남을 기대하고 있었던 것일까? 아침부터 와있었다면 혼자 오랜 시간을 기다렸을 것이다.

"너의 이름을 열심히 생각해 봤는데, '디도'는 어떨까? 카르타고 왕비의 이름에서 따온 이름인데 사랑받는 자, 그리고 방랑자라는 뜻이야. 나는 네가 세상의 여왕이 되어 사람들에게 사랑받았으면 하고, 너의 생각이 누구에게도 구속받지 않았으면 해. 자유롭게 떠도는 방랑자처럼 말이야. 물론, 정말로 세상의 여왕이 될 필요는 없겠지. 이미 너는 세상 그 누구보다 아름다운 여왕이니까."

그녀는 잠시 아무 말 없이 아주 가까이서 나의 눈을 바라보았다. 가까이서 바라본 거울 같은 그녀의 푸른 눈에는 세상이 담겨있었다. 영화 속에서만 보던 바다의 모습 같기도 하고 우주의 모습 같기도 했다. 그녀의 눈으로 보는 나의 모습은 어떤 모습일까. 아름다운 블루에 어느새 이슬이 맺혔다.

"너무 아름다운 이름이야. 디도. 나에게도 이름이 생겼어. 영원히 소중하게 간직할게."

"소중하게 간직해 줘, 디도. 이 이름은 영원히 너만의 것이야."

"나만의 것. 나를 부르는 이름."

"디도."

"디도."

순간 근처에서 작은 기침 소리 같은 것이 들렸다.

"디도, 무슨 소리 못 들었어?"

"이름을 계속 생각하느라 못 들었는데, 무슨 소리가 났어? 어쩌면 작은 곤충의 소리일 수도 있어."

나는 잠시 망설이다가 디도에게 나의 계획을 말하기로 했다. 디도를 처음 만난 날부터 나는 디도를 자유롭게 해주고 싶었다. 이런 부조리한 세상은 디도에게 어울리는 세상이 아니었다. 디도같이 자유롭고 고결한 영혼을 품기에 뮈스테리온은 너무도 작고 폐쇄적이었다. 협소한 뮈스테리온의 틀에 맞지 않는 숭고한 특성은 모두 별것 아니거나 괜히 유난인 것으로 치부되었다. 사람이 얼마나 고귀한 생각과 성품을 가졌든지 간에, 이미 주변의 환경만으로 어떤 사람이 되어야 할지가 정해져 있는 것이다. 큰 사람이 작은 환경에 갇혀있는 것만큼 슬픈 일도 없다. 주변 사람들은 어렴풋이 느끼고 있다. 그녀가 큰 사람이라는 것을. 그런 생각이 들면 들수록 그녀의 재능을 깎아내리는 것이다. 그녀가 스스로를 불신하도록, 그래서 주변과 같아지도록 그녀를 끌어내리는 것이다 만일 그녀가 자신의 능력을 깨닫고 발휘해 가능성을 활짝 펼치는 모습을 본다면 너무도 부럽고 질투가 날 테니까. 그렇게 될 수 없는 자신의 인생이 허망해질 테니까.

"은총행사에 참가해 볼 생각 없어?"

"은총행사?"

"그래, 은총행사말이야. 지금까지 참가한 사람 중 한 명도 뮈스테리온으로 돌아오지 않는 걸로 봐서는 사람들을 레테이아로 보내는 것 같아."

"레테이아?"

"아, 너는 레테이아를 모르겠구나. 사실 이건 정말 비밀이야. 아무에게도 말해서는 안 돼. 사실 뮈스테리온 말고도 더 큰 세상이 있거든."

"그건 나도 잘 알아. 세상이 타락해서 우리가 뮈스테리온으로 오게 된거잖아."

"그래, 우리 신화에 의하면 그렇지. 나와 몇몇 사람들은 그 더 큰 세상을 레테이아라고 부르곤 해. 그런데, 음… 나는 네가 레테이아에 가서 사는 편이 훨씬 좋을 거라고 생각해."

내 말을 듣고 디도는 흠칫 놀라 반사적으로 몸을 살짝 뒤로 뺐다. 나를 경계하기 시작한 것이다. 당연한 반응이었다. 디도는 이성적이고 합리적인 사람이다. 다만 아주 어렸을 때부터 강력하게 주입된 이야기들은 아주 견고하게 그녀의 세상을 이루고 있을 것이었다. 내가 감히 그녀의 전부를 부숴도 되는지, 그렇다 해도 과연 어떻게 그것이 가능할지 알 수 없었다. 그 어떤 사람도 고작 두 번 만난 사람을 믿고 평생의 믿음을 깨버릴 수는 없을 것이었다. 한순간의 말에 지금껏 살아온 세상 전부를 등질 수는 없는 것이다. 세상을 부순다면 자신이 서 있을 곳이 남아있지 않을 것이기 때문이다. 나는 그녀에게 '왜'라는 단어를 가르쳐 주고 싶었다. 하나의 세상이 무너져도 자신의 손으로 다른 하나의 세상을 구축할 수 있도록.

"뮈스테리온은 어쩌면 네가 생각하는 그런 곳이 아닐 수 있어. 카형이 그랬는데, 아무리 좋은 아이디어가 있어도 그것을 많은 사람에게 전달하려면 필연적으로 시스템이 필요하대. 그리고 그 과정에서 결국 모든 것은 원래의 빛을 잃게 되고. 아무리 좋은 사람에게 좋은 아이디어가 있어도 몸과 시간이 한정되어 있으니까 많은 사람에게 무언가를 알리려면 결국 중간 매개들이 필요한 거지. 하지만 문제는 그 중간 매개들이 필연적으로 원래의 의도와는 다른 여러 의도를 가지고 있다는 거야. 결국 대중에게까지 무언가가 닿을 정도라면 이미 수많은 의도가 서로 얽히고 반응한 상태라 원래의 의도는 자취를 찾아볼 수 없게 되는 거지. 게다가 애초의 의도나 아이디어조차 정보를 접할 사람을 위한 것이 아닐 때가 많고. 그래서 결국 무언가를 네가 보거나, 듣거나, 읽을 때는 항상 생각해야 한댔어. 지금 보는 것 듣는 것 혹은 읽는 것은 결국 여러 사람이 복잡한 과정을 거쳐 의도적으로 만들고 배포한 것이라는 것을, 그리고 그 산물은 필연적으로 과정에 참여한 모든 사람의 서로 다른 의도로 점철된 정보라는 것을 말이야. 비관적으로 되라는 것이 아니야. 정보를 받아들일 때 정확한 상황을 판단하고 한번 정제하는 과정이 필요하다는 거지. 그렇지 않고서는 다른 사람이 주입한 내용만을 생각하고 행하는 데에 너의 인생을 모두 써버릴 수가 있거든. 그렇게 된다면 너에게 의도를 주입한 사람은 하나의 인생을 더 사는 셈이고 너는 너의 인생을 살지 못하게 되는 셈이지. 하지만 스스로 정보를 정제하고 판단할 수 있게 된다면 그 모든 정보의 도움을 받아 네 손으로 자유로운 인생을 꾸려갈 힘을 얻게 될 거야. 그래서 모든 인위적인 것을 볼 때에는 반드시 '왜'라는 것을 떠올려봐야 해. 어떠한 이유로 자원과 노력을 들여 우리 눈앞에 특정 정보를 가져다 두었는지를 말이야. 인간이 만든 것을 광범위하게 전파하기 위해서는 필연적으로 권력이 필요해. 레테이아에서는 그것이 돈이라는 것과 밀접하게 연관되어 있고. 요는, 결국 신화라는 건 신이 네 귓가에 대고 속삭이는 말이 아니라는 거야. 누군가가 쓰고 유통한 이야기라는 거지. 우리의 벽화도 마찬가지고. 신이 뮈스테리온에 내려와서 그린 것이 아니지. 나는 시스템 자체를 얘기하고 있는 거야. 실제로 신이 있는지, 어떤 분인지를 이야기하는 것이 아니야. 그저 인간이 만든 시스템에 관해서 얘기하고 있는 것뿐이야. 이걸 비관적으로만 들을 필요는 없는 것이, 인간의 시스템에 흠결이 있다고 해서 신에게 흠결이 있는 것은 아니거든. 만에 하나 신에게 흠결이 있다고 해도, 인간 시스템의 흠결이 신의 흠결을 의미하지는 않는다는 거야. 그리고 만약 신이 완벽한 존재라고 한다면 흠결이 있다는 말 자체가 모순이겠지. 그 모든 상태를 완벽하다고 하는 거니까 흠결을 판단하는 우리의 기준이 잘못된 것이라고 봐야겠지. 그런 전제라면 우리가 완벽하다고 믿는 상태가 오히려 흠결일 거야. 신이 정확히 무엇인지는 모르겠지만, 네가 더 높은 것을 향한 마음을 추구하고자 한다면 모든 순간 기회를 발견할 수 있을 거야. 네 앞에 놓인 인생과 환경, 그리고 이 모든 것과 상호작용을 하는 너의 마음속에서 말이야. 카형이 그랬는데, 모든 것에는 이유가 있대. 자연적인 현상이나 여러 우연 같아 보이는 상황에서도 이유를 생각해 볼 수 있고. 특히나 인과로 바로 설명이 되지 않는 현상이 발생했을 때 '섭리'와 그 의도에 대해 생각해 볼 수 있대. 오만한 생각이라고 할 수도 있겠지만 결국 아름다운 것을 보게 될지도 몰라. 이게 진짜인지는 모르겠지만, 카형이 사람은 결국에 자신이 간절히 바라는 인생을 살게 된댔어. 무슨 이야기냐면, 네가 모든 것에 이유가 있다고 믿는다면 실제로 모든 것에 이유가 있는 인생을 살게 된다는 이야기야. 그냥 본인만 그렇게 생각하는 것이 아니라 실제 그런 세계 속을 살게 되는 거지. 네가 높은 것을 향한 마음을 주구한다면 너는 분명 그런 세상을 살게 될 거야. 그리고 모든 순간에서 신을 발견하게 될 것이고. 이건 과학적으로도 그래. 결국 우리가 경험하는 모든 것은 우리 마음이 빚어낸 환상이야. 그렇다면 우리의 마음은 왜 이런 환상을 만들어내야 했을까? 결국 여러 그렇지 않은 경험을 통해서 네가 원하는 곳으로 가는 길을 알려주려는 것일까? 자유롭지 않은 상황들을 통해 너에게 자유를 선물하고 싶은 것일까? 네가 가장 간절히 바라는 것을 주기 위해 세상과 협업해 지나야만 하는 인생의 길을 안배해 놓은 것일까? 혹은 필연적으로 우리는 현재의 나에게는 없는 현실을 불러오고 싶어 하는 것일까? 무수한 현재를 부수고 새로운 미래를 불러오는 과정을 통해 무언가를 경험하고 느끼도록? 사실 우리의 마음과 세상과 신은 모두 아주 밀접하게 연결되어 있는지도 모르겠어. 어쩌면 다르지 않은 것이 아닐까? 내가 하는 말이 지금은 무슨 말이지 전혀 이해되지 않을 수도 있겠지만, 이 이야기를 기억하고 레테이아에 나가면 꼭 여러 학문을 배워보기를 바라. 분명 그 속에서 어느 정도 자유를 찾을 수 있을 거야. 얘기가 많이 길어졌지? 그래도 너에게 꼭 이야기해 주고 싶었어. 모두 카형이 나에게 항상 들려주던 이야기인데, 나는 이 이야기가 중요한 이야기라고 생각해서 항상 생각해 보고 있어. 우리, 은밀하고 조용하게 자유를 가슴에 품고 살아가자. 흔들림 없는 마음이 점점 커져 우리와 우리의 세상 자체가 자유가 될 때까지."

디도는 합리적이고 회복력이 강한 사람이었다. 그녀에게는 완전히 새로울 수 있는 이야기를 완전히 배척하지 않고 가능성을 열어둔 채 호기심 어린 눈빛으로 경청해 주었다. 또한 나의 대화에서 많은 것을 흡수하고 또 응용하는 태도를 보였다. 나는 오랜 기간에 걸쳐 디도를 설득했고 마침내 디도의 마음을 돌릴 수 있었다.

"부모님도 같이 나갈 수 있다면 좋을 텐데."

"부모님은 이곳에서 엘로어가 되어 존경받으며 편하게 사실 거야. 어차피 함께 나갈 수 없다면 부모님의 행복을 지켜드리자. 다시 한번 말하지만, 우리가 했던 이야기는 절대로 아무에게도 얘기해서는 안 돼, 부모님에게까지도. 너무 많은 것을 알고 있다는 것이 발각되면 모두 위험해질 거야."

"나도 알아. 그리고 어차피 우리 부모님은 그런 사실을 받아들이지 못하실 거야. 오히려 스스로 생각해야 하는 자유를 끔찍한 형벌로 생각하실 것이 분명해. 그리고 내가 진실을 말함으로써 자신들의 낙원을 빼앗아 갔다고 생각하시겠지. 마지막 남은 행복마저 잃은 채로 분명 나를 평생 원망하실 거야. 지금도 내가 생각을 한다는 이유로 나를 마음에 들지 않아 하시는걸. 네 말처럼 사람이 간절히 바라고 믿는 세상을 산다고 한다면, 애초에 그 간절히 바라는 마음 자체가 자신들의 것이 아니면 어떻게 하지? 그들의 세상에서 그들을 꺼내어 진정으로 자신이 원하는 것을 찾을 수 있도록 도와야 하는 거야? 아니면 다른 사람의 의지가 주입되어 시작됐지만 결국엔 간절한 마음으로 온 인생을 다해 바라게 된 세상 속을 그냥 살아가게 둬야 하는 거야? 결국 오랜 기간 부모님의 마음이 들어간 세상이잖아. 이제 와서 그 세상을 나와야 한다면 그동안 쏟은 마음은 어떻게 하지? 어쩌면 부모님에게는 그 세상이 가장 진실되고 편안한 삶을 약속하는 곳이 아닐까. 그리고 그것이 부모님이 진정으로 바라는 것이 아닐까. 게다가 엘로어가 된다면 이곳에서 존경받으며 편하게 사시겠지. 부모님은 자신들이 엘로어가 될 수도 있다는 사실을 꿈에도 생각하지 못하셨을 거야. 그건 뮈스테리온 백성들 모두의 꿈이기도 하니까. 하지만 은총행사의 참가자로 뽑히는 건 경쟁이 심할 텐데 내가 뽑힐 수 있을까?"

"일단, 부모님은 적어도 이곳에서 대접받으며 사실 테니까 그건 걱정하지 마. 하지만 너희 부모님이 대접받는다는 이야기는 누군가가 대접해야 한다는 이야기이기도 해. 부모님이 하셔야 할 일을 다른 사람들이 대신 하는 거지. 자식을 영원히 떠나보내지 않았다는 이유로. 그리고 네 말처럼 은총행사에 신청한다고 해서 다 되는 것도 아니야. 어떤 사람은 더 나은 미래를 위해 노력할 기회조차 없는 거지. 정말 걱정해야 하는 사람은 그런 사람들인지도 몰라. 남이 주입한 의도를 자신의 소명으로 삼고 평생을 다른 사람의 일을 대신하며 살아가는 인생 말이야. 그런 사람들이 다른 마음을 품지 못하도록 오히려 더 굳건하고 엄격한 믿음을 요구하는 것인지도 모르겠어. 사람들이 불행해야 할 순간에도 신의 일을 하고 있다는 사명감을 가지고 뿌듯해

할 수 있도록. 그러한 삶의 태도가 나쁘다는 것이 아니야. 다른 누군가의 편의를 위한 의도로 길러지고 사용된다는 점이 문제지. 사람들이 자신의 인생은 좋은 인생이라고 끊임없이 스스로를 설득하는 동안 어떤 사람들은 실제로 편하고 좋은 인생을 살아가고 있는 거지. 나는 우리 뮈스테리온이 더 자유롭고 열린 곳이었으면 좋겠어. 백성들이 스스로 세상과 교류해서 얻은 다양한 생각과 의지가 존재하는 그런 곳이라면 어떨까. 서로 아는 지식을 거리낌 없이 공유하고 세상에 대해 탐구할 수 있는 그런 곳 말이야. 새로운 내일과 자신을 향해 끊임없이 나아가는 그런 곳이 내가 살아가는 환경이 될 수 있다면 얼마나 멋진 일일까. 고결한 생각의 가치를 인정받는 곳이라면 더할 나위 없겠지. 뮈스테리온도 그렇게 변할 수 있을까? 아니, 어떠한 단체가 과연 그렇게 변할 수 있을까? 도무지 그럴 방법이 떠오르지 않아. 하지만 계속 고민하다 보면 길이 열리겠지? 아무리 작고 좁은 길이라 할지라도 말이야. 우선 나는 이곳의 사람들이 레테이아로 나가야 한다고 생각해. 이곳은 너무 어둡고 폐쇄적이야. 또 모르지, 언젠가는 내가 뮈스테리온의 모든 사람을 데리고 너를 만나러 갈지 말이야. 아니면 네가 우리 모두를 빼내러 와 주겠어? 너희 가족이 지원 가족으로 신청만 한다면 선정될 수 있도록 방법을 알아볼 테니까 걱정하지 마. 이곳은 너와 맞지 않아. 네가 자랄수록 사람들은 이곳과 맞지 않는 너의 지성을 경계하고 시기할 거야. 디도, 나가서 너의 인생을 펼치는 거야. 힘과 지식을 쌓은 후 언젠가는 이곳으로 와서 우리를 바깥으로 이끌어줘. 기대되지 않니? 네가 나갈 생각에 나는 벌써 기대가 되는걸. 네가 자유로운 세상으로 나가서 모든 것을 경험하고 가능성을 활짝 폈으면 좋겠어. 나의 몫까지 전부. 내가 봤던 여러 책과 영화를 너도 봤다면 좋았을 텐데. 나 대신 무스티에 생트 마리라는 아름다운 작은 마을에도 가 줄래. 자, 나의 영혼을 이렇게 조금 떼다가 너에게 줄게. 네 안에 잘 보관해 줘. 네가 아름다운 것을 볼 때면 나도 함께 느낄 수 있을 거야. 언젠가 우리가 함께 아름다운 것들을 경험할 수 있을 때까지 나는 너의 일부가 되어 여기서 네가 경험하는 것들을 어렴풋이 느끼고 있을게. 그래도 한 가지 위안이 있다면 나도 이제 나이가 차서 다음 은총행사 때 떠나는 너를 배웅해 줄 수 있다는 거야. 그마저도 평생 은총행사에 참여하지는 못하고 단지 참석해서 지켜만 봐야 하는 처지로 태어났지만, 이건 나의 상황일 뿐 운명은 아니야. 나는 이 부조리한 환경을 거스를 거야. 무슨 수를 써서라도 모두와 함께 이곳을 나가서 너를 만나러 갈게. 너의 말처럼 생각은 가둘 수 없으니까. 그리고 생각을 품고 있는 육체 역시."

*

　나는 말을 마치고 조심히 형의 눈치를 보았다. 일인용 소파에 다리를 꼬고 앉아 팔짱을 낀 채 나의 눈을 지긋이 올려다보는 형을 어째서인지 마주 볼 수 없었다.

　"그러니까, 그 아이네 가족 맞지. 네가 전에 얘기했던 그 여자애."

　나는 대답을 하지 못했다. 아니라고 하기엔 앞뒤가 맞지 않고 그렇다고 하기엔 형이 거절할 것 같았기 때문이었다.

　"형 말처럼 그런 사람이 우리 시스템에 위협이 된다고 하면 차라리 밖으로 내보내는 게 어떨까 싶어서. 괜히 여기 있는 것보다도 말이야."

　"그 여자아이를 돕고 싶다면 다시 생각해 보는 게 좋을지도 몰라. 하지만 여기 있다고 해서 뾰족한 수가 있는 것도 아니겠네. 이미 그 아이는 위험한 씨앗이니까. 분명 문제를 일으킬 거야. 우리의 임무는 그런 사람들이 문제를 일으키기 전에 솎아 내는 것이기도 하고."

　"그러니까 차라리 내보내 달라는 거야."

　"니보, 내가 한가지 충고하자면 세상에 대가 없이 너무

원하는 것을 표명하고 다니지 말라는 거야. 내 말은, 네가 정말로 간절히 원하는 것이 있다면 주변 그 누구에게도 말하면 안 된다는 이야기야. 세상은 모든 곳에 눈과 귀가 있거든. 네가 아무리 믿을 만한 사람에게 말한다고 해도 세상은 여러 방편을 가지고 있기 때문에 분명 아주 교묘한 방법으로 네가 간절히 원하는 것을 빼앗아 가고 말 거야. 어쩌면 네가 그것을 얼마나 간절히 원하는지를 시험하는 세상의 심판이지. 한번 빼앗긴 걸 다시 찾는 데는 온 인생이 걸릴 거야. 오래 기다리고 염원한 만큼 종국에는 더 값질 수도 있겠지. 하지만 정말로 원하는 게 있다면 세상이 보지 못하도록 마음속으로 숨기라고 말해주고 싶어. 그렇게 마음속에 숨어있던 소망이 자연스레 자라나서 세상도 어쩌지 못할 만큼 커질 때까지 조용히 인생으로 묵묵히 대가를 치러내라고 충고하고 싶어. 그게 차라리 가장 빠른 길이야. 알겠니?"

솔직히 나는 형의 말을 이해하지 못했다. 요즘의 형은 날카롭고 비관적이다. 주변의 작은 자극에도 마치 풍선처럼 터져 버릴 것 같았다. 형의 마음속엔 슬픔 같은 것들이 가득 부풀어 있는 게 분명했다. 그래서 내 심정을 헤아릴 겨를이 없는 것이다. 보통 이 시간대에 우리는 함께 음악을 골라 듣곤 했었다. 소파에 앉아 소다를 마시거나 침대를 뒹굴며 자기 생각을 이야기하기도 하고 선생님의 말투를 흉내 내기도 하면서 즐거운 저녁을 보내던 날들이 마치 먼 옛날의 아득한 기억 같았다. 기쁨의 순간은 어째서 얼굴을 바꾸는 것일까? 언제까지나 나를 따뜻하게 포용해 줄 것 같던 사람은 왜 갑자기 다른 얼굴을 하는 것일까? 내가 아직 어려서 세상을 이해하지 못하는 것일까. 사건은 시시각각 일어난다. 사건에 따라 좌지우지되는 관계란 정말로 애처로운 것이다. 왜 사람들은 세상이 교묘하게 꾸며낸 주변의 환경에 자신의 가슴속 가장 소중한 것을 내어주는지 알 수 없었다. 소중한 것을 대하는 마음이 고작 그것밖에 되지 않는 것인가. 우유부단한 마음과 나약한 영혼들이 만들어내는 것을 과연 사랑이라고 부를 수 있을까. 고난 앞에 지체 없이 자신의 사랑을 희생양으로 삼고 이런저런 이유를 가져다 붙이는 그런 파렴치한들에게 사랑이라는 단어를 언급해서는 안 되는 것이 아닐까. 자신의 이기심에 전부 사랑이라는 이름을 붙이는 궤변론자들에게 이용당하며 끌려다니기엔 사랑이란 너무도 순수하고 고결한 것이다. 아픔까지도 사랑이라고 이런저런 말들을 가져다 붙이는 사람들이야말로 언제나 자신의 우유부단함으로 사랑을 상처 내는 사람들일 수 있다. 소중하게 생각하는 가치를 무슨 일이 있어도 꽉 물고 놓지 않을 강인하고 심지가 굳은 심장만이 만들어 낼 수 있는 것이 사랑이다. 그 무엇에도 맞바꾸지 않을 소중한 가치를 온 생을 걸고 수호하는 것, 그것이 바로 사랑인 것이다. 만약 한 번 신뢰를 저버린 사람이 돌아온다면 두 번째 기회를 줘야 하는 것일까. 신뢰와 사랑을 저버리고 떠났던 사람과의 사랑도 온 생을 걸고 지켜나가야만 하는지는 여전히 알 수 없었다. 강인한 두 심장이 만나 사랑을 한다면 한쪽의 처절한 노력 없이도 보드라운 사랑은 유지될 텐데. 마치 사랑이라는 것에는 내재적인 모순이 있는 것 같았다.

유리 같은 아버지, 나에게만 부서진 유리 조각 같은 아버지. 내키지는 않지만, 아버지께 찾아가 부탁하기로 했다. 언제나 알 수 없이 나에게만 차가운 아버지에게 말이다. 아버지는 도대체 나의 어떤 점이 마음에 들지 않는 것일까. 눈빛과 말투만 봐도 느껴지는 저 차가움은 대체 어디에서 기인하는 것일까. 많은 순간 아버지 마음에 들기 위해 노력해 본 적도 있었다. 하지만 어느 순간 인정하기로 했다. 아버지는 내가 어쩔 수 없는 이유로 나를 달가워하지 않고 있었다. 그리고 그건 정말로 못된 짓이라고 생각했다. 노력으로 바꿀 수 없는 것을 가지고 한 사람을 내치고 싫어한다는 것이 말이다. 그리고 그런 행동이 상대의 영혼에 얼마나 큰 상처를 남기는지를, 상처를 주는 사람은 영원히 모를 것이었다. 그렇게 섬세한 영혼이었다면 애초에 다른 사람에게 상처를 남기지도 못했을 테니까. 언제나 상처를 주는 사람 따로 상처를 받는 사람 따로인 것이다. 세상을 나눌 수만 있다면 두 부류의 사람을 격리해서 살게 하고 싶었다. 특히나, 상처를 주는 사람끼리만 모인 곳에서는 어떤 일이 일어날지가 궁금했다. 그들은 멀쩡한 공간에서 또 얼마나 창조적인 지옥을 만들어 낼까. 아버지는 역시나 방에서 책을 읽고 계셨다. 아버지는 책 속에서 자신만의 자유를 찾은 듯 보였다. 그렇기에 실제 뮈스테리온에서 벗어날 생각이 없는 것이었다. 그저 자신의 마음이 방해받지 않을 시간적, 공간적 자유만을 끝없이 원할 뿐.

내가 기척을 내자 아버지는 무슨 일로 왔냐는 듯 나를 빤히 쳐다보셨다.

"이번 은총행사에 저와 나이가 같은 여자아이 한 명이 있는 집이 지원할 거예요. 그 집을 뽑아주셨으면 해요. 그냥 한 번만 제가 하자는 대로 따라주셨으면 해요."

"그래, 알았다."

아버지는 언제나처럼 시선을 책에 고정한 채로 큰 망설임 없이 대답하셨다. 이걸로 된 것인가? 이것으로 디도의 부모님은 엘로어가 되어 숲의 이편에서 살게 되고 디도는 자유를 얻게 되는 것인가. 이렇게 쉬운 것이었다니. 뭐 아무렴 어때도 좋다. 아버지는 뮈스테리온의 절대적인 권력을 가지고 계시니까. 이런 부조리한 세상이라도 절실할 때 수혜를 입을 수 있어 참 다행이라는 생각이 들었다. 세상이 부조리해서 참 다행이라고.

*

"디도, 몇 번의 어둠만 지나면 우리도 곧 이별이야."

우리는 보랏빛 꽃무덤 아래에서 손을 잡고 누워 하늘을 바라보았다. 디도의 손은 갓 우화한 나비의 촉촉한 날개처럼 보드라웠다. 함께 초록 깃털 위에 누워 바라본 파랗고 흰 가면을 쓴 무한한 가능성의 문이 우리를 부르는 소리가 들려왔다. 하늘을 통한다면 우리는 어디까지 멀리 갈 수 있을까? 모든 것을 아름다운 모양과 색채로 가장해서 우리는 무엇을 찾고 싶은 것일까.

"덕분에 자유로운 세상에 나갈 수 있게 되었어. 부모님은 엘로어가 된다는 생각에 잠도 주무시지 못하고 들떠계셔. 나가서도 너와 뮈스테리온을 잊지 않을게."

"그래, 나 역시 절대 너를 잊지 않을 거야. 가기 전에 뮈스테리온을 많이 보고 가슴에 새겨둬. 이곳도 떠나면 아마 그리울지 몰라. 다시는 오기 어려울지도 모르고. 바깥에서 놀러 온다든가 하는 사람을 지금껏 한 번도 보지 못한 걸 보면 말이야. 뭐 우리가 나가고 싶어도 나가지 못하는 폐쇄적인 곳이기도 하고."

"너도 어서 사람들과 함께 나와서 나를 찾아 줘. 함께 살아가자."

"그래, 그런데 너를 어떻게 찾지? 디도라는 이름으로 찾을 수 있으려나. 레테이아에는 사람이 정말 많은 것 같던데."

"우리의 마음은 연결되어 있으니까 분명 서로에게로 이끌릴 거야."

"듣고 보니 그렇네. 사람은 스스로가 바라는 인생을 살게 되니까, 매 순간 내딛는 발걸음이 서로를 향하고 있을 것이 분명해."

순간 디도는 내 쪽으로 돌아누워 나를 바라보았다. 나 역시 디도를 바라보려 옆으로 돌아누웠다. 어느새 서로의 얼굴이 아주 가까워 있었다. 이렇게 누군가를 가까이서 바라본 것은 카형 말고는 처음이었다. 내가 만난 첫 번째 여자아이. 순간 머리칼이 내려와 디도의 얼굴을 가렸다. 나는 금빛 부케를 조심히 손으로 잡아 귀 뒤로 넘겨주었다. 하얗고 작은 귀가 우리의 이야기를 들으며 빼꼼 세상을 바라볼 수 있도록 말이다. 디도의 머리카락에서는 한겨울 은으로 만든 종에서 울려 퍼지는 소리의 향이 났다. 어쩌면 하얀 오리엔탈 백합의 향이 꼭 이것 같을 것이라고도 생각했다. 사람과 가까이 눈을 마주하는 건 정말로 신비로운 일이다. 뭐랄까, 언제나 멀리서 추상적으로 바라보았던 이미지가 한 꺼풀 한 꺼풀 사라지고 결국 아무런 생각도 남지 않은 채 눈앞의 물성만이 남아 '나'라는 무언가를 관찰하고 있는 것을 깨닫는 일인 것이다. 내가 생각했던 모든 디도가 하나하나 사라지고 눈앞에 마치 처음 보는 듯한 낯선 색과 모양이 앞에 숨 쉬며 존재하는 것을 발견하게 되는 일이기도 했다. 그럴 때면, 영원히 사람을 온전히 이해할 수 없으리라는 것을 깨닫게 된다. 타인은 물론 자신 역시도.

*

내일의 은총행사를 위해 나와 형 그리고 아버지는 판타스마를 떠나 위로 올라갈 채비를 했다. 그리고 이를 위해 위에서 사람이 몇 내려와 우리가 준비하는 것을 도와주었다. 우리는 그들이 준비해 온 말끔한 수트로 갈아입고 머리 손질을 받았다. 나는 은은한 백단향의 향수를 골라 살짝 뿌린 뒤, 수많은 가면 중 원하는 가면을 골랐다. 위에서는 절대 가면을 벗지 말 것, 서로 대화를 하지 말 것. 이것이 규칙이었다. 개인실에 혼자 남았을 때만 가면을 벗을 수 있다. 철저하게 익명성을 지켜야 하는 행사인 것이다. 처음 은총행사에 참석하는 것이기 때문에 지금 고를 가면이 앞으로의 나를 대변하는 아이덴티티가 될 것이라고 했다. 오늘 고른 가면을 이후 행사 때마다 착용하게 되는 것이다. 그렇기에 더욱 신중하게 고르고 싶었다. 한동안 수

백 가지의 가면이 담긴 케이스를 뒤적였지만, 마음에 꼭 차는 가면을 찾지 못했다. 그러던 중 문득 화려한 보석과 깃털로 치장된 보라색 나비 모양의 가면을 발견했다. 보자마자 나는 이거다 싶었다. 디도를 배웅하는 날 쓰기에 이보다 적합한 가면은 없을 것이다. 어쩌면 가면을 보고 디도가 나를 알아볼 수도 있겠다는 생각이 들었다. 자신의 앞날을 축복하는 나의 모습을 발견한다면 아마 조금 덜 외롭게 떠날 수 있겠지. 그렇게 약간은 긴장하고 들뜬 가슴을 안고 보랏빛 나비 가면으로 얼굴을 덮었다.

다섯 시가 되자 육중한 스테인리스강 문이 서서히 열렸다. 이곳의 문이 실제로 열리는 것을 본 건 처음이었다. 우리를 가르치는 선생님은 언제나 판타스마에 미리 와 계셨고, 떠나실 때도 마찬가지로 우리가 뮈스테리온에 내려간 뒤 떠나셨기 때문이다. 지금 생각해 보니 마치 고의로 문이 열리는 모습을 보여주지 않으려고 한 것도 같았다. 저 문은 아주 오래도록 나에게 추상적인 의미에 불과했다. 분명 문이라는 것은 알고 있었지만, 다른 장소와 연결된 실질적인 의미의 문이라는 점이 가슴으로 와닿은 적은 없었다. 그도 그럴 것이, 문이 열리는 것을 한 번도 본 적이 없었기 때문이다. 저기 저렇게 공간의 일부로써 존재하는 모습만을 끊임없이 가슴에 각인했을 뿐. 그래서 나에게 이곳의 문은 실질적인 의미의 문이라기보다도 언젠가는 열릴지도 모르는 가능성, 그 정도의 의미였다. 그렇기에 실제로 문이 열리고 처음 보는 공간이 앞에 펼쳐졌을 때 나는 충격을 받았다. 바로 한 발짝 너머에 전혀 다른 세상이 언제나 존재하고 있었던 것이다. 그와 동시에 여태껏 이 문이 실제로 열리는 문이었으며, 우리가 아주 손쉽게 걸어서 나갈 수 있는 그런 문이라는 사실에 왠지 모든 것이 머리에서 뒤엉킨 느낌을 받았다. 겨우 이 문 하나를 두고 왜 지금껏 이곳에 갇혀 있었는가? 하는 질문이 머릿속에서 끊임없이 맴돌았기 때문이다. 어느 먼 우주의 이야기 혹은 다른 세대의 문명같이 느껴지던 레테이아가 문을 나서서 계단만 오르면 바로 있다는 점이 알 수 없이 큰 충격으로 다가왔다. 그렇게 나는 판타스마의 끝에 자리한 문을 지나고, 나선형의 계단을 올라 마침내 도착할 수 있었다. 우리의 세상에서 잊힌 줄로만 알았던 빛의 도시, 레테이아에.

우리가 도착한 성의 일 층은 구석 방에서부터 내부 회랑까지 어느 곳 하나 쏟아지는 빛의 범람에서 소외된 곳이 없었다. 큰 창으로는 광활한 하늘과 끝을 모르게 뻗어 있는 정원이 보였다. 정원의 나무와 분수 그리고 성안의 모든 것이 그 아름다움과 정교함, 그리고 규모와 종류에서 우리의 문명을 압도했다. 나는 괜한 주눅이 들었다. 저기 저 아래에서 서로서로 눈을 가리고 연극을 할 시간에 아름다운 것들을 갈고 닦아 내 손으로 만들어 낼 수 있다면 싶었다. 내가 레테이아에서 직업을 가지게 된다면 어떤 인생이 펼쳐질까? 우리가 받은 교육은 레테이아에서도 손꼽힐

만한 교육이라고 들었다. 나도 이 사람들 가운데에서 마음 껏 경쟁하고 협력하면서 자신의 한계를 시험해 보고 싶었 다. 이 밑에서는 아무리 좋은 교육을 받아도 그것을 활용 할 데가 없다 보니 어쩔 수 없이 자꾸만 도태되는 기분이었 다. 앞으로 나아가지를 못하니 좁은 곳에서 작은 것을 가 지고 모두 아웅다웅하고 있었다. 우리 뮈스테리온의 백성 들이 처량했다. 그들은 단지 태어났을 뿐이다. 하지만 뮈 스테리온에서 태어났다는 이유로 정해진 길이 평생 앞에 놓여있었다. 진실로부터 눈이 가려진 채로 그저 같은 하루 하루를 살아내기 위한 삶. 강요된 믿음 속에서 어떻게든 삶의 고귀함과 의미를 찾아보려고 하는 가엾고도 착한 삶. 누가, 어떠한 권리로 이들의 설렘과 도전 정신을 박탈해갔 는가? 누가, 어떠한 이유로 어쩌면 세상에 도전해 볼 수 도, 세상의 부조리에 맞설 수도 있는 강렬한 영혼들의 숨 을 모두 죽여 구슬프도록 순종적으로 만들었는가? 어쩌 면 정신 억압은 가장 비참한 형태의 억압인지도 모른다. 너 무도 감사한 마음으로 하루하루 조금씩 독약을 들이켜며 약해져만 가는 수많은 가엾은 정신들을 우리는 보고도 모 른척해 왔다. 바로 보면 가슴이 무너져버릴 것 같아서, 눈 을 감고 다른 것들에 정신을 집중했다. 아름다운 이야기 와 음악과 같은, 우리가 교양이라고 부르는 많은 것으로 눈을 돌렸다. 세상을 바로 마주한다면 고쳐야 할 것이 너 무 많아서 우리의 온 인생을 바친대도 커다란 부조리를 바 로잡지 못할 것 같았다. 그래서 우리는 한편으로는 마음속으로 눈물을 흘리며, 다른 한편으로는 고통받는 그들을 내심 미워했다. 너무도 초라해. 다 너희들이 자초한 일이야. 바보도 아닌데 왜 그런 말들을 그렇게 곧이듣고 있어. 왜 그렇게 별것도 아닌 일에 얼굴을 붉히고 화를 내는 거야. 정말인지 못 배운 사람들이란. 인생을 왜 이런 데에다 허비하고 있는 거야. 자신의 인생이 불쌍하지도 않아? 하고 그들을 비난하며 어쩌면 나의 영혼에도 참 많은 피가 흘렀는지도 모른다. 나는 죽을힘을 다해 그곳을 빠져나왔는데 왜 너희는 아직도 나오지 못한 거야. 왜 죽을 만큼 노력하지 못하는 거야. 나도 한발만 잘못 삐끗했다면 너희와 같았을 텐데. 너희는 왜 할 수 있는 모든 것을 해서 그곳을 탈출하지 않는 거야. 너희가 게으른 거야. 너희가 너무 미워. 내가 너희와 같은 모습이라서, 그래서 너희가 너무 미워. 사실 너희와 별반 다를 것 없는 나 같은 사람에게 무시당하고 멸시당하는 너희가 너무 미워. 그러면서도 그걸 당연하게 듣고 있는 너희가 미워. 우리의 눈빛을 보고도 비 맞은 강아지처럼 애처로운 눈동자로 우리를 올려다보는 너희가 정말로 미워. 왜 자신의 진짜 모습을 찾아갈 수 없는 거야. 왜 자신이 빛나는 존재라는 것을 깨닫지 못한 거야. 정말 우리 때문인 거야? 우리가 아무리 너희의 정신을 억누른다고 해도 잘 생각해 보면 알 수 있잖아. 어째서 우리의 말만 듣고 자신의 영혼을 가슴 깊은 곳에 묻어버리는 거야? 그러다 정말 숨이 막혀서 죽을 수도 있어. 영영 돌아오지 못할 수도 있다고. 나도 이렇게 걱정이 되는데 너희는 두렵지 않은 거야? 너희의 가장 소중한 무엇인가가 가슴속에서 빛을 잃어가고 있어. 자신에게조차 잊힌 채 죽어가고 있다고. 그게 정말 우리 때문이라면, 그렇다면… 우리는 대체 무슨 짓을 하고 있는 거지? 여기 있는 모든 사람들, 우리 모두 무슨 일을 하고 있는 거예요? 죽어가는 영혼들의 목소리가 들리지 않나요? 아주 가엾고, 처량하고, 슬프게 짓이겨진 영혼들이 마지막 숨을 헐떡대고 있는 소리가 들리지 않나요? 다른 사람의 영혼을 짓이기면 그만큼 우리의 영혼이 높은 차원으로 상승하게 되는가요? 나는 우리가 함께 추락하고 있는 것만 같은데.

*

새로운 세계에서의 하룻밤을 보내고 은총행사 당일이 되었다. 사람들은 저마다의 가면을 쓰고 식당에서 만찬을 즐기기도, 찻잔이나 샴페인 잔을 들고 성 내부와 정원을 한가롭게 거닐기도 하는 모습이었다. 오늘의 달은 저녁 아홉 시 무렵부터 조금씩 어둠에 묻히기 시작해 완전한 죽음을 겪은 뒤 자정이 되어서야 되살아 날 것이었다. 공간 곳곳에 성숙하고 묵직한 오후의 빛이 쏟아져 내렸다. 금빛의 광선은 세상의 염원을 싣고 지상 곳곳으로 날아들었다. 창공의 바람을 한 줌씩 이고 가장 높은 곳에서 낮은 곳까지 파고드는 빛줄기에 알 수 없이 가슴이 시렸다. 창틀 너머로는 끝 모를 듯한 광활한 정원이 보였고, 정원의 둘레를 키가 높은 나무로 에워싼 무성한 숲이 보였다. 숲은 나무로 빽빽한 것이 마치 뮈스테리온의 검은 숲 같았다. 다른 점이 있다면 이곳의 나무가 훨씬 넓은 잎과 줄기를 가지고 있다는 점이었다. 숲은 모든 것을 내려다볼 수 있는 키만큼 많은 비밀을 목격했을까. 많은 것을 포용할 수 있는 울창함만큼 말할 수 없는 이야기를 알알이 가슴에 품고 있을까. 가시칠엽수, 은자작나무, 너도밤나무, 그리고 로부르참나무…. 모든 것이 정교하게 재단되어 명확하게 드러나 있는 정원과는 달리 하나가 여럿에 가려지고 얽히고설킨 모양을 한 숲에 나는 '그림자 숲'이라는 이름을 붙여 주었다. 숲이 정말로 빛이 만들어낸 어둠 같은 모습을 하고 있었기 때문이다. 지금쯤 디도는 다른 참가자들과 함께 녹스상툼의 카르디아에서 자신의 인도자를 기다리고 있을 것이었다. 아니, 어쩌면 이미 이곳에 도착해 있는지도 몰랐다. 뮈스테리온의 우리가 레테이아에서 함께 두 발을 디디고 있다는 사실이 자유로운 미래로의 서막을 암시하는 것만 같아 가슴이 벅차올랐다. 어쩌면 우리는 눈앞의 숲을 함께 달릴 수도 있을 것이다. 우리가 검은 숲에서 그랬던 것처럼.

어느새 하늘은 빛의 혈흔으로 가득했다. 빛은 그림자를 남기지만 어둠은 빛무리를 남기지 않는다. 빛이 존재함과 동시에 어둠은 언제나 쇠하기 때문이다. 그저 누군가의 부재에만 목소리를 낼 수 있는 약하고 억눌린 것들의 울음이 터져 나온 곳에 관용이란 없다. 그런 것은 힘 있는 자의 사치였다. 그나마도 그림자는 빛이 있는 곳에서만 존재했다. 어둠이 세상을 지배한 시간에도 고유의 이름으로써가 아닌 빛의 부재일 뿐이라는 것을 끊임없이 상기시키는 것이다. 너는 너만의 이름을 가질 수 없어. 너는 나의 부재일 뿐이야, 하고. 빛은 잠시 자리를 비울 때도 언제나 달을 통해 세상을 내려다보고 감시한다. '모든 것은 나의 에너지로, 나의 의지대로, 나의 뜻대로. 이곳은 나의 세상.' 빛이 말한다. 오늘은 언제나 빛의 통제하에 놓여있던 세상이 잠시 자유를 얻는 날이다. 어둠이 자신만의 이름을 갖는 날이다. 빛의 압제에 부조리함을 느낀 어둠이 잠시 서럽게 몸부림치는 날이다. 빛이 원하는 생명, 자신의 뜻대로 부리려 생성하고 키워온 생명을 소멸시키자. 낮과 밤, 그리고 모든 곳에 마수가 뻗어있는 빛을 피하는 방법은 오직 이것뿐이다. 그의 의지의 노예가 되지 않는 방법은 오로지 죽음, 죽음뿐. 소멸을 위한 소멸이 아닌 자유를 위한 소멸, 빛의 압제에 대항하는 의지 표명으로써의 죽음. 자유를 찾아 어둠의 품에 안기게 될 것들을 칭송하는 날이 바로 오늘인 것이라고, 고개를 든 어둠은 생각했다.

 석양이 완전히 짐과 동시에 우리는 정원으로 안내를 받았다. 정원에는 중앙 분수대를 중심으로 하는 원 모양의 단이 있었다. 정확한 치수는 알 수 없었지만, 원의 지름은 대략 삼십 미터 정도 되어 보였다. 일곱 계단 높이의 콘크리트 단 위로 일인용 소파와 작은 협탁이 원의 둘레를 따라 놓여 있었다. 그리고 협탁에는 샴페인과 핑거푸드, 그리고 오페라글라스가 놓여 있었다. 조명이 모두 꺼진 정원을 미약하게나마 밝히고 있는 것은 오직 중앙 분수대 옆 모닥불뿐이었다. 태양 아래 명확하게 드러났던 것들은 이제 어둠의 손길을 받고 있었다. 더 이상 모든 것을 드러내 보이고 검열당하지 않아도 되는 것이다. 세상이 정해 준 자신의 모습을 잠시 잊은 채 자유롭게 생각하고 꿈꿔도 되는 시간인 것이다. 곧이어 성 쪽에서 사람들이 일렬로 걸어오고 있는 모습이 보였다. 나는 샴페인을 한 모금 마시다 말고 사람들을 자세히 보기 위해 눈을 살짝 찡그렸다. 곧이어 행사를 이끄는 역할을 맡은 듯한 사내가 멀리서 걸어오는 사람들을 손으로 가리키며 역시 보석과 깃털로 장식된 부리가 달린 올빼미 모양의 가면 아래서 이야기했다.

"이번 은총행사를 위해 준비된 스물세 명의 뮈스테리온입니다."

저녁 바람이 쌀쌀했다. 영문도 모르는 채 이곳에 앉아 계속 무언가를 기다려야 한다니. 스스로 무엇을 기대했는지는 모르겠지만 어쩌면 은총행사가 조금은 더 빛과 활기가 가득한 의식이기를 바랐는지도 모른다. 이래서야 뮈스테리온과 다를 바가 없었다. 어둡고, 서늘하고, 온몸의 감각이 각성할 정도로 고요한 것이 마치 뮈스테리온에 와 있는듯한 느낌이 들었다. 그토록 바랐던 레테이아에 왔는데도 나는 여전히 자신의 모습을 드러낼 수 없었다. 문득 레테이아로 나오기 전날 밤 형이 했던 말이 떠올랐다. 자유라는 것은 어쩌면 큰 허상일지 모른다고, 어쩌면 세상은 자유를 빌미로 우리를 원하는 대로 이끌고 부리는지도 모르겠다고 형은 말했다. 조금만 더, 조금만 더, 거의 다 왔어, 하면서. 눈앞에서는 모닥불이 맹렬한 기세로 타오르고 있었다. 작은 불씨들은 하늘에 닿으려다 하릴없이 스러졌다. 멀리서 걸어오는 사람들 중 디도를 알아보기 위해 초조한 마음으로 기다렸지만, 날이 어두운 데다 모닥불에서 나오는 빛으로는 멀리서 다가오는 사람들이 부옇게만 보였다. 녹아 뭉개진, 온통 번져버린 진주 같은 모습을 하고 사람들은 한 걸음씩 착실히 우리에게로 다가오고 있었다. 앉아 있던 사람들은 하나둘 오페라글라스를 들어 다가오는 사람들을 관찰하기 시작했다. 나 역시 오페라글라스를 들어 너머를 바라보던 그 순간, 보고야 말았다. 가면을 쓴 남자의 인솔하에 알몸 차림으로 손과 몸이 밧줄에 묶인 채 겁에 질린 표정을 하고서 터벅터벅 걸어오는 사람들의 모습을. 두려움에 새파랗게 질려버린 우리 가여운 뮈스테리온 백성들의 모습을 말이다. 놀라 주변을 둘러보니 아무도 놀라는 기색이 없었다. 오히려 기다리던 영화가 상영을 시작한 것처럼 편안하고 여유롭게 눈앞의 광경을 관망하고 있을 뿐이었다. 어둠 속에 모습을 감추고 조용히 때를 기다리던 이 엄숙하고도 독특한 행사는 그렇게 자신의 민낯을 드러내기 시작했다. 뮈스테리온인들은 붉은 장미 부토니에르를 한 토끼 마스크의 남자를 따라 걸어오고 있었는데, 얼마 지나지 않아 통로를 지나 원의 중심부로 들어왔다. 우리는 구조물 위에서 안으로 들어온 그들을 내려다보았다. 아무것도 걸치지 않은 뮈스테리온인들은 마치 밤에 피는 아라비안 재스민 같았다. 그들을 꺾어다가 물 위에 올려두면 빙그르르 아름다운 춤을 추기 시작할 것만 같았다. 마치 자신이 잃은 것을 그리워하듯 차가운 어둠이 그들의 몸 위로 내려와 앉았다. 곧이어 스물세 명의 사람은 모닥불을 중심으로 해서 원을 그리고 섰다. 그러고는 모닥불 주위를 천천히 빙글빙글 돌며 한목소리로 알아들을 수 없는 주문을 반복해서 외우기 시작했다. <아폴루트로손 토 스코토스, 카이 클레이손 토 포스 / 아폴루트로손 토 스코토스, 카이 클레이손 토 포스> 그리고 눈앞에 디도가 보였다. 자신만의 생각과 의지를 가진 벌거벗은 한 생명이 보였다. 기분 탓이었을까, 디도는 눈물이 고인 눈으로 두리번두리번 무엇인가를 찾고 있는 듯했다. 그녀의 입술은 손을 맞잡은 사람들과 함께 알 수 없는 주문을 끊임없이 외치고 있었다. 갈 곳 잃은 그녀의 눈동자는 어쩌면 나를 찾고 있는지도 몰랐다. 그녀의 외침을 듣다 문득 깨달았다. 어쩌면 은총행사는 자유와도 은총과도 전혀 상관이 없을지도 모른다는 것을. 마치 뮈스테리온에서 벌어지는 다른 모든 일처럼 극히 일부의 사람들이 원하는 것을 얻으려고 만들어낸 눈속임에 불과한지도 모르는 것이었다. 레테이아는 어쩌면 뮈스테리온보다도 더 깊고 고독한 어둠인 것일까. 디도가 지금 겪고 있는 일에 대한 책임은 모두 나에게 있었다. 뮈스테리온의 조용한 거짓 속에서 나름 평화로운 나날을 보내던 디도를 내가 설득했다. 내가 마치 자유를 찾을 방법을 알고 있는 사람처럼 열의에 차 그녀를 설득했다. 그녀에게 나도 가보지 못한 레테이아의 아름다운 마을에 관해 이야기했다. 의도치 않게 그녀를 자유의 덫에 가두어 버렸다. 프시케같이 꿈꾸던 그녀는 팔랑팔랑 날아 온갖 아름다운 형상으로 짜인 거미줄에 걸려 버렸다. 디도는 차라리 시도하지 않은 채로 뮈스테리온에 머물러 있는 편이 나았을까. 지금에라도 모두 없던 일로 하는 것이 맞는 것일까. 태어난 대로, 부자유와 기만 속에서 일말의 자유를 환상처럼 만들어내며 사는 것이 그나마 바람직한 인생인 것일까. 어둡고 사나운 세상 속에서 차악을 택하며 목숨을 부지하는 것이 가장 좋은 삶인 것일까. 하지만 그마저도 이미 늦은 듯싶었다. 주변의 삼엄한 경비가 와닿았다. 성안에서부터 이곳까지 곳곳에는 MK18로 무장한 경호원들이 배치되어 있었다. 뭔가 수상한 일이 벌어지는 것이 아니고서야 이 정도의 경비가 필요할 리 없었다. 잠깐, 형은 작년 행사에 참석했었다. 이런 일이 있었다면 어째서 먼저 이야기해 주지 않은 것일까. 돌이켜보니 직접적인 이야기에 대해서는 함구했지만, 행사 이후 형의 태도가 눈에 띄게 달라진 것은 분명한 사실이었다. 분명 지난

행사에서도 무슨 일인가 있었던 것이다. 디도를 행사에 참가시키는 것에 관한 이야기를 꺼냈을 때도 형은 그러라는 얘기도, 그러지 말라는 얘기도 없었다. 다만 자신이 원하는 것을 세상에 들키지 않게 잘 숨기라고 했을 뿐. 대체 그 말은 무슨 뜻이었을까? 지금 눈앞의 상황을 의미한 것이었다면 왜 조금 더 직접적인 방식으로 말해주지 않았던 것일까. 형은 무슨 생각이었을까. 아버지, 아버지는 긴말을 묻지 않고 단번에 승낙해 주셨다. 어쩌면 일부러 그런 것인지도 모른다는 생각이 들었다. 도대체 디도와 나는 어떤 상황에 놓이게 된 것일까. 우리는 과연 안전한 상황인 걸까, 이것들은 모두 준비된 연극일까. 나는 주위를 둘러보았다. 고개를 돌린 곳엔 루비로 장식된 메탈릭 블랙의 독수리 가면이 내 쪽을 바라보고 있었다. 형의 가면이었다. 멀리 있었지만 분명 느낄 수 있었다. 형은 나를 보고 있었다. 아버지의 모습도 멀리서 찾을 수 있었는데, 아버지는 내 쪽을 보지 않고 계셨다. 그저 원 안에서 벌어지는 일을 물끄러미 바라보고 계실 뿐이었다. 밤공기가 차가웠다. 코로 크게 숨을 들이쉬었다. 열과 소리에 아직 오염되지 않은 깨끗한 밤 향기가 코끝에 스몄다. 눈앞엔 밤 장미 같은 모양을 한 붉은 모닥불이 끝을 모르고 맹렬하게 타오를 뿐이었다. 그 순간, 올빼미 가면의 남자가 하늘로 손을 치켜들었다. 남자의 모습에서 성전에 나가기 전 서약을 맹세하는 기사의 몸짓과도 같은 결연함이 느껴졌다. 그의 손을 따라 모든 사람의 시선이 하늘로 향했다. 고개를 들어 바라본 곳에서는 지구의 그림자가 서서히 달을 가리기 시작하고 있었다. 월식이 시작된 것이다. 그와 동시에 사람들은 모두 기립해 손을 가슴에 얹고 눈을 감았다. 그러고는 잠시 후 너도나도 계단을 통해 단을 내려가기 시작했다. 나 역시 사람들을 따라 계단을 내려갔다. 원 안으로 들어가서 디도와 이야기를 할 생각이었다. 모두가 움직이는 틈을 타 몰래 뒤로 빠질 타이밍을 보고 있었는데 누가 나의 팔을 살짝 움켜쥐는 것이 느껴졌다. 그러고는 내 귀에 나지막이 속삭였다.

"여기서 그래봐야 너까지 위험해질 뿐이야. 이런 행동이 디도에게 아무런 도움이 되지 않는다고. 철없는 행동으로 다른 사람에게 피해를 주는 일, 한 번으로 부족한 거니."

귓가에 들려온 음성은 내가 너무나도 잘 아는 목소리였다. 외롭고 기댈 곳 없던 유년기에 항상 평안과 위안을 주던 목소리, 차갑고 냉담한 세상에서 내가 유일하게 따뜻함을 찾았던 바로 그 목소리였다. 어느새 주변으로는 카트들이 속속 도착하고 있었다. 사람들은 두 명 내지 세 명씩 짝을 지어 카트에 타기 시작했다. 형은 그중 한 카트에 나를 밀어 넣고는 이윽고 자신도 따라 탔다. 우리가 탑승하자 운전하는 가면은 어디론가 카트를 몰기 시작했다. 형은 밤바람의 소리에 자신의 음성을 조용히 묻고는 나의 귀에 속삭였다.

"세상엔 어쩔 수 없는 것들이 있어. 아니, 어쩌면 세상엔 어쩔 수 없는 일들뿐이지. 네가 무엇을 할 수 있고 또 없는지를 아는 것이 중요해. 스스로 알 수 있어야 해. 행동했을 때 어떤 결과가 나올지를 그릴 줄 알아야 해. 그리고 더 나은 결과가 그려질 때만 행동해야 해. 상황을 악화시키기는 결과가 나올 것을 알면서도 행동하는 건 너무 무책임한 일이니까. 파멸의 결과를 알면서도 다른 방법이 없어서 그렇게 행동했다고 하는 것은 무책임한 변명일 뿐이야. 스스로 방법을 찾지 못하니 세상에 떼쓰는 거지. 그리고 세상은 막무가내로 떼를 쓰는 사람에게는 벌을 줘. 세상에는 규칙이 있거든. 당장은 안돼. 넌 할 수 있는 게 없어. 오늘을 기억에서 지워."

곧이어 카트는 정원 구석의 어떤 건물 앞에 멈춰 섰다. 건물 안으로 들어서니 수많은 종류의 무기가 진열되어 있었고 사람들은 무기를 하나씩 골라 밖으로 나서고 있었다.

"오늘은 사냥의 날이야. 빛과 생명을 사냥하는 날. 눈에 띄지 않게 어서 무기를 하나 집어 들어. 이 사람들에게 어떤 말을 해봐야 최악의 결과만 초래할 뿐이야. 네가 할 수 있는 걸 해."

형이 말했다. 그제야 조금씩 지금의 상황이 이해되기 시작했다. 은총이니 하는 온갖 단어로 치장된 오늘의 행사는 결국 사람을 사냥하는 날이었다. 만약 여기 모인 사람들이 우리 뮈스테리온인을, 그리고 디도를 사냥하러 가는 것이라면 어째서 이런 일이 세상에 존재해야 하는지, 아무 죄 없는 사람들이 어째서 희생양이 되어야 하는지 더 이상 묻고 따질 겨를이 없었다. 나는 이곳을 경호하는 사람들이 사용하는 것과 비슷해 보이는 기관단총을 집어 들었다. 무기를 들고나온 우리를 태우고 카트는 정원의 끝이자 숲의 입구로 향했다. 인간이 만들어 낸 문명의 공간이 끝나고 자연이 자신만의 의지를 뿜어내는 곳으로.

지구의 그림자가 태양이 남겨두고 간 달빛을 사냥하는 동안 죽음은 생명을 사냥할 것이었다. 하지만 태초의 죽음과도 같은 무에서 깨어난 것은 느끼고 싶다는 의지가 아니었던가, 그리고 그것이 생명의 근원이 아니었던가. 일부가 균형을 깨뜨려 나머지 것들을 지워버린다면 결국 그 자리에는 아무것도 남지 않게 될 터였다. 죽음도 생명도 섭리의 일부이자 더 높은 것의 의지를 실현하기 위한 수단일 뿐. 나는 멋대로 거만하게 섭리에 손을 대는 사람들에 맞서 죽음에서 생명을 구할 것이었다. 큰 빛이 큰 어둠을 불러왔던 것처럼 큰 어둠은 또 다른 큰 빛을 부르게 될 것이다. 숨 막힐듯한 부조리함과 억압은 결국 끓어오르는 열망과 터져 나오는 자유를 부르게 된다는 것을 저들에게 보여줄 것이다.

나는 형과 둘이 숲에 남았다. 주변에서는 아무런 기척도 들리지 않았다. 넓은 숲속에 사람들이 흩어져 있었기 때문이다.

"월식이 끝날 때까지 사냥을 마쳐야 하는 게 룰이야. 오늘 이곳에 모인 사람들은 어둠과 파괴를 숭상하고 있어. 약자들이 자연의 섭리에 따라 사냥당하고 사라져야 한다고 생각하지. 약하고 여린 것은 어둡고 강한 것에게 제물로 바쳐져야 한다고 생각하는 거야."

"그렇게 중요한 제물이라면 자기 자신들을 바치는 게 어떨지 물어보고 싶네."

"그렇지 않아도 그렇게 될 거야. 사냥에 실패한다면. 스물셋 제물 사냥에 실패하면 이곳에 모인 모든 사람이 어두운 것의 타깃이 될 것이라고 들었어. 네가 여기서 허튼짓을 하면 스물셋에서 끝나는 게 아니라 우리가 모두 위험해지는 거지."

"여기 있는 모두가 죽어 나간다면 볼만하겠네. 나는 찬성이야. 뮈스테리온 사람들만 그냥 그대로 둔다면."

"자세한 건 나도 몰라. 그냥 이야기로 떠도는 말들이야."

"형, 이유가 어찌 됐든 간에 나는 형을 용서하지 못할 것 같아."

"그럴 거라고 생각했어."

"그리고 오늘 디도를 구하지 못한다면, 나 자신을 영원히 용서하지 못하게 되겠지."

나를 말리지도, 응원하지도 못한 채 굳어버린 형을 그대로 두고 디도를 찾기 위해 숲속을 무작정 달리기 시작했다. 디도를 배웅해 준답시고 고심해서 고른 보랏빛 나비 모양의 가면이 하나의 처량한 유머처럼 느껴졌다. 디도는 나를 보고 무슨 생각을 했을까. 디도와 처음 만났던 순간의 장면이 하나하나 마음의 눈을 스쳐 지나갔다. 그날의 모든 게 너무나도 선명했다. 마치 지금이라도 손을 뻗으면 닿을 것같이 선명한 순간들은 지금의 변해버린 상황을 아는지 모르는지 그 자리에 순수하게 멈춰있었다. 그날도 오늘과 같은 숲속이었지. 우리는 둘 다 너무도 순진했었어. 주변에서 좋은 향기가 났던 것도 같아. 작은 곤충들의 귀를 메우는 노래에, 꽃과 잎이 내뿜는 강렬한 향과 색에, 발바닥에 닿는 초록의 보드라움에 나는 아팠어. 머리가 온통 어지러워 정신을 차릴 수가 없었지. 꼭 귀가 먹고, 눈이 멀고, 감각으로 온몸이 관통될 것만 같았어. 모든 것이 어우러져 그 순간만의 특별한 향기가 났지. 나는 궁금했어. 목소리나 눈빛에서도 향기가 날 수 있을까? 너를 보면 마치 그런 것 같았거든. 그런 순간이 있으니 아무래도 괜찮은 거겠지? 아무래도 괜찮을 거야. 아무래도 괜찮다. 나는 오늘 내가 할 수 있는 일을 할 것이다. 만일 실패한대도 그런대로 괜찮다. 나에게는 영원히 변하지 않는 순간이 있다.

최후의 순간이 오면 그 속으로 숨어 들어갈 것이다. 나의 일부를 그곳에 남겨 두었기에 가능하다. 죽음도 나를 찾지 못할 순간 속으로 숨어 들어가 영원히 순간을 살 것이다. 아름다움이 영속하고 고통 없이 빛과 기쁨만으로 찬란한 순간을. 한 가지 소망이 있다면 최후의 순간에 디도도 그렇게 해 주기를 바라는 것이었다. 고통의 순간, 우리만의 공간에서 세상을 잊고 조용히 웃을 수 있기를.

얼마나 달렸을까, 숲속의 고요를 뚫고 멀리서 여자의 비명이 들려왔다. 숲의 침묵과 나의 초조함이 멀리서 들려오는 작은 소리까지 증폭해서 전달해 주었다. 소리를 따라 무작정 달리기 시작한 곳엔 목소리들이 가득 차 있었다. 디도의 목소리와 지금 이 순간 멀리서 튀어 오르고 있을 날카로운 소리가 내 마음의 숲을 어지럽게 엉켜 날아다니고 있었다. 과연 무엇을 다르게 할 수 있었을까? 아무리 생각해도 답이 나오지 않았다. 오감과 생각만으로 사람들은 얼마나 많은 이야기를 쏟아내고 있는지, 왜 끊임없이 자신과 모두를 위한 고통을 만들어가며 살아야 하는지 알 수 없었다. 그렇기에 사람들은 숲을 찾는지도 몰랐다. 즉각적으로 생성되는 인과에서 잠시 발을 떼어놓기 위해, 불어나는 반향에서 잠시 도피하기 위해. 하지만 언제나 조금의 빛이 남아 사람들을 지켜보며 모든 것을 계산에 넣고 있었다. 높은 차원에서 자신이 설계한 인과의 그물 속으로 모든 살아있는 것들과 그렇지 않은 것들을 차곡차곡 넣어가고 있었다. 사람들은 오직 찰나 동안만 지켜질 비밀을 위해 빛의 그물을 대대로 쉬지 않고 찢어발기고 있었고, 가장 깊고 어두운 비밀을 침묵하며 숲은 점점 더 거대해져만 갔다. 그렇게 숲은 세상에서 한 발짝씩 계속해서 멀어져 간 영혼들을 위한 성전이 되었다. 어둠과 그림자를 위한 비밀의 지성소. 나는 빽빽하게 숲을 이루고 있는 나무들에 걸려 넘어지지 않으려 주의하며 달렸다. 어떤 밤은 가끔 너무도 끔찍하다. 제발 모든 것을 한 번에 토해내지 말아줘. 소리가 나는 곳이 점점 가까워지고 있었다. 그렇게 달리던 찰나 나무들 너머에서 발견하고 말았다. 둔기를 들고 무방비의 여자를 마구 내리치고 있는 남자를. 디도일까? 나는 가까이 다가갔다. 인기척이 들리자 <뭐 하는 거야?> 하고 남자가 말했다. 디도가 아니다. 순간 나도 모르게 여자가 디도가 아님을 확인하고 안심하는 자신을 발견했다. 하고많은 무기 중에 칼이나 둔기를 고르다니. 뻔뻔한 녀석. 아마 이런 인간에게 오늘의 의식은 아무런 의미도 없을 것이다. 그저 뒤틀린 자극을 충족시켜 주는 유희 같은 것이겠지. 그렇게 자극을 느끼고 싶어 하는 사람이라면 가장 커다란 자극인 죽음을 선물해 주자고 생각했다. 시간이 없었다. 디도를 찾아야 해. 나는 남자를 향해 총을 연달아 발사했고, 미래를 확신하며 현재를 남용하던 남자의 양복은 온통 피로 물들어갔다. 육체가 고이 가두고 있던 붉음이 섬유에 천천히 번져가고 있었다. 마치 아까 본 노을 같기도 하고 루비 같기도 했다. 이승에서의 자신의 모습을 벗고 연약한 한 송이의 꽃으로, 프시케로, 종잇장으로 변해 남자는 힘없이 너풀너풀 쓰러졌다. 그 어떤 역겹고 이기적인 사람도 푹 찔러 터뜨리면 쥐어 짜낼 일말의 아름다움이 있다는 것이 신선한 충격이었다. 시간이 없었지만 무슨 이유에선지 남자의 얼굴을 확인해 보고 싶었다. 나는 쓰러진 남자에게로 가 그가 착용하고 있던 너구리 가면을 벗겼다. 가면에는 곳곳에 토파즈 장식이 되어 있었는데, 대체 어떤 생각을 하면서 가면을 골랐을까 하는 생각이 들었다. 이런 사람에게도 보기에 더 좋은 것, 더 마음에 드는 것과 같은 가치가 있었던 것일까. 가면 속에는 겉으로 보기에 번듯한 한 남자가 있었다. 다른 상황에서 만났더라면 이런저런 이야기를 나눌 수도 있을 것 같은 실제 인간이 들어있었던 것이다. 이런 사람도 하나의 생을 소유했겠지? 나는 남자의 얼굴에 총구를 겨누고 방아쇠를 당겼다. 방금까지 하나의 얼굴이었던 것은 마치 땅에 엎어진 뜨거운 수프처럼 형체를 알 수 없게 되어 사방으로 튀고 흩어졌다. 조금 전까지 존재하던 하나의 인생은 이제 이곳에 없다. 이승에서의 가면이 모두 부서졌기 때문이다. 하나의 생명이 떨어짐으로 인해 다른 하나의 생명이 살게 되었다. 나의 선택이었다. 근처에서 찢긴 살을 부여잡고 나를 보며 신음하는 여자를 뒤로했다. 이것 역시 나의 선택이었다. 디도를 찾아야 했다. 돌아서서 달리는 내내 등 뒤에서 한 사람의 가능성이 닫히는 소리가 났다. 나는 그 소리 역시 뒤로했다. 시간이 없었다. 막다른 곳으로 가 내가 선택한 바로 그 문을 열어야 하기 때문이다. 이후, 소리가 들리는 곳에 들렀다가도 디도가 아닌 것을 확인하고는 뒤를 돌아 떠났다. 애원하는 소리에도 슬픈 장면에도 주저하지 않았다. 나는 디도를 찾고 있었고 생각할 것은 그것뿐이었다. 얼마 지나지 않아 내가 있었던 곳에서 아름다운 불꽃이 하나 피어올랐다.

더 이상 달릴 수 없는 지경이 되어서야 땅에 달려들어 안기듯 쓰러졌다. 터지듯 새어 나온 숨에서는 금속성의 피맛이 났다. 아까부터 계속 어두워져만 가던 세상은 어느덧 완전한 암흑이 내려 아무것도 볼 수 없는 상태가 되었다. 모든 감각이 극도로 활성화된 길기만 한 어둠의 시간이었다. 그때, 갑자기 하늘에서 붉은빛이 내리기 시작했다. 올려다본 하늘엔 사라져가고 있던 달이 붉은 칠을 하고서 우리를 시뻘겋게 내려다보고 있었다. 마치 빛이 자신의 귀환을 세상 전체에 의미심장하게 현시하는 것 같았다. 나는 넋을 놓고 달을 바라보았다. 그리고 붉은 달을 바라보며 서 있는 내 곁을 누군가가 숨 가쁘게 지나쳐갔다. 찰나였지만 분명히 알아볼 수 있었고, 아마 얼굴을 보지 못했다고 해도 알아차렸을 것이 분명했다. 나를 지나쳐간 사람은 디도였다. 천만다행이었다. 디도가 아직 살아 있음으로 인해 가장 끔찍한 가능성만은 피하게 된 것이었다.

"디도!"

나는 큰소리로 디도를 외쳐 불렀다. 디도는 자신을 외

쳐 부르는 나의 목소리에 마치 발에 족쇄가 채워진 사람처럼 달리는 것을 멈추고 이곳을 바라보았다. 그 순간, 디도의 뒤를 따라 달리고 있던 또 다른 한 사람이 멈춰서서 그녀를 향해 석궁을 조준하고 있는 것을 발견했다.

"안돼! 디도, 도망쳐"

곧이어 <탕!>하는 총소리가 들렸다. 그리고 나무 뒤에서 누군가가 걸어 나와 쓰러진 여자의 석궁을 멀리 발로 걷어차 버렸다.

"원래 우리끼리 무기를 겨눠서는 안 돼. 이곳의 룰이야."

형의 목소리였다. 어느새 석궁을 들고 있던 여자는 땅에 붙어 작은 숨을 내쉬며 조금씩 꿈틀대고 있었다. 허벅지에 총을 맞은 듯했다. 형은 여자에게로 다가가 무릎을 굽히고 앉았다. 그러고는 허리춤에 차고 있던 권총으로 여자의 두개골을 몇 번 힘차게 가격했다. 여자는 정신을 잃었다.

"니보, 이리로 와서 옷을 벗기는 걸 좀 도와줘. 어서."

형의 말에서는 언제나 알 수 없는 위압감이 느껴졌다. 형이 확실한 태도로 어떤 것을 지시하면 나도 모르게 묻지도 따지지도 않고 지시를 따르게 되는 것이었다. 특히나 두려운 상황에서는 더욱 그렇게 되곤 했다. 나는 형을 도와 여자의 원피스와 속옷을 벗겼다. 이런 귀여운 팬티에 걸맞은 인생을 살았다면 이 사람도 조금은 더 행복하지 않았을까? 하는 의도를 알 수 없는 주제넘은 질문이 마음에 떠올랐다. 겉을 싸매고 있던 모든 것을 걷어낸 곳엔 가녀린 여자의 보얀 살결이 드러났다. 형은 옷을 한데 모아 멀리서 덜덜 떨며 모든 상황을 지켜보고 있는 디도에게 이리 오라는 시늉과 함께 던졌다. 형은 뒤이어 여자가 장신구를 한 것이 있는지 꼼꼼히 살펴본 뒤, 마지막으로 여자의 얼굴에서 가면을 벗겨 디도의 손에 조심히 쥐여주었다. 그러고는 완전히 벌거벗겨진 여자를 바로 눕힌 뒤 뇌와 심장에 정확히 각각 한발씩을 쐈다.

"처음 다리에 총을 쏠 때 옷에 피가 좀 튀긴 했어도 이 정도는 괜찮아. 아마 사냥하다가 생긴 흔적이라고 생각할 거야. 옷에 구멍이 난건 아니니까. 우리는 디도를 이 여자로 위장할 거야. 디도, 어서 옷을 입고 가면을 써. 그런 태도로는 얼굴과 몸을 완전히 가린대도 소용없어. 어깨를 펴고 두려움을 숨겨 디도. 저 여자가 이곳에서 사라졌다는 건 얼마 안 가 들통나게 되겠지만 그래도 괜찮아. 어차피 내일이면 사람들은 모두 돌아갈 테니까. 니보, 우리는 디도가 이곳에서 무사히 나갈 방법을 찾아야 해. 다들 눈물 닦아. 사람들이 곧 올 거야." 하고 형은 하늘로 폭죽을 쏘아 올렸다. 지상에서 쏘아 올려진 아름답고 환한 빛은 특유의 소리와 함께 아주 잠시 세상을 색색의 환상으로 밝혔다.

 얼마 지나지 않아 하얀 카트가 숲길을 가르고 우리 앞에 와 섰다. 우리는 무기를 반납하고 카트에 올라탔다. 조금 전까지 자신의 의지를 가지고 시시각각 모습을 바꾸어 우리를 미혹하고 길을 잃게 만들었던 숲은 어느새 그 복합성을 잃고 단순한 풍경의 모습을 하고 있었다. 차갑고 순수한 밤공기가 코끝을 지나 몸 전체로 깊이 퍼졌다. 그제야 긴장이 조금 풀리는 것을 느꼈다. 디도가 입은 흰 원피스 자락이 밤바람에 펄럭이고 있었다. 죽은 여자에게서 가져온 원피스는 어둠 속 은은하게 켜놓은 조명처럼 빛이 나는 듯 희었다. 그리고 오직 그 위를 수놓은 붉은 핏방울만이 흰옷에 대비되어 밤새 벌어진 일을 조용히 전하고 있었다. 결국 남은 것은 이것뿐인가. 디도는 붉어진 손끝으로 휘날리는 금발을 귀 뒤로 넘겼다. 디도의 옆얼굴이 보였다. 굳게 다문 입술과 금빛 속눈썹 아래의 눈이 디도가 지금 이곳에 있지 않다는 것을 말해주었다. 바깥에선 찾을 수 없는 깊은 곳에 디도를 숨기고 있는 지중해 빛의 눈동자를 바라보며 생각했다. 어쩌면 사건이 남긴 것은 흰옷에 새겨진 핏자국뿐만이 아니라 사람들 마음속에 모습을 드러내기 시작한 새로운 문과 너머의 가능성이 아닐까 하고 말이다. 인과는 한시도 작동을 멈춘 적이 없다. 고개를 내밀어 올려다본 하늘엔 하얗게 빛나는 달이 다시 모습을 드러내고 있었다.

성에 도착해 방으로 향하려는 우리를 몇몇 사람이 막아섰다. 일정이 변경되어 모든 참석자는 개인실이 아닌 메인 홀에서 밤을 보내고 돌아가야 한다는 것이었다. 아마 이들은 남자의 시체를 발견했을 것이다. 원래 디도는 오늘 밤 성안 어딘가에 숨어있을 계획이었다. 내일이 밝아 청소 인력을 제외한 모든 사람이 떠나가면 디도 혼자서 어떻게든 이 성을 빠져나갈 궁리를 하기로 했었다. 경비 인력이 떠난 뒤라 그나마 방법을 찾아볼 유일한 가능성이라고 생각했기 때문이다. 하지만 성안으로 들어가 눈에 띄지 않게 어딘가 몸을 숨길 곳을 찾기도 전에 우리는 사람들과 함께 홀에 갇히고 말았다. 나와 형이야 뮈스테리온에서 왔다지만, 디도는 밖에서 온 사람이어야 했다. 내일 아침이 되어 사람들이 하나하나 떠나고 나면 데리러 올 사람이 없는 디도만이 남게 될 것이었다. 이곳은 들어올 때 당장 몸에 착용한 의복 외에는 어떠한 물품도 가지고 들어오지 못하게 되어있다. 특히나 전기를 사용한 모든 물품이 엄격하게 금지되어 있었다. 주인을 데리러 온 기사는 연락할 방법이 없기 때문에 신원 검사 후 미리 정해둔 암호를 관리자에게 알려주어야 했다. 관리자가 사람들 앞에서 해당 암호를 외치면 그에 상응하는 사람이 일어나 그제야 자신을 데리러 온 기사를 만나 돌아가는 깃이다. 이는 참석한 사람 간 서로의 신원이 비밀이기 때문에 생긴 규칙이었다. 그리고 당연하게도 디도를 데리러 올 사람이 있을 리는 만무했다. 이는 내일 아침이 온다고 해서 사람들 속에 묻어 이곳을 나갈 방법이 없다는 이야기였다. 아무리 생각해도 방법이 없었다. 이제는 그렇다고 해서 우리와 함께 뮈스테리온으로 다시 내려갈 수도 없었다. 내려가는 우리를 관리하는 사람이 있기 때문이다. 형도 끊임없이 무언가를 생각하는 듯 보였지만 아마 이렇다 할 방법이 없을 것이었다. 서로 공공연하게 대화하는 것은 금지되어 있었지만 갑자기 변경된 일정에 사람들은 불만을 토로했다. 샤워도 하지 못한 채 침대도 없는 이곳에서 다 같이 아침까지 있어야 한다는 사실을 불평하는 목소리들이 여기저기서 들려왔다. 어서 무언가 방법을 생각해야 했다. 누군가 혼자 남은 디도와 이야기를 해본다면 디도가 게스트 중 하나가 아니라는 것을 단박에 알아챌 수 있을 것이었다. 하지만 걱정도 잠시, 밤새 많은 일을 겪고 폭신한 소파에 앉아 따뜻한 불을 쬐자니 정신을 차리려고 아무리 애써봐야 헛수고였다. 그저 모든 것을 잠시 놓아둔 채 달콤한 히프노스의 방문에 나를 조용히 내어주었다.

정신이 들었을 땐 이미 세상이 빛으로 환하게 밝혀진 후였다. 월식도 밤도 모두 자취를 감췄다. 사람들의 옷에 묻은 검불부터 손에 잡힌 주름까지 모든 것이 너무도 선명하게 보이는 완전히 새로운 날이 시작되었다.

"디도, 디도."

토끼 가면이 주위를 둘러보며 말했다. 곧이어 어쩐지 결연한 모습을 한 디도가 일어섰다.

"기사가 도착했습니다. 즐거운 행사가 되셨기를 바라며 다음에 또 뵙겠습니다."

디도의 기사라고 자칭하는 사람의 모습이 멀리서 보였다. 삼십 대쯤 되어 보이는 큰 키를 가진 남자는 포마드로 말끔히 정돈된 머리를 하고 있었다.

"자, 마드모아젤 이쪽으로."

디도는 떠나기 전 뒤를 돌아 홀을 한번 훑어보았다. 태연한 척을 하며 마지막으로 몰래 나를 바라봤다는 사실쯤은 물론 알 수 있었다. 그것이 내가 기억하는 디도의 마지막 모습이었다. 먼 훗날 디도가 갑자기 뮈스테리온의 하늘에서 떨어져 내려오기 전까지는.

4·5. 황금

4

 감고 있던 눈을 떠 세계를 바라보았다. 수많은 갈래의 길, 빛과 어둠, 그리고 작게 울리기 시작한 소리. 한 걸음을 내디딜 때마다 소리는 점점 더 커지고 길은 점점 더 좁아만 갔다. 푸른색은 빛 아래서 생명을 짓고 어둠 속에서 숨을 토해냈다. 반면 어떤 색은 어둠 아래 은밀하게 새로운 생명을 키워가고 있었다. 멈출 줄 모르는 바람에 흔들리는 고개들은 까딱까딱 작은 목소리로 자신들이 목격한 이야기를 세상에 발설했다. 여러 이야기와 마음으로 세상에는 꿈이 자꾸만 쌓여갔다. 흐르는 비처럼, 내리는 눈처럼 쌓인 꿈은 세상 모든 시간과 공간, 그리고 마음을 타고 흘렀다. 꿈을 통해 바라본 세상에는 언제나 빛이 쏟아지고 있었다. 눈을 뜬 순간부터 빛의 자락을 좇아 이름 모를 길을 한 걸음 한 걸음 걸어온 여정이었다. 떠올려 보면 빛은 언제나 눈앞에 있었다. 멈춰 섰던 곳과 그간 발걸음이 향했던 곳, 그리고 아직 닿지 못한 시간에까지 모든 순간을 넘치듯 메우며 항상 그 자리에 있었다. 어쩌면 빛은 모든 것인지도 몰랐다. 우리가 마음의 어둠으로 자신을 발견해 주기를 바라며 모든 곳에서 모든 모습을 하고 지신을 만나러 올 순간을 기다려 왔는지도 몰랐다. 순간순간 강렬한 섬광으로 빛나기도 하고, 세상을 전부 품을 듯 크고 자애로운 무언가가 되기도 하며. 빛은 빛만으로는 빛일 수 없었다. 그것은 차라리 무(無)였다.

"디도는 마음의 부름을 좇아 와야만 하는 곳에 와 있습니다. 중요한 일을 하고 있고 해야만 하는 일을 하고 있지요. 그렇기에 너무 걱정할 것은 없습니다. 오늘 긴 하루를 보내셨을 텐데 따뜻한 물로 샤워도 하고 좀 쉬는 것은 어떤가요? 밤이 지나고 밝은 빛이 떠오른 뒤 뮈스테리온에 가도 늦지 않으니까요."

디도의 이름이 소리가 되어 걷고 있던 성의 외벽과 내벽 사이를 울렸다. 그 순간, 비물질적이고 추상적이던 여정의 목적이 손끝에 닿을 듯한 디도라는 여인의 모습을 하고는 눈앞에 우뚝 섰다. 주위를 돌아보니 시야가 닿는 곳엔 어김없이 벽이 뻗어 있었다. 차갑고 단단한 벽이 어디에나 높이높이 솟아 있었다. 손바닥을 대어보자 알 수 있었다. 우리는 물질 속에 갇혀 있었다. 우리의 시야를 모두 차단한 어둠과 크고 높은 벽, 그 속에서 디도는 더더욱 밝게 빛났다. 어쩌면 어둠 속에 있었기에 더욱 잘 볼 수 있었는지 몰랐다. 벽에 갇혀 있었기에 감은 눈을 뜰 수 있었는지도. 온몸이 하얗게 빛나는 디도는 날개를 살짝씩 펄럭거리며 한 걸음 위에서 고개를 숙여 나를 내려다보고 있었다. 날개가 흔들릴 때마다 보랏빛의 빛나는 가루가 세상에 흩날렸다. 디도의 눈을 통해 그녀가 나에게 전하는 메시지를 들을 수 있었다. <벽은 넘어 가는 것이 아니야. 작은 문을 만들어 열고 나가는 것이지. 간절히 바라고 구한다면 우린 어디에

서나 문을 만들 수 있어.> 감은 눈을 뜬 곳에 말은 필요하지 않았다. 디도는 나에게 어떤 의미였을까. 함께일 때면 나의 빈 부분이 채워진 것 같은 기분이 들었다. 서로 다른 과거와 미래를 가진 우리는 엇비슷한 쓸쓸함을 들고서 서로를 바라보았다. 아마 상대의 몸에서 배어 나오는 외로움으로 위안받기 위해서였을 것이다. 문득 그런 생각이 들었다. 디도를 필요로 했던 나의 비어 있는 부분은 무엇이었을까. 하나의 인간이 다른 하나의 인간을 필요로 하는 이유는 무엇일까. 불완전한 하나의 인간이 역시 불완전한 다른 하나의 인간을 채울 수 있는 것인가. 불완전한 둘이 모여 하나의 완전함을 이룰 수 있느냔 말이다. 아니다, 그럴 수는 없다. 어쩌면 인간은 반으로 쪼개진 조각 같은 것이 아니다. 불완전함은 영원히 완전함이 될 수 없기 때문이다. 어쩌면 개개인은 처음부터 완전했던 것이 아닐까. 다만 필요에 의해서 의도적으로 망각하게 된 것이 아닐까. 어쩌면 꿈을 꾸기 위해서? 끊임없이 이야기를 만들어 내게 할 원동력으로 사람이 생명에 대한 사랑과 두려움을 가지게 된 것처럼 말이다. 우리는 다만 다른 조각들에 반사된 빛을 통해 망각했던 자신의 부분 부분들을 발견해 나가는 것인지도 모른다. 그렇다면 자신에게 묻고 싶다. 아름다운 디도가 지금도 나의 빈 부분을 채워줄 수 있을까. 아니, 정말로 묻고 싶은 것은 어쩌면 '자신을 비출 수 있는 거울을 마음에 놓을 수 있다면 기꺼이 기쁜 마음으로 디도를 포기할 것인가?' 혹은 '두려움과 애정이 환상이라는 것을 알고도 디도가 지금처럼 특별할 것인가?' 일 것이었다. 하늘을 바라보았다. 가장 밝게 빛나는 환상이 세상을 떠도는 곳, 우리는 밤의 가장 깊고 내밀한 순간을 지나고 있었다.

  내가 많이 피곤할 것으로 생각했는지 미술관의 남자는 성의 불을 밝히기도 전에 나를 방으로 안내해 주었다. 어둠이 내린 성은 그저 빈 공간일 뿐이었다. 공간을 헤쳐 나가는 반복적인 걸음 소리만이 허공을 가득 메우고 있는 거대하고 쓸쓸한 공간. 분명 자신의 존재 이유나 쓰임을 의심해 본 적 없이 지어진 역할로써 융성했던 시절도 있었으리라. 피곤함에 몽롱해진 나는 마치 최면에 걸린 듯 발소리에만 집중하며 걸음을 내디뎠다. 성의 공기가 얇은 꽃잎 같은 과거의 장면으로 말을 걸어왔다. 문득 성의 의지가 무엇인지 묻고 싶었다. 대체 무엇을 꿈꾸고 있기에 우리를 받는 장면으로 걸어들어온 것인지를 말이다. 이런 장면이라니, 성은 환경에 반해 자신의 의지를 키워가고 있는 것이 분명했다. 자신만의 길을 걷는 모든 것에서는 쓸쓸함의 향이 난다. 환한 빛 아래의 꽃향기 같기도 하고, 비어버린 공간이 삼킨 눈물 같기도 한 그런 것. 고개를 하늘에 고정하고 걷는 영혼들은 스쳐 지나기만 해도 서로를 알아볼 수 있다. 공간으로 흘러나오는 상대의 쓸쓸함을 막연히 느끼며 그간 가슴에 삭여야 했던 많은 순간을 잠시나마 위안받는 것이다. 부신 빛에 눈을 고정한 채 몸이 부서질 때까지 쉬지 않고 걸어가는 우리들…. 순간의 영화를 잊지 못한 섬세한 영혼의 꿈이 너무 쓸쓸하지만은 않기를 가슴으로 바라주었다.

손전등의 빛을 따라 이층의 방에 도착했다. 눈앞의 작은 빛에 의지해 어둠 속을 걸어온 나는 어느새 밝게 빛나는 샹들리에 아래에 서 있었다. 걷기 시작할 때는 한 줄기의 빛으로도 충분했다. 연결되지 않는 점이, 스쳐 지나가듯 한 말이 모두 자리를 털고 일어나 걸음을 옮길 이유가 될 뿐이었다. 하지만 가장 모호했던 시기가 지나가고 마음으로만 바라왔던 장면이 어느 정도 물질성을 갖춰 가는 지금, 되려 그동안 무엇을 보고 이곳까지 오게 되었는가를 찾을 수 없었다. 너무도 그럴듯한 밝은 빛의 인도를 따라왔다고 생각했는데, 지금 보니 앞에 무엇이 있었는지조차 알 수 없었다. 더 큰 빛 아래에 서자 그제야 내가 얼마나 미약한 빛을 보고 용기를 내었는지 깨닫게 되었다. 나는 무엇을 보고 이름 모를 남자를 따라 이름 모를 길들을 지나왔는가. 그저 무언가에 홀린 듯 주변 어떤 것에도 아랑곳하지 않고 맹목적으로 앞으로 나아간 자신이 놀라울 뿐이었다. 그리고 예상치 못한 길들이 자꾸만 새로이 앞에 펼쳐지는 상황이 우연만은 아닌 것 같다는 기분마저 들었다. 어쩌면 이런 것이 미술관의 남자가 말했던 믿음과 신념인 것일까. 사람은 아무것도 보이지 않는 막연한 상황일수록 오히려 하나의 길을 맹목적으로 꿈꾸는지도 몰랐다. 변화를 꿈꿔본 적 없는 사람도 하는 정도의 흩날리는 생각으로는 현재를 벗어나지 못하리라는 것을 느낀 마음이 모든 에너지를 하나의 길을 만들어 내는 데에 쏟는 것이다. 그렇게 마음에 생겨난 비밀스러운 세상은 육체가 있는 장소와는 상관없이 영혼이 숨어 들어가 쉴 수 있는 안락한 쉼터가 된다. 언제든 찾아가 평화를 얻을 수 있는 곳이자, 아무도 침범할 수 없고 무너뜨릴 수 없는 견고한 마음의 성전. 영혼의 빛나는 요새. 어쩌면 이상을 추구하는 마음이 모든 것의 시작이었을 것이다. 눈에 보이는 세상 너머의 세상을 선명히 볼 수 있게 되는 것으로부터 길 만들기는 시작되었는지도. 마음의 세상이 현실의 세상보다 더 익숙해질 때면 시간이 된 것이다. 마음의 현실을 눈앞에 가져다 놓을 준비가 된 것이다. 무엇을 원하는지, 어떻게 원하는지를 그 어떤 것보다 선명하게 알고 있을 터였다. 자신이 대부분의 시간을 보내는 곳이자 구석구석 이미 너무도 익숙해져 버린 영혼의 현실을 본떠 이쪽 현실에 차곡차곡 쌓기만 하면 되는 것이다. 그렇게 마음은 물질이 된다.

무의식은 우리가 존재조차 부정하고 싶어 하는 두려움의 근원을 너무도 잘 알고 있었다. 그리고 언제나 의식은 자신을 무의식으로부터 보호하고자 했다. 하지만 무엇으로부터 무엇을 보호한다는 말인가? 적어도 지금은 우리가 만들어 낸 화려한 아름다움 속에서 더 이상 두렵지 않았다. 밝은 빛 아래 사물들은 마치 언제 사라진 적이 있었냐는 듯 다시 저마다의 맡은바 색과 형태를 입고 환상을 수놓고 있었다. 어둠을 피해 이곳에 도착했고, 뮈스테리온이 바로 아래에 있었다. 앞으로 한 걸음씩 꾸준히 발을 내디디면 언젠가는 목적지에 도착한다는 사실을 오래도록 배워왔다. 하지만 목적지란 무엇인가. 길 위에 선 나는 과연 길을 떠났던 이유가 목적지에 도달하기 위해서였는지 더는 기억이 나지를 않았다. 더 정확히 말하자면 과연 목적지가 여정의 목적인지 알 수 없어진 것이었다. 하루를 살아내고 삶의 장면을 걸어 나가며 마음에는 줄곧 무엇인가 쌓여갔다. 그렇게 조금씩 꾸준하게 나는 바뀌어 갔다. 나를 길 위에 올려놓은 목적이라는 환상도 조금 더 바로 볼 수 있게 된 것 같았다. 한 걸음 떨어져 바라본 곳엔 인생의 원인과 결과가 모습을 알아볼 수 없게 뒤죽박죽 얽혀 있었다. 인과를 알아보기엔 너무나도 많은 요소가 끊임없이 변해가며 서로 무한히 복잡한 관계를 맺고 있었다. 그것은 인과라기보다도 한 폭의 아름다운 그림이었다. 하나가 다른 하나를 만든 것이 아닌, 모든 것이 가장 아름답고 적절한 곳에 그저 그렇게 존재하고 있는 눈부신 영혼의 꿈이었다. 지나고 보니 미워했던 사람의 날 선 눈빛부터 비죽거리는 입술까지 모든 것이 애틋하고 그립기만 했다. 따가운 샹들리에의 빛과 갑자기 들이치기 시작한 감정을 피해 목욕을 하기로 했다. 바디제트 버튼을 누르고 눈을 감은 채 욕실 천장의 레인샤워로 쏟아지는 따뜻한 물을 한동안 맞고 있었다. 소진되고 낡아버린 몸을, 그리고 마음을 물은 자꾸만 깨끗하게 씻어내 주었다. 떨어지는 물을 받아내고 있자면 세상의 모든 것을 잠시 잊고 조금 더 근원적인 것을 위한 상태가 되곤 했다. 어떤 단어가 이를 적절히 표현할 수 있을까? 조금 더 근원적인 감각? 생각? 아니면 느낌? 무엇 하나 딱 들어맞지 않았다. '조금 더 근원적인 것을 위한 상태.' 어쩌면 이것이 최선일지도 모르겠다는 생각이 들었다. 샤워부스에는 여러 종류의 바디용품이 준비되어 있었다. 바디워시 하나를 골라 들고 핸드루파를 뜯어 그 위로 보송한 거품을 냈다. 그리고 달콤한 향을 온몸 구석구석에 부드럽게 문질러주었다. 부스를 메우고 있는 공기 가득 다마스크 장미의 향이 났다. 어떠한 상황 속에서도 사람은 좋다고 생각하는 것을 떠올리며 다시 소망을 시작할 수 있는 모양이었다. 관심을 가지고 자신을 바라봐 주는 마음이 단 하나라도 있다면 말이다. 그렇기에 바라봐 주어야 한다. 다시 존재하게 하기 위해, 다시 창조하게 하기 위해. 물과 증기와 달콤한 향 속에서 그간 고통으로 닫아두었던 감각의 창구들이 하나하나 열리고 있음을 느꼈다. 시간이 다시 흐르기 시작했다. 샤워를 마친 후 욕조로 들어가 머리끝까지 몸을 담갔다. 문득 꿈에서 디도의 전화를 받던 날의 기억이 떠올랐다. 바로 어제의 일임에도 마치 수 세기 전의 기억 같았다. 어쩌면 시간은 늘이면 늘이는 대로 늘어날 수 있고, 하루는 마음이 감수할 수 있는 만큼 새로워질 수 있는지도 몰랐다. 그렇기에 물리적인 시간보다 더 중요한 것은 아마 사건의 발생일 것이었다. 물속에 있자니 작은 죽음으로 걸어 들어가는 듯한 포근한 기분이 들었다. 죽음은 언제나 새로운 탄생과 맞닿아 있을 것이었다. 열고 나갈 하나의 문을 만들기 위해 다른 하나의 문을 닫으러 내가 이곳으로 와야 했던 것처럼.

 샤워를 마치고 침대에 누웠다. 빛은 크리스털에 부딪혀 공간 이곳저곳에 살아있는 그림자를 만들었다. 불을 끌 생각은 하지 않았다. 그저 사물의 모양과는 다른 형태를 한 작은 어둠들을 바라보며, 언제부터 마음속에 새로운 세상이 자라나기 시작했는지 기억을 더듬어 보고 있었다. 이제 더 이상 빛은 나를 투과하지 못했다. 마음이 만들어 낸 세상은 빛이 감지할 수 없는 숨겨진 차원이기 때문이었다. 세상이 주는 에너지는 이제 더 이상 세상으로 환원되지 않았다. 그저 끊임없이 흡수되어 나의 이름 없는 세상을 자라게 할 뿐이었다. 빛은 나를 알아보기 위해 이 모양 저 모양으로 나를 부숴볼 것이 분명했다. 하지만 개의치 않았다. 마음의 세상은 부서지지 않고, 바깥에 드러나지 않는 완전한 그 무언가이기 때문이었다. 외로움이 나를 급진적으로 만든 것일까? 오래도록 휴면상태였던 몸이 하루 종일 각성한 탓인지 잠은 쉬이 오지 않았다. 나는 방의 문을 열고 나왔다.

 어느새 성에는 불이 환하게 밝혀져 있었다. 남자가 그 새 성의 불을 밝혀둔 것이 분명했다. 이제서야 성의 얼굴을 바로 볼 수 있었다. 겉으로 보기에 웅장하고 절제된 모습의 성은 속에 저만의 독특한 화려함과 스타일을 감추고 있었다. 분명 처음 지어진 이래로 시기마다 아름다움을 꾸준히 덧대고 보수했을 것이다. 한눈에 보기에도 여러 시기의 양식이 오직 서로의 신비함을 더해주는 방향으로 고심 끝에 배치되어 있었다. 나는 회랑을 따라서 이방 저방을 기웃거렸다. 방마다 환하게 불이 켜져 있기도 했고, 공간을 장식하고 있는 기발하고 매력적인 요소에 나도 모르게 이끌려 넋을 놓고 바라보게 되기 때문이기도 했다. 아름다움을 따라 걷는 길 곳곳에는 사람이 아닌 저 너머의 기묘한 무언가를 형상화한 것 같은 거대한 조각상이 보이기도 했는데, 알 수 없이 티미테리온과 잘 어우러져 위화감이 들지 않았다. 하지만 그럴 때면 섬세하게 조각되어 금박을 입은 얇디얇은 나뭇잎들로 시선을 옮기곤 했다. 작은 바람이 불어오거나 손을 살짝 가져다 대기라도 하면 금방이라도 톡 부러질 것만 같지만 그럴 리 없는 그들을 바라보며 알 수 없는 위안을 느꼈기 때문이다. 그렇게 성안을 구경하며 걷던 도중 대연회장으로 보이는 곳을 발견했는데, 그곳에 미술관의 남자가 있었다. 마치 미술관에서 처음 만났던 날 그림을 감상하던 모습 그대로 그는 한쪽 벽면에 전시된 거대한 태피스트리를 바라보고 있었다. 나도 남자의 옆에 가 섰다. 바라본 태피스트리는 마치 <죽음의 승리>와도 비슷한 모습이었다. 다만 사냥은 해골이 아닌 인간으로부터 행해지고 있었다. 높디높은 나무가 빽빽한 숲속, 옷을 갖춰 입은 사람들이 벌거벗은 사람들을 사냥하고 있었다. 그는 고개를 돌려 나를 바라보았다.

"기억해 주어야 하거든요. 이곳에서의 일들을."

"꼭 어딘가로 영영 떠나버리실 것 같네요."

"문이 닫히면 다시 이곳에 온다고 해도 만날 수 없으니까요."

"무엇을 만날 수 없다는 것이죠?"

"뭐랄까, 그간 교류했던 공간이랄까요, 아니면 상태랄까요. 수많은 길이 서로 얽혀 만들어 낸 차원이라고 할 수도 있겠네요. 문이 닫히면 이곳의 모든 것이 변화합니다. 그동안 알고 있던 티미테리온은 사라지고 에너지가 달라진 새로운 공간만이 남게 될 것이라는 이야기입니다. 그렇기에 문이 닫힌 후에는 이전에 이곳에서 원했던 것이 무엇이든 찾을 수 없게 됩니다. 모든 길은 변형되었고 사람들 역시 각자 새로운 문을 열고 떠나 버렸으니까요. 에너지가 쏟아져 세상을 변화하는 형식으로 분출되고 나면 이곳의 복잡하던 차원이 꾹꾹 눌려 단조롭게 됩니다. 그간의 역할을 다하고 시간과 공간을 소진한 것이죠. 에너지가 가득 차면 쏟아져 다시 빈 상태가 되는 것입니다. 비어버린 공간은 이내 새로운 문 뒤에서 고요히, 그리고 잔잔히 다시 에너지를 차곡차곡 쌓기 시작할 것입니다. 누군가 다시 이곳의 에너지를 비워내고 문을 닫아줄 때까지 또다시 기다리겠죠. 영원한 기다림의 연속입니다. 그리고 바로 이것이 공간이 꾸고 있는 꿈입니다. 저는 새로워진 공간이 새로운 부름을 세상에

외칠 때까지 기다려야 할 것이고 말입니다. 그래서 이별에 앞서 저만의 작별 인사를 하는 중인 겁니다."

"저번부터 계속 문이 열리고 닫히는 것에 대해 말씀하시는데, 추상적인 이야기로 이해하면 될까요?"

"추상적인 이야기, 물질적인 이야기, 두 이야기가 다르지 않습니다. 물질적인 것을 하나하나 끝까지 뜯어보면 얼굴 없는 관념만이 남게 되고, 세상에는 관념을 물질로 전환할 줄 아는 사람들이 존재하고 있으니까요. 당신도 그 여정의 길에 선 것이 아닙니까?"

남자가 하는 말을 어렴풋이 알 것도 같았다. 남자의 말을 곱씹으며 눈앞의 태피스트리를 바라보았다. 자세히 들여다보니 작품 안에서는 여러 이야기가 동시에 전개되고 있었다. 중앙의 사냥 장면을 둘러싸고 있는 여러 다른 장면이 눈에 띄었다. 왼쪽 귀퉁이에서는 화재가 발생한 마을과 성, 그리고 성난 민중을 피해 달아나는 한 무리의 사람들이 보였다. 하나, 둘, 셋… 스물셋. 혹시 이 그림, 아까 남자가 말했던 이야기일까?

"왼쪽 귀퉁이의 그림, 사람들을 피해 도망치는 사람이 정확히 스물셋이네요. 아까 들었던 이야기가 떠오르는데요."

넌지시 물어본 질문에 남자는 대답을 하지 않았다. 그저 말없이 미소를 지으며 태피스트리를 바라볼 뿐이었다. 만약 태피스트리 그림이 실제 있었던 일을 묘사한 것이라면 중앙의 사냥 장면도 무엇인가 의미하는 것이 있을 것이었다. 그런데, 다시 보니 사냥 장면도 다 같은 장면이 아니었다. 중앙을 기점으로 왼쪽의 반이 벌거벗은 사람들이 형형색색의 옷을 입은 사람들에게 사냥당하고 있었다면 오른쪽의 반은 정확히 그 반대였다. 그곳에서는 다채로운 색의 옷을 입은 사람들이 새하얀 옷을 입은 사람들에게 살육당하고 있었다. 그리고 왼편과 오른편의 사냥 장면에 동시에 등장하는 눈에 띄는 여자가 하나 있었는데, 몸에서 아주 밝은 빛을 내고 있는 여자였다. 그림 속 등장인물이 모두 어떠한 행위에 몰두하고 있는 반면 여자는 가만히 빛을 내뿜고 서서 마치 그림 밖의 우리를 응시하고 있는 것처럼 보였다. 그리고 오른쪽 귀퉁이의 다른 장면에서 빛의 여자는 한 남자의 손을 잡고 동굴 밖으로 사람들을 이끌고 있었다. 그리고 멀리 무리 밖으로 떠나는 듯 보이는 두 남자가 있었다. 그 순간, 예감이 온몸을 훑고 지나가는 느낌에 전율했다. 거대한 운명의 톱니바퀴에 찰칵하고 걸려든 기분. 그래도 설마 그림에서 묘사된 일이 모두 실제로 일어난 일은 아닐 것이라는 일말의 믿음에 희망을 기대어 보기로 했다.

"사람들 위에 떠 있는 것이 보이시나요?"

남자의 말을 듣고 그림을 보니 각각의 사냥하는 장면 위에는 붉은 달과 둘레만 밝게 빛나는 검은 원이 있었다. 빛의 고리로 어둠을 휘감은 세상의 후광이 핏빛 달과 함께 나란히 떠 있었다.

"달인가요?"

"지구의 그림자가 완전히 달을 가릴 때 나타나는 블러드문, 그리고 달이 태양을 완전히 가릴 때 나타나는 태양 둘레의 코로나입니다. 그림에서 각각 개기월식과 개기일식을 표현하고 있죠. 이곳에서 관측된 마지막 개기일식은 지금으로부터 333년 전인 1692년에 있었습니다."

1692년이라면 분명 폭동이 일어나 스물세 명의 사람이 성에서 실종된 그 해였다. 남자는 바로 그 해가 이곳에서의 마지막 개기일식이 있었던 해라고 말하고 있었다. 이 모든 것은 우연인 것일까.

"왼쪽 가장자리의 그림은 아까 계곡을 건넌 후 들려주셨던 이야기를 표현한 것인가요? 그렇다면 혹시, 1692년 개기일식에 이곳의 문이 열린 건가요? 그리고 1692년이 이곳에서의 마지막 개기일식이었다고 한다면, 오른쪽 귀퉁이의 장면 역시 어느 개기일식의 일화를 표현한 것인가요. 만약 이 그림이 현실에서의 일을 반영한 것이라면 말입니다."

"혹시 같이 나가서 바람을 좀 쐬고 싶진 않으신지요?"

남자는 고개를 돌려 나와 눈을 잠시 맞추고는 연회장 밖으로 걸어 나갔다. 계곡 길을 인도하는 모습에서 느꼈던 자애로움은 나만의 착각이었을까. 순간, 그가 지금 막 만난 낯선 타인처럼 느껴졌다. 사실 생각해 보면 우리는 서로 아는 것이 없었다. 그럼에도 나는 그를 따라 이곳까지 온 것이다. 물론 모두 알고 있던 사실이다. 하지만 이제야 그 사실이 가슴으로 짜르르하게 느껴졌다. 아무리 중요하다고 스스로에게 강조해도 머리로 아는 것은 실제 행동에 크게 영향을 주지 못했다. 언제나 진정으로 변화를 일으키는 것은 가슴이 아느냐, 그리고 가슴이 원하느냐였다. 마음이 특정 시기에 무엇을 받아들이고 말고는 어떠한 요소에 기인하게 되는 것일까. 과연 그 요소는 내가 선택할 수 있는 것일까. 나는 이곳에서 내가 원하는 것을 찾을 수 있을까, 아니 내가 이곳에서 찾고 싶어 하는 것은 무엇이었을까. 정말 디도, 그뿐일까. 그녀가 자신에게 꼭 필요한 일을 하고 있다면 나는 대체 이곳에 왜 온 것일까. 이곳에서의 나의 소용은 무엇일까, 혹 디도가 나를 필요로 하지 않는다면? 잠시 스쳐 간 두려움을 뒤로하고 나 역시 그의 뒤를 좇아 화려한 연회장을 빠져나왔다.

"마음에 난 구멍이 조금씩 메워져 가고 있나요?"

"네?"

"맹목적임이 줄어들고 다시 합리성에 완전히 기대려 하시는 것을 보면 말입니다. 그래서 그렇다고 생각했습니다."

순간 마음을 들킨 것 같아 놀라 멈춰 섰다. 이는 비단 현재의 생각을 간파당했기 때문만은 아니었다. 자신만의 것이라고 믿었던 생각이 줄곧 다른 사람과 공유되고 있었을지도 모른다는 데에서 오는 두려움과 부끄러움이 이유를 알아보기도 전에 나를 스쳐 지나간 것이었다. 만일 생각이 타인과 공유될 수 있다면 사람은 아마 지금까지 그래왔던 것과는 조금 다른 이미지를 세상에 내보이기로 선택할 것이었다. 바보가 되고 싶지는 않을 테니까. 하지만 경계심도 잠시, 이상하게도 하얗고 포근한 것이 사뿐사뿐 가슴에 내려앉아 나를 감싸안았다. 하늘을 깃털처럼 날아 적시는 차가운 눈 같은 것. 스스로가 바라볼 자신이 없는 것을 누군가가 바로 보아주어서일까? 내 안의 누군가는 위안을 느끼고 있었다. 안도를 느끼는 주체는 무언가를 감추고 있는 자신일까 아니면 감추어진 자신일까. 사람은 조금 더 뛰어난 능력에는 불편함을 느끼지만, 월등한 능력에는 그저 이끌리는지도 몰랐다. 어쩌면 설명할 수 없는 현상에서 작은 희망을 보는지도. 우리는 왜 언제나 한 겹의 가면을 쓰지 않으면 안 되는 것일까? 대체 우린 무엇을 지키고 있는 거지.

"걱정하지 마시죠. 다시 돌아가자고 하는 일은 없을 테니까요."

"나쁜 뜻으로 한 이야기가 아닙니다. 그래야 할 시기가 되었기에 회복하는 것뿐입니다. 그래야 일련의 과정들을 바로 볼 수 있습니다. 왜 상처가 나야 했는지를 말입니다. 깊게 상처가 난 사람은 합리성을 따르지 않습니다. 자신을 상황에서 구원해 줄 하나의 동아줄만을 찾아 헤매죠. 한 줄기 빛만 있다면 아무리 희박한 가능성에라도 모든 소망을 걸고 그 속을 돌진하곤 합니다. 그리고 애초에 그 길은 그 정도의 맹목성이 없이는 찾을 수도, 걸어갈 수도 없는 길입니다. 산산이 부서졌기에 길을 찾아내어 걸을 수 있게 된 것이죠. 물론, 길에서 많은 것을 경험하며 당신은 회복되어야 합니다. 그래야 길의 의미를 찾을 수 있기 때문입니다. 그리고 이 과정을 마치면 당신은 한층 새로운 차원의 자신으로 거듭나게 됩니다. 많은 사람은 찾지도, 걸어보지도 못하는 길 위에서 아주 큰 영혼의 도약을 하게 되는 것이죠."

곧이어 그는 이렇게 덧붙였다.

"하지만 너무 기대하지는 마세요, 당신의 길은 이제 시작이니까요."

무슨 말을 해야 할지 몰라 가만히 그를 바라보고 서 있자, 그는 갑자기 작은 웃음을 터뜨렸다.

"농담입니다. 다만 통제의 환상을 조금 내려놓으시는 것이 좋습니다 당신은 모든 것을 가지고 있습니다. 다른 모든 사람과 마찬가지로 말이죠. 당신의 마음에, 온몸에 귀를 기울이면 그것으로 충분합니다. 다른 것들은 오히려 당신을 혼란스럽게 하고, 더 멀리 돌아가게 할 뿐입니다. 당신이 가진 일말의 도구인 인과도 지금의 차원에서만 존재하는 것입니다. 우리가 세상을 이해하는 바로 이 방식에서만 작동하는 것이지요. 우리가 이해하는 선형의 시간에서는 시간의 흐름에 따라 더 많은 정보가 세상으로 발생하기 때문에 인과라는 것이 있을 수 있는 것입니다. 하지만 정보가 모두 놓여있는 차원에서는 인과라는 것이 모호해집니다. 사건이 인과에 의해 발생하는 것이 아니라 모두가 그 자리에 원래부터 영원히 있던 것입니다. 하지만 물론 정보가 제한된 인과의 세상이기에 우리가 이렇듯 꿈을 꾸며 부족한 조각을 찾기 위한 여정을 떠날 수도 있는 것이겠지요. 그렇다면 이렇게 이야기해 보겠습니다. 우리는 인과의 멋진 세상을 살고 있지만, 인간의 논리는 그만큼 완벽하게 합리적이지 않다고 말입니다. 농담이지만 진실 역시 포함하고 있습니다. 그렇기에 때로는 마음의 소리에 귀를 기울여야 합니다. 가던 길을 언제 잠시 멈추어 자신의 소리를 들어야 하는지 역시 당신의 마음이 알려줄 것입니다. 어째서 마음에 귀를 기울이는 것이 더 합리적이냐고 물어보신다면, 그건 당신 혼자 하는 일이 아니기 때문입니다. 세상과 함께하는 일입니다."

밤이 깊어가고 있었다. 우리는 처음 올라왔던 계단을 통해 일 층으로 내려갔다. 올라가는 도중 두 갈래로 나뉘는 형태의 계단은 여러 종류의 대리석으로 이루어져 있었다. 올라올 때는 어둠 때문에 발견하지 못했던 계단의 모습은 아름답다는 표현으로는 부족했다. 계단 구역은 금박을 입은 섬세한 조각들과 코린트식 기둥, 부착 기둥 등으로 화려하게 장식되어 있었는데, 아까부터 느꼈던 것이지만 확실히 내부의 모습만으로는 성의 나이를 가늠할 수 없었다. 그저 수많은 시대를 모두 품고 현재를 살아가고 있는 하나의 홀로 선 무엇이라고밖에는.

"계단이 마음에 드시나 봅니다. 참 아름답죠. 곧 성의 진짜 계단을 보여드리겠습니다. 그 계단이야말로 무척이나 아름답죠. 분명 마음에 드실 겁니다."

그와 함께 건물을 가로질러 가며 오늘 지났던 길고 긴 길에 대해 생각했다. 길도, 장면도, 사람도 만나고 나면 원래부터 알고 있던 사이인 듯 익숙했다. 만나기 전이라고 해서 그때까지 서로 아무런 접점이 없었다는 것은 선뜻 가슴으로 이해되지 않았다. 운명이라는 것에 대해 생각했다. 어쩌면 모든 가능성은 처음부터 영원히 존재하고 있었는지도 모른다. 다만 내가 특정 인연의 길이 예비된 가능성의 문을 열고 들어왔을 것이었다. 그러자 운명과 선택으로 만나야만 했던 인연과 지나야만 했던 길이 가슴으로 범람해 들어왔다. 나는 왜 이 문을 열어야만 했을까? 마음으로 하나의 대답이 떠올랐다. 바로 세상이 나를 그런 식으로 부셨기 때문이었다. 어쩌면 내가 지금껏 열고 들어온 모든 장면은 세상과 함께 만든 나의 운명인 것이다. 세상이란 대체 무엇일까? 알 수 없으나, 이 순간만은 잊고 있던 나의 반쪽이었다.

우리는 건물의 한쪽 끝 면에 다다랐다. 그곳에도 많은 방이 있었는데, 그중 하나의 문을 열고 들어갔다. 다른 방에 비해 이렇다 할 것이 눈에 띄지 않는, 여러 가구와 잡동사니를 모아둔 넓고 수수한 방이었다. 아마 현재 인테리어 배치에 사용하지 않는 것들을 이곳에 한데 모아 둔 듯했다. 방은 세 구역으로 나뉘어 있었는데, 그중 가장 깊은 곳으로 남자는 나를 인도했다. 그곳 역시 다를 바 없이 이런저런 물건이 곳곳에 놓여 있는 공간이었다. 벽면에는 책장이 있었다. 남자는 책장 앞으로 곧장 걸어가더니 나에게 보라는 듯 손짓했다. 그가 가리킨 붉은 책등에는 내가 알지 못하는 언어와 금색 나무 로고가 새겨져 있었다. 그는 붉은 책을 뽑아 들었다. 순간 움직이기 시작한 책장에 놀라 나도 모르게 뒷걸음질 치며 탄성을 내뱉었다. 남자가 책을 뽑아 들어 올림과 동시에 책장이 매끄럽게 돌아갔고, 뒤에 숨어있던 통로가 얼굴을 드러냈다. 밖에서 봤을 때 통로는 마치 작은 허공처럼 보였는데, 나에게 따라오라는 듯 남자는 성큼성큼 통로 안으로 걸어 들어갔다. 남자가 스위치를 켜자, 하늘에서 땅으로 영원처럼 이어진 작은 빛들이 숨겨진 공간을 은은하게 비추기 시작했다. 빛은 길을 비추고 있었다, 하늘에서 그러한 것처럼 저 아래 깊은 곳에서도.

"돈존과 타워, 그리고 뮈스테리온을 잇는 비밀 통로입니다. 내일 아침이 되면 계단 끝까지 내려가세요. 내려가면 지하실이 나올 겁니다. 뮈스테리온과 연결된 공간이죠. 내일 아침 동이 트기 전에 필요한 모든 문을 열어 둘 겁니다. 지하실을 둘러보면 어디로 가야 하는지 쉽게 알 수 있을 겁니다. 지금과 같이 당신을 부르는 큰 허공이 하나 있을 테니까요. 뮈스테리온에 무사히 도착해서 찾아야만 하는 것을 찾고 만나야만 하는 사람을 만나시길 바랍니다. 일단 지금은 저와 함께 위로 올라가시죠."

눈앞에는 위로 그리고 아래로 끝없이 뻗어있는 이중나선 계단이 있었다. 그는 입구로 걸어가 첫 번째 계단에 한 발을 디뎠다. 뒤를 따라가려고 하자 그는 나에게 반대편 계단을 통하라고 이야기했다.

"어차피 같은 곳으로 통하는 계단입니다. 마치 우리가 하고 있는 영혼의 숨바꼭질과도 같은 계단이지요. 하늘로 향할 때는 겸허히 홀로, 어떨까요."

말을 마치고 그는 한 걸음 한 걸음 계단을 오르기 시작했다. 이윽고 홀로 남겨진 나 역시 맞은편 나선계단의 입구를 찾아 계단을 오르기 시작했다. 끊임없이 발을 내디며 한 방향의 좁은 길을 걸어 나가는 일은 차라리 명상과도 같았다. 홀로 남아 좁은 시야의 길을 오르며 쉼 없이 체력을 소진 시키는 일련의 행위는 사람의 주의를 끊임없이 내면으로 집중시켰다. 계단을 하나 오를 때마다 마음을 에워싸고 있던 단단한 갑옷을 한 꺼풀씩 벗어던졌다. 외부로부터의 보호를 명분으로 스스로에게서조차 자신을 감추었던 마음의 가면 역시 하나하나 내려놓았다. 숨이 가빠지고 몸이 땀에 젖어 갈수록 그간 나조차 알아볼 수 없었던 마음이 비로소 고결한 자신을 드러내 보였다. 너무도 보드랍고 연약하고 정결한 그것은 더 이상 두려움에 떨지 않았다. 다만 따뜻한 자애의 바다를 하늘로 떠오를 듯 가벼운 상태로 표류할 뿐이었다. 감정의 빛처럼 희고, 붉고, 밝고, 또 검은 아름다운 그것에 잠시 눈이 멀 것 같았다. 나는 아! 하고 작은 탄성을 내질렀다. 미미한 내가 온 생애를 소진해 영혼의 실로 자아낸 빛의 결정. 이런 큰 아름다움이 나의 것이라는 사실이 믿기지 않았다. 내가 일생을 헌신해 만들고 또 찾아내고 싶었던 것은 어쩌면 저것인지도 몰랐다. 아름답고 소중한 경험과 영혼의 정수.

눈앞에 놓인 명확한 하나의 길을 걸어가는 것은 차라리 쉬운 일이었다. 어떤 어려움이 길 위에 도사리고 있을지라도 확실히 마음 편한 것이었다. 고귀한 명분을 위해 인생을 바치는 일, 먼지 같은 작은 삶의 흔적을 고결함을 위한 불구덩이 제사에 바치는 일은 차라리 존재조차 잊힌 채 사라지게 될 가엾은 인생을 구원할 수 있는 단 하나의 길이었다. 사람들은 생각했다. '단 한 번, 아름다움의 빛나는 옷자락 끝이라도 잡아볼 수 있다면. 그렇다면 온 인생을 아무 의심 없이 바칠 수 있을 텐데.' 그렇게 작지만 확실한 실마리를 잠시라도 잡아볼 수 있기를 인간은 바라고 또 바랐다. 위대한 영혼의 꿈을 꾸며 오지 않을 계시를 하염없이 기다렸다. 하지만 가혹한 세상은 완전함의 그림자조차 보여주지 않았다. 일상에 소진되어 자꾸만 작아져 가는 영혼을 바라보는 불안함과 영원히 끝나지 않을 기다림 속에 갇힌 사람들은 그저 시간을 견뎌내고 있었다.

중간중간 나 있는 중앙 기둥의 창으로 반대편 나선계단을 오르는 그가 보였다. 정반대의 극에서 한 점을 향해 우리는 빙글빙글 돌며 상승하고 있었다. 혼자인 듯 결코 혼자가 아닌 여정이었고, 내가 눈을 뜨기만을 언제나 곁에서 기다리던 지표들에 둘러싸인 인생이었다. 모든 것은 내 안에 있었고 나를 둘러싸고 있었다. 다만 그것을 알아볼 수 있게 될 한 찰나가 필요했다. 평생을 바쳐 쌓은 높은 곳으로 향하는 계단. 영원으로 들어가는 문을 찾기 위해, 완전함으로 거듭나게 해줄 황금빛 문을 열기 위해 끊임없이 부서지고 새로 태어나는 일을 거쳐야 했다. 문을 열고 다른 차원으로 들어가게 될 한순간을 위해, 감은 눈을 반짝하고 뜨게 될 한 찰나를 위해 불길의 제단 속에서 그동안 고통을 견디어 왔던 것이다. 지상에서는 그려볼 수 없는 고결한 꿈을 꾸기 위해 나는 죽음과 탄생을 반복하며 하락과 상승, 소멸과 재생의 순환 패턴을 관찰해 온 것이었다.

속도를 늦출지언정 멈추지 않고 몸을 움직여 마지막 한 계단을 디뎠다. 꼭대기에 도달한 나는 미술관의 남자를 찾아 반대편 계단으로 향했고, 발걸음이 향한 곳엔 역시 나에게로 걸어오고 있는 그의 모습이 보였다. 우리는 그렇게 중간에서 만나 함께 옥상 테라스로 향했다.

코끝에서 밤공기의 향기가 났다. 밤공기는 아무것도 묻지 않은 채 정결한 서늘함으로 그간 속에 쌓인 소음과 노폐물을 정화해 주었다. 따뜻하고 포근한 차가움. 그래서일까? 쌀쌀한 밤공기를 아주 깊이 들이마실 때면 다시 태어나는 기분이 들었다. 마치 따뜻한 공기로 주입된 환상에서 깨어 눈앞의 허공을 마주 보는 느낌. 석재 난간에 팔을 기대어 바라본 곳엔 성의 전경이 막힘없이 펼쳐지고 있었다. 그도 나의 곁으로 와 난간에 팔을 기대고 너머를 바라보았다. 새삼 땅에서 아주 멀리 떨어져 있는 자신이 느껴졌다. 높이가 더해진 차원이 주는 정보로 숲의 미로에서 헤매는 사람이 있다면 길을 알려줄 수도 있을 것이었다. 지상과 하늘의 중간에 갇힌 가엾은 우리는 끊임없이 꿈을 꾸고 있었다. 하지만 무엇을 꿈꾸는지는 알 수 없었다. 어째서 날개가 잘려 땅에 곤두박질친 우리의 기억을 모두 지우지 않았는지 알 수 없는 일이었다. 영혼에 희미하게 각인된 기억은 지상에 발이 매인 우리의 고개를 하늘로 자꾸만 치켜들게 했다. 높은 곳을 향해, 더 높은 곳을 향해. 인생은 기다림이 되었다. 오지 않을 마음속 세상을 끊임없이 염원하며, 쉼 없이 사건을 만들어 내며 균열 속을 헤쳐 나가는 기다림이 되었다.

"아래를 내려다보는 심정이 어떠세요?"

"고통이라고 생각했던 것들이 모호한 느낌으로 서로 뭉쳐져서 그리운 기분이 들기도, 따뜻한 기분이 들기도 하네요."

"그런가요."

"다만, 세상은 왜 자신을 감추는 것인가요. 완전함의 아주 작은 흔적이라도 확실한 형태로 보여준다면 사람들은 의심과 고통 없이 삶을 기쁘게 소진해 낼 수 있을 텐데요."

"정확한 이유에 기반한 행동은 당연하게도 예측 가능한 결과만을 세상에 가져오기 때문입니다. 이미 존재하는 것 밖에는 만들어 낼 수 없다는 이야기죠. 세상은 아마 신념을 가진 영혼을 골라내고 있는 것인지도 모릅니다. 이곳에 도착하기 전 함께 식사를 하며 나눴던 대화에서처럼, 그 옛날 높은 곳까지 석재를 옮겨 위대한 성당을 축조한 것과도 같은 신념 말입니다. 때로는 기적을 만들고, 때로는 무에서 색을 만들어 낼 수 있는 강렬한 의지를 가진 영혼을 어쩌면 세상은 찾고 있는지도 모르겠습니다."

너머의 숲에 시선을 고정한 채로 이야기하던 그는 잠시 숨을 고른 뒤 고개를 돌려 나와 눈을 맞춘 채 마저 이야기를 이어 나갔다.

"그리고 세상이 아무런 흔적을 내보이지 않는다고 하셨는데, 꼭 그런 것만은 아닙니다. 세상은 언제나 자신을 드러내 보이고 있어요. 자신을 알아봐 주기를 바라는 거죠. 다만 자신을 진정으로 알아봐 주는 영혼을 찾기 위해 여러 겹 베일을 쓴 채 그림자의 흔적을 여기저기 내보이는 겁니다. 선택의 무게를 짊어지고 싶지 않아 그럴듯해 보이는 아무것이나 믿는 믿음, 단지 편한 삶을 위한 맹목적인 믿음을 솎아 내기 위해서입니다. 그리고 명확한 인과나 보상 없이는 아무런 길에도 오르지 않는 영혼을 솎아 내기 위해서이기도 하겠죠. 사실 전자와 후자 모두에게는 이 세상이 필요하지 않습니다. 자유의지를 위한 세상을 고심해 만들어 주었는데도 그와는 동떨어져 있는 삶을 살고 있기 때문입니다. 그런 영혼들을 위한 세상은 꼭 이런 모습의 세상이 아니어도 충분할 겁니다. 하지만 모든 영혼은 언제나 가능성을 가지고 있기 때문에 끊임없이 시도해 보는 것이죠. 지금은 아니더라도 분명 영근 밀알일 때가 있기 때문입니다. 결국 모두는 하나의 다른 단계입니다. 우리는 모두 빛의 조각입니다. 생명이라고 불리는 커다란 의지의 조각이기도 하지요. 제가 말하는 생명은 생물학적 의미의 생명이 아닙니다. 우리 앞에 펼쳐진 모든 색을 입은 것을 의미합니다. 하나에서 떨어져 나온 우리의 영혼은 완전함과 무한함, 그리고 아름다움에 대한 기억을 가지고 있습니다. 무엇인가를 느끼고 선택하는 데에 아무런 기준점이 없는 것이 아니라는 이야기입니다. 오히려 가장 확실한 기준점이 자신 안에 있는 것입니다. 하지만 우리의 영혼 역시 자신을 크리스털과도 같은 여러 겹의 가면으로 감추고 있습니다. 그렇기에 우리는 세상의 여러 경험을 통해 마음에 빛을 비추어 보는 것입니다. 반사되고 굴절되어 보이는 빛의 모양을 열심히 관찰하고 해석해 본래의 모습을 추측하는 것이자, 하나이자 모든 것인 자신의 모습을 조금 더 가까운 모습으로 바라보려고 하는 것입니다. 하지만 영혼을 둘러싸고 있는 결정 역시 세상과의 상호작용을 통해 스스로가 만든 것입니다. 세상은 틀을 통해 변형된 자신의 모습을 보여주려 하고 우리 역시 세상과의 작용을 통해 만든 틀로 변형된 세상을 해석하는 것입니다. 하지만 세상의 틀은 우리를 위해 만들어진 환상으로 가득한 것이고, 우리의 틀은 세상과의 교류를 통해 만들어진 것입니다. 변형된 것, 그렇지 않은 것 모두가 서로를 향하고 있고, 담고 있는 것입니다. 너무나 수많은 차례 왜곡되고 굴절된 빛이지만 결국 하나의 빛은 서로를 이끕니다. 하지만 쉬운 길은 아니죠. 환상을 통해야만 알아갈 수 있는 진실이라는 것이 말입니다. 대부분은 길을 걷던 도중 환상에 발이 매여 헤어 나오지 못하곤 합니다. 그래서 어느 정도 환상의 인도를 받은 후에는 마음의 눈을 뜨는 것이 필요합니다. 숭고한 영혼의 빛이 많은 것을 해결해 줄 테니까요. 우리가 불완전한 방식으로 해석하는 인과를 넘어서 말이죠. 저는 다만 오랜 기간 감각을 통해 쏟아진 세상의 환상에도 빛의 근원을 아주 망각해 버리지는 않은 사람, 고결한 빛을 어렴풋이라도 기억하고 그에 이끌리는 사람에게 계기를 주고 싶을 뿐입니다. 영근 밀알을 골라내어 마음의 눈을 뜨게 할 계기를 주고 싶은 것입니다."

남자가 건물과 정원에 불을 밝혀두어 어둠 속에서도 공간은 은은하게 빛났다. 지금의 장면은 현실이라고 믿고 있던 차원에서 살짝 비어져 나온 순간이었다. 선택을 통해 걸어 들어온 지금의 장면은 나의 인생과 참 닮아있었다. 총총한 별들이 어둠을 형형히 밝히고 있었고, 아래엔 간절함의 제단이자 성소가 홀로 의연히 서 있었다. 하늘의 빛과 우리의 해석 시스템으로 감지되는 계시를 따라 보고, 듣고, 느끼고, 꿈꾸며 쉼 없이 걸어온 길이었다. 인과의 세상에서 인과를 착실히 살아내기. 나는 내가 가진 것을 최대한 활용해서 할 수 있는 것을 했다. 모든 순간 인과를 착실히 살아낼 수 있게 해준 원동력은 자유와 사랑에 대한 동경 혹은 이해받지 못하는 것에 대한 두려움이었다. 나에게 있어 자유와 사랑은 하나의 얼굴을 하고 있었다. 사랑은 마음을 자유롭게 했고, 자유는 마음을 사랑하게 했다. 무언가를 애정으로 들여다보는 순간은 언제나 새로운 세상의 서막이었다. 그리고 이는 나만의 차원을 만드는 의식이었다. 인간은 사랑의 행위를 통해 받아들이는 자에서 창조하는 자로 거듭나는 수행을 꾸준히 하고 있는지도 몰랐다. 마음은 새롭게 창조되는 세상의 안료였다. 이해받고 싶은 마음, 사랑받고 싶은 마음. 사람에 대한 사랑, 자연과 세상에 대한 사랑, 자신에 대한 사랑, 순간에 대한 사랑, 시간에 대한 사랑, 장소에 대한 사랑…. 사랑했기에 최선의 선택을 하려 했고, 사랑의 부드러움과 기쁨을 지속 시키는 것에 실패할 때마다 장면 장면을 낱낱이 분해하고 재조합했다. 연약하고 귀중한 사랑을 위해 끊임없이 더 나은 계획을 세워야 했기 때문이다. 그리고 최고의 계획을 위한 갖은 선택을 하기 위해서는 선택의 잣대가 필요했다. 그래서 나는 매 순간 우리가 가진 일말의 도구인 인과에 매달렸다. 인과와 세상과 마음이 인도해 준 여정이었다. 그렇게 도달한 지금의 순간은 평소 알고 있던 세상과는 다른 구성을 가진 순간임이 분명했다. 어쩌면 나의 영혼은 세상이라고 믿고 있었던 곳에서의 이야기를 모두 채우고 다음으로 상승하고 싶어 했다. 그리고 다음 단계로 넘어가기 위해서는 세상에 없는 곳을 찾아 들어가야 했다. 보이는 세상 어디에서도 찾을 수 없는 길의 입구를 찾아내야만 했다. 하지만 이것은 시험이랄 것도 없었다. 새로운 곳으로 향하는 문을 스스로 만들어 낼 수 없었다면 애초에 이곳에서의 여정이 끝나지 않았을 테니 말이다. 꿈과 환상으로 만들어진 세상에서, 나는 받아서 보는 것이 아닌 만들어서 보는 법을 점차 배워가고 있었다.

우리는 한참 동안을 난간에 기대어 성의 다른 구조물과 정원, 그리고 숲을 바라보았다. 그제야 문득 정원에 자리하고 있는 정체 모를 거대한 원형의 구조물이 눈에 띄었다.

"모든 건축물은 상징입니다. 실질적으로 땅 위 사람들 마음에 특정한 것을 심어 넣기도 하고, 하늘 위에서 내려다봤을 때 우리가 잊지 않았다는 것을 알리기도 하는 겁니다."

난간에 기대어 한참 동안 앞을 바라보던 남자는 문득 고개를 들어 하늘을 올려다보았다. 그의 에메랄드는 어두운 베일을 입은 라피스 라줄리와 서로 감응하는 듯 보였다. 어둡고 파란 하늘에는 하현의 달과 별이 밝게 떠 있었다.

"곧 개기일식이 있을 겁니다."

"333년 전에 마지막으로 있었던 개기일식이 이번에 있을 예정이라는 겁니까?"

"맞습니다. 같은 장소에서 다시 개기일식을 관측하기까지는 오랜 시간이 걸리죠. 우리 인간의 시간으로 말하자면 말입니다. 현재 개기일식은 아주 가까워져 있습니다. 아마 사흘 후면 마침내 빛을 완전히 삼켜 넣고 빛나는 왕관을 쓴 어둠을 볼 수 있을 겁니다. 빛은 제물이 되고, 가득 찬 잔은 기울어지며, 모든 것은 반대의 모습으로 새로 시작합니다."

순간 대연회장에서 봤던 태피스트리 그림이 떠올랐다. 개기일식의 일을 묘사한 그림이 두 가지 있었다. 그리고 예측건대 그중 한 그림은 1692년의 사건을 묘사한 것이었다. 그렇다면 설마 또 다른 그림은 앞으로의 일을 묘사한 것일까?

내가 미처 생각을 정리하기도 전에 남자는 내 곁에 아주 가까이 와 섰다. 그는 나에게 창백하게 빛나는 손을 내밀었다.

"에우로기아 테스 아나바세오스 소이 에스토. 상승의 축복이 함께하시길."

"뮈스테리온으로 함께 가시지 않는군요."

"저는 이곳에 남아 개기일식을 위한 특별한 행사에 사람들을 초대해야 합니다. 곧 엘로어십 행사가 시작됩니다."

상승을 위한 가장 깊은 곳으로의 여정을 위해 나는 하늘을 두고 스스로 걸어 내려와 끝없는 밤의 품에 안겼다.

*

눈을 떠보니 정오의 햇살이 방으로 쏟아지고 있었다. 일어나 보니 온몸이 저릿하니 힘이 들어가지 않았다. 깊은 잠의 후유증이었다. 마치 어제의 긴 하루를 보상이라도 하듯 오래된 불면증은 조용히 자취를 감추었다. 숙면 후 따사로운 햇볕을 받으며 눈을 떠보니 그간 나를 괴롭혔던 생각이 어떤 모양이었는지 기억이 나지를 않았다. 온몸으로 생생하던 고통의 감각도 찾을 수 없었다. 나의 존재를 뿌리부터 뒤흔들던 격렬한 감정은 도대체 어디에서부터 생성되어 나의 몸과 정신을 휘감았던 것인지 더는 알 수 없었다. 그저 나는 지금 나른하고, 평화로웠다. 어쩌면 잠은 망각의 주문인지도 몰랐다. 오직 내가 앞으로 나아갈 수 있게 하는 것만을 공고히 하고 나를 자꾸만 옥죄는 것들은 찾을 수 없도록 아주 깊은 곳으로 감추어 버리는 태양의 전령. 디도가 있는 뮈스테리온의 발치에서 나는 평화로워져 버렸다. 이곳까지 온 강렬한 동기가 더는 기억나지 않았다. 다만, 내가 이곳까지 왔고, 디도를 사랑하고 있다는 어렴풋한 기억의 모습으로 나는 밑으로 나아갈 것이었다.

책장을 통한 비밀 문은 어제와 같은 상태로 열려 있었다. 두 갈래의 길 중 하나를 골라 계단을 내려갔다. 갇힌 공간을 동그랗게 돌면서 상승하거나 하강하는 일은 마음의 상태를 특별하게 만들었다. 마치 깊은 명상의 상태나 최면에 걸린 상태와도 같았다. 아래로, 아래로 내려가며 이전에 겪었던 고통의 원천에 대해 생각해 보았다. 들려오는 소리와 움직일 수 없게 되어버린 몸이 모두 내가 만들어 낸 것이라는 생각도 격렬한 고통 앞에서는 통하지 않았다. 몸이 어떻게 머리의 통제를 벗어났는지는 알 수 없었다. 아니, 어쩌면 의식의 통제를 벗어난 것이었다. 유일한 구원의 방법이라고 믿었던 것이 갑작스레 사라질 때, 사람의 몸은 기능을 멈추었다. 세상이 빚어다 가져다준 예상치 못했던 활로이자 유일한 구원이 두 번 나타나지 않을 것을 알기에 한 줄기의 기적이 사라진 자리에 사람은 일어날 수 없게 되는 것이었다. 아마 이런 일은 간절한 사람만이 겪는 일일 것이었다. 너무도 간절하고 애처로운 마음들. 가시밭길일지라도 단 하나의 좁은 길만 다시 만나게 된다면 몸을 일으켜 모든 생을 소진할 때까지 끝없이 걸어갈 수도 있을 텐데. 세상은 결코 그런 것을 용납하지 않았다. 빛이 없는 완전한 어둠 속을 끊임없이 걸어 나가는 사람에게 돌연 하나의 빛을 비추고는, 사람이 조금씩 마음을 열어 밝은 빛에 온전히 의지하게 되는 그 순간을 기다려 빛을 거두는 것이었다. 세상은 간절한 마음이 만들어 낸 이면의 빈 곳으로 들어와 천천히 그곳을 채웠다. 그리고 조금씩 조금씩 사람의 정신에 균열을 만들었다. 균열이 점점 커져 한 인간의 세상을 전부 부술 때까지. 사람은 왜 자꾸 쓰러지면서도 천국을 기웃거리며 손을 뻗는지 알 수 없었다. 그렇게 평생을 살다 보면 천국을 닮아 가게 되는 것일까? 간절한 마음은 천국의 열쇠가 될 수 있을까. 모든 것이 부서져 더는 아무것도 남아있지 않다고 체념할 때, 그곳엔 언제나 또 다른 작은 길 하나가 나 있었다.

계단을 다 내려간 곳에는 문 하나가 열려 있었다. 열린 문으로 들어가 본 곳에는 지하의 숨겨진 공간이라고 하기에는 너무도 섬세하게 가꾸어진 또 하나의 세상이 존재하고 있었다. 나는 어쩌면 지하라고 해서 방치되어 음습한 공간을 예상했는지도 몰랐다. 하지만 아늑하게 꾸며진 이곳은 지상의 여느 아름다운 저택 못지않았다. 분명 이곳을 부단히 가꾸어 온 사람이 있는 것이었다. 공간 곳곳에는 사람의 온기가 가득했다. 물건을 보면 알 수 있었다. 지금 사람의 손에 쓰이고 있는 물건인지, 잊힌 채 기억만을 품고 있는 물건인지를 말이다. 독특한 빈티지 찻잔에서부터 에스프레소 머신, 그리고 화병에 다 시든 채 고개를 숙이고 있는 티리언 퍼플의 꽃들까지. 분명 이곳에는 사람이 살고 있을 것이었다. 그때 어디선가 기척이 들려왔다. 놀라 바라본 곳엔 미술관의 남자보다 조금 더 나이가 들어 보이는 남자가 한 손에 책을 든 채 서 있었다.

"그래, 어떻게 오셨나요?"

남자는 놀란 기색 없이 담담하게 나에게 물었다. 아마 이곳에 살고 있는 사람일 것이었다. 남자는 뮈스테리온에 대해 알고 있을까?

"뮈스테리온에 가려고 왔습니다만, 혹시 제가 올 것을 알고 계셨나요?"

"평생을 닫혀있던 문이 갑자기 열렸으니까요. 누군가 올 것이라는 것은 알 수 있었습니다."

"평소에는 문을 열지 않나요?"

"열지 않는 것이 아니라, 열리지 않습니다. 특별한 행사 때를 제외하고는 말이죠."

남자는 분명 문이 열리지 않는다고 말했다. 이곳에 갇혀 있기라도 한다는 것일까. 하지만 그러기에 남자는 너무 편안해 보였고, 공간은 공을 들여 치장되어 있었다.

"혹시 그 행사가 개기월식과 개기일식 날의 행사인가요?"

그제야 담담하던 남자의 표정에 변화가 생겼다.

"모두 알고 오신 것이 아닙니까?"

"저도 어제 처음 이곳에 오게 됐습니다. 그것도 아주 우연히 말입니다. 저를 이곳까지 데려다준 남자에게 들었습니다. 곧 개기일식이 있을 거라고 말이죠. 그나저나 이곳에 살고 계시는데 스스로 문을 열 수 없다면, 이곳에 갇히기라도 하신 겁니까? 그렇다면 왜 문이 열렸는데도 나가지 않으신 거죠?"

남자는 잠시 나를 빤히 바라보다, 안경과 책을 테이블에 올려두고 소파에 가서 앉았다. 그는 나에게도 앉을 것을 권했다.

"개기일식이군요. 그간 벌어진 일련의 기이한 사건들이 개기일식을 향해 치닫고 있었군요. 아마도 뮈스테리온에서는 무엇인가 벌어지고 있는 모양입니다. 아들들이 예고도 없이 사라져 돌아오지 않은 지 오래입니다. 평소에는 그런 적이 없었죠. 절대로 열리지 않을 것 같은 문이 열리고 당신이 이곳에 들어온 것 역시 마찬가지입니다. 제가 굳이 나가지 않는 이유는 말하자면 깁니다. 이미 너무 긴 시간이 지나버린 것이죠. 그리고 저는 뿌리가 이곳에 속한 사람이기도 합니다."

"혹시 지상에 올라가 본 적이 있으신가요?"

"<은총행사>라고 불리는 월식 행사 때마다 지상으로 올라가곤 했습니다. 지상이라고 해봐야 성안이 고작이지만 말입니다."

"그렇다면 혹시 대연회장에 있는 태피스트리 그림을 보셨습니까?"

"물론입니다. 기억하죠. 아름답고도 섬뜩한 그림이라고 생각합니다."

"그림이 혹시 실제 있었던 일을 묘사하는 것인가요? 저를 이곳으로 안내해 준 남자의 말로는 지난 개기일식의 사건으로 성의 사람 일부가 뮈스테리온으로 내려오게 되었다고 했습니다. 그리고 마치 그 장면을 묘사하는 듯한 그림이 태피스트리에 담겨 있었죠. 또 다른 그림에서는 월식 때 숲을 떠났던 흰 몸의 빛나는 여자가 개기일식 날 남자와 함께 동굴 사람들을 지상으로 데리고 올라오는 장면이 있었어요. 혹시 이것이 곧 다가올 일에 대한 예언이라고 생각하십니까?"

"솔직히 살아있는 동안 개기일식을 마주할 것이라는 생각을 하지 못했습니다. 그래서 간과하고 있었습니다. 기억해 보니 그렇군요. 확실히 그런 그림이 있었습니다. 숲을 떠난 몸이 빛나는 여자. 짐작이 가는 사람이 있습니다. 오래전 이곳을 떠난 사람이지만 말입니다. 제가 알기로는 그 소녀가 이곳을 떠난 유일한 사람입니다. 우리 중에서는 말이죠. 그 소녀는 우리 아들과 각별한 사이였어요. 소녀에게 이름도 지어줬다고 들었습니다. 디도라고 말입니다. 하지만 소녀는 이곳을 떠난 지 오래입니다. 태피스트리의 예언이 성립하려면 일식이 시작되기 전에 그 아이가 기적적으로 이곳으로 돌아와야겠지요. 하지만 그럴 가능성은 희박하지 않을까요. 하지만 또 모르죠. 그 그림은 예사 그림이 아닐 테니 말입니다. 아마도 지혜로 그려진 그림일 것입니다."

이곳의 모두가 디도를 기억하고 있었다. 어쩌면 디도를 부른 것은 이들의 기억이 아니었을까, 하는 생각이 순간 스쳤다.

"방금 우리라고 하셨는데, 이곳에 또 다른 사람이 있나요?"

"우리, 뮈스테리온인 말입니다."

"뮈스테리온인은 동굴에 사는 사람들이 아닙니까?"

"그것 역시 말하자면 깁니다. 하지만 몇몇 사람은 뮈스테리온과 이곳을 오가며 생활하고 있습니다. 물론 다른 뮈스테리온인들은 이곳의 존재를 전혀 모르고 있습니다. 뮈스테리온에서는 정보가 왜곡되고 차단되어 있습니다. 사람들은 몸뿐만이 아니라 정신까지 뮈스테리온에 갇혀버렸죠. 하지만 우리의 뿌리는 윗사람들과 다를 바가 없습니다."

"윗사람들이라니요? 당신들을 이곳에 가둔 사람들을 의미하는 겁니까?"

"애초에 지금의 소유자는 우연히 이 성을 매입하게 된 것이 아닙니다. 잃어버렸던 것을 계획을 가지고 되찾은 것이죠. 원래부터 이 성은 정교한 목적을 위해 오랜 기간에 걸쳐 축조되었습니다. 여기서 단원들이라는 명칭을 쓰겠습니다. 단원들 중 일부는 에너지가 가득 차 모든 것이 뒤바뀔 순간을 예측했습니다. 그리고 바로 그때를 위해 조용히 이 성을 예비해 둔 것입니다. 성이 다 지어지고 얼마 지나지 않아 사건이 발생했습니다. 모든 것이 부서지고 흩어지는 사건이었죠. 그것이 1307년, 지지난 개기일식의 사건입니다. 오직 일부 단원만이 이곳으로 몸을 피해 사건에서 살아남을 수 있었습니다. 그렇게 신원을 숨긴 채 은밀하게 성에서 살아가던 단원들에게 또다시 1692년의 사건이 일어난 겁니다. 다행히도 단원들 중 일부는 뮈스테리온을 발견해 살아남을 수 있었습니다. 살아남은 단원 중 몇은 '특별한' 위치의 단원이었습니다. 피가 섞인 사람들이었죠. 이것은 제 예측입니다만, 우리의 뿌리이기도 한 그들은 조용히 때를 기다려 부활을 준비하고 있을 것입니다. 이러한 의식의 기원은 그 뿌리가 언제인지 정확히 알 수 없으나 아마 우리가 생각하는 것보다도 훨씬 오래되었을 것으로 추정됩니다. 저는 큰 그림을 볼 수는 없으나 단면의 조각을 볼 수는 있었습니다. 이곳은 방대한 양의 고대 문헌과 비밀 서적, 그리고 세상에 알려지지 않은 기록을 보유하고 있기 때문입니다."

"그래서 이번에도 분명 큰 사건이 있을 것이고 어쩌면 디도가 그 중심에 있을지도 모른다는 이야기군요."

"그렇습니다. 하지만 그녀의 모습은 보지 못했습니다. 뮈스테리온으로 가려면 이곳을 통과해야만 하기 때문에 그녀가 이곳에 도착했다면 분명 제가 알았을 겁니다. 그런데, 디도를 아십니까?"

"네, 아주 잘 알고 있습니다. 아니, 잘 안다고 생각했지요. 분명 저와의 관계 속 디도의 모습만은 선명합니다. 제 생각으로, 디도는 이미 뮈스테리온에 있을 겁니다."

"그렇습니까?"

"놀라지 않으시는군요."

"큰 그림을 보지 못했기에 단정하지 않는 것뿐입니다."

"저는 디도를 찾으러 뮈스테리온으로 가야만 합니다. 혹시 함께 가시겠습니까? 아들들이 걱정되지는 않으십니까?"

"뮈스테리온까지의 길은 제가 안내해 드리겠습니다. 다만, 당신을 뮈스테리온의 깊은 곳까지 안내하고 저는 다시 돌아올 겁니다. 아들들을 분명 생각하고 있기는 합니다. 하지만 걱정하지는 않습니다. 분명 원대한 계획 속에서 본인들의 쓰임을 다하고 있을 것으로 생각하기 때문입니다. 우리의 눈으로는 볼 수 없고 오직 지혜의 눈으로만 볼 수 있는 원대한 계획의 톱니바퀴가 되어 역할을 다하고 있을 것으로 생각합니다. 원하신다면 지금 바로 뮈스테리온으로 갈 수도 있습니다. 지금 그 차림으로는 바로 눈에 띄겠지만, 어쩔 수 없습니다. 분명 차림새가 아니더라도 이방인이라는 것이 곧 발각될 테니까요. 혹시 커피 드십니까?"

남자는 나에게 커피를 한 잔 내려주었다. 고소하고 향긋한 커피 향이 느껴졌다. 따뜻한 커피를 한 모금 들이켜자, 소리로 가득했던 머리가 잠시나마 말끔히 고요해졌다. 잔을 내려놓자 남자는 나를 바라보았다. 나는 고개를 끄덕였다. 남자는 자리에서 일어나 나에게 따라오라는 시늉을 하며 머지않은 문으로 걸어갔다. 이윽고 붉은 버튼을 누르자 엄청난 두께의 강철 문이 조용한 소리를 내며 열렸다.

남자의 뒤를 따라 한 발을 들여놓자마자 서늘하고 습한 기운이 확 끼쳐왔다. 마치 닉스의 숨결처럼 고요하고 속을 알 수 없는, 속으로만 끝없이 펼쳐진 열망 같은 이곳의 공기가 엄습해 왔다. 문 하나를 두고 전혀 다른 세계에 발을 들여놓게 되었다는 것이 비로소 실감이 났다. 함부로 발을 들여놓아서는 안 되는 세계에 한 발짝을 내딛게 된 것이다. 문 뒤쪽에서 스미어 나오는 빛은 우리가 걸음을 더할수록 조금씩 사그라들어 갔다. 얼마 지나지 않아 끝없는 어둠을 마주한 우리는 헬멧에 부착된 작은 빛에 기대어 앞으로 나아갔다. 어쩌면 우리는 지쳐 쓰러져 더 이상 걸을 수 없을 때까지 멈추지 않고 나아가야 하는 운명인지도 몰랐다. 멈추지 않고 걸어갈 수 있도록 마음 깊은 곳에 작은 등불을 비추어 환상을 만들고 꿈을 꾸어야 했다. 어둠 속을 걷는 일은 생각보다도 더 폐쇄적이고 외로운 여정이었다. 하지만 끝을 알 수 없는 인생의 어둠에 비하면 지금의 길은 생각보다 무섭지도, 두렵지도 않았다. 오히려 디도의 전화를 받은 순간부터 어렴풋이 마음에 자리 잡기 시작한 뮈스테리온이라는 공간을 실제 찾아내어 걸어 나가고 있다는 사실에 약간 감격하기도 했다. 디도를 만나게 되어서라기보다도, 평생을 살아오며 막연하게 느끼고 있던 것들이 현실이라는 것을 증명받은 기분이 들었기 때문이다. 나를 줄곧 지켜보고 있던 세상으로부터 이제야 자애로운 회신을 받은 기분. 이쯤 되니 현실과 환상을 구분하기가 어려웠다. 명확히 살에 닿는 감촉을 느끼면서도 이것이 실제인지 알 수 없었다. 마치 물질을 입은 생각 속을 걸어 나가는 기분이었다. 걸어온 길과 사람들과 나눈 대화 모두가 다른 차원에서 어떠한 목적을 가지고 현실로 튕겨져 나온 장면 같았다. 그렇게 우리는 어둠의 가장 성스러운 곳에 도착했다. 그는 잠시 공간을 둘러보더니 무엇엔가 가슴이 벅차오르는 듯 보였다.

"정말 오랜만에 와 보는군요. 제가 어렸을 적부터 저를 닮은 아이가 성인이 되기까지, 이곳에서 참 많은 일들이 있었답니다. 이곳 녹스상툼의 카르디아에서 말입니다. 손에 잡을 수도 있을 것 같은 순간들인데, 뒤를 돌아보니 어느새 모든 것이 바뀌어 버렸군요. 저는 이만 돌아가 보겠습니다. 아마 녹스상툼을 돌아다니다 보면 제 아들들을 만날 수 있을 겁니다. 만나면 자초지종을 이야기하세요. 아마 이해해 줄 겁니다. 다만 다른 뮈스테리온인들에게는 말을 삼가는 게 좋을 겁니다. 괜한 오해를 살 수 있으니까요. 그것이 합리적이지 않은 사람들의 맹점입니다. 체계가 없어서 예측할 수 없습니다. 착하고 선한 사람이 있을 수도 있겠습니다만, 어떤 과정을 거쳐 그러한 행동을 하는지 알 수 없기 때문에 예측이 불가합니다. 예측할 수 없는 것은 되도록 조심하는 것이 좋습니다. 세상은 생각지도 못한 우리의 허점을 발견해 내는 데에는 도사니까요."

"데려다주셔서 고맙습니다. 커피도 정말 맛있었습니다."

"목적은 그 소녀, 그러니까 디도를 데리고 함께 이곳을 나가는 것이겠지요? 이곳을 떠날 때 다시 한번 만날 수 있다면 그때도 따뜻하고 맛있는 커피를 대접하겠습니다. 당신의 길에 깨달음이 함께 하기를."

거의 아버지뻘인 그에게서 느낀 따뜻함에 감격해 작별의 인사로 가벼운 포옹을 했다. 그는 등을 돌려 왔던 길을 되

돌아갔고 나는 다시 공간에 홀로 남겨졌다. 알 수 없는 인생의 조류에 떠밀려 나비처럼 만난 사람들. 따뜻한 온기를 얼마 주고받기도 전에 우리는 새로운 위상으로 뿔뿔이 흩어져야 했다. 세상의 계획에 따라 저마다의 있을 곳으로 끊임없이 이동해야 했다. 그럴 때면 민들레 홀씨 날아 꽃 위에 앉듯 다시 만나기를 염원하는 마음을 깊은 곳에 품었다. 한순간 꽃과 나비가 움트듯 인연이 결실을 피워냈던 순간을 가슴에 고이 묻고 언제까지고 지속될지 모를 어둡고 폐쇄적인 길 위에 다시 올랐다. 사람을 끊임없이 지탱하고 있는 것은 어쩌면 가슴에 품고 있는 한 조각의 고결함, 한 떨기의 아름다움이 아닐까? 무엇을 향하고 있는지도 모르는 그리움처럼 비가 쏟아져 내리던 어느 가을날, 낯선 거리의 카페 창가에 앉아 내리는 비를 바라보던 기억과도 같은 것들이 외로운 순간마다 자신으로 향하는 창을 열어주었던 것처럼 말이다. 귓가에 세차게 내리던 빗소리는 어느새 소복한 눈이 내리는 소리로 변해 있었다. 눈이 내리는 소리는 아주 섬세해서 주변의 모든 소리를 지우고는 했다. 환한 빛으로 가득한 함박눈이 내리는 크리스마스의 거리. 크리스마스 트리 아래 놓인 서로를 위한 마음. 영혼의 모든 그을음이 잠시 씻겨 나간 곳에 사람들은 다시 아름다운 이야기와 소망을 차곡차곡 새겨 넣었다.

조용히 작은 빛을 뿜는 곤충들 속을 나아가던 그때, 어디선가 사람의 목소리가 들려왔다.

5

 오늘도 또 하루의 아침이 밝았다. 에오스의 손길에 달콤한 향기가 끼쳐왔다. 이름 없는 자들은 아침부터 숲에서 작은 이끼와 버섯들을 채집해 니보와 디도의 아침상을 차려주었다. 가장 낮은 곳의 낮은 자였던 그들은 더 이상 다른 사람을 위해 일하지 않았다. 하지만 모두 자발적으로 니보와 디도를 위해 무언가를 하고 싶어 했다. 오롯이 자신만을 위해 행동할 수 있게 된 그들의 얼굴은 무섭도록 빛났다. 통제되지 않은 힘과 같은 밝음이었다. 나는 그제야 그들의 얼굴이 제각기 다른 모습을 하고 있다는 것을 깨닫게 되었다. 분명 이전에는 모두 같은 얼굴을 하고 있던 사람들이었다. 새롭게 태어난 이들의 세상에는 더 이상 나도, 엘로어도 존재하지 않았다. 니보와 디도는 이름 없는 자들과 많은 시간을 함께 보냈다. 니보는 이름 없는 자들에게 실은 그들이 선택받은 자들 가운데서도 가장 특별한 존재이며, 바깥으로 나아가 혼란한 세상을 바로잡기 위해 그간의 수행을 거친 것이라는 이야기를 했다. 또한, 니보는 그들에게 더 이상 이름 없는 자가 아닌 어둠에서 자라난 빛의 기사가 될 것을 명했고, 그렇게 그들은 니보의 말 한마디에 빛의 기사가 되었다. 아마 니보의 말 한마디라면 불구덩이라도 뛰어 들어갈 빛의 전사들. 그런 그들의 맹목성은 나를 두렵게 했다. 처음 내가 구속되고, 사람들이 입장을 정하지 못해 혼란스러워하던 시점에 니보는 나의 변호를 해주었다. 나와 이전의 왕이 한 일은 부조리하지만, 모두 뮈스테리온 빛의 전사들의 큰 위업을 위해 필요했던 역할이었다고 말이다. 모두가 각자의 자리에서 그들의 빛나는 미래를 위해 열심히 일한 것뿐이었다고 그렇게 나를 변호해 주었다. 내가 그동안 자신들이 영혼을 바쳐 섬겨왔던 왕이었고, 니보의 형이기도 한지라 그들은 갈피를 잡지 못하는 듯 보였다. 그동안 신의 언약을 위안 삼아 견뎌내던 핍박이 진실로 그들을 위한 것이었는지 알 수 없었기 때문이다. 작은 고난을 통해 큰 뜻을 행하는 것은 여신의 뜻이라지만, 개개의 핍박을 행하는 주체는 큰 뜻을 알지 못한 채 본인의 의지에 따라 그렇게 한 것이 아니든가 하는 것이었다. 결국 자신의 행동이 다른 이를 이롭게 한다는 것을 알았다면 그들을 괴롭히던 자들이 그토록 열심히 배역에 임했을지는 알 수 없는 일이었다. 자신들을 이름 없고 낮은 자라고 멸시하던 사람들은 자신들과 똑같은 사람이었다. 그들은 지고한 뜻을 알아서 자신들에게 악을 행한 것이 아니라, 마음에서 우러나오는 우월감과 적개심으로 그렇게 한 것이었다. 결국에는 신의 뜻을 행하는 계기가 되었을지라도, 그러한 계기가 없이는 원대한 뜻이 제대로 작동할 수 없다고 하더라도, 개개인에게서 나온 순수한 악감정 그 자체가 용납될 수 있는 것인지 뮈스테리온의 백성들은 알 수 없었다. 투명한 그들의 마음속에서 벌어지는 일쯤은 그들의 행동이나 표정을 보면 알 수 있었다. 나를 볼 때만 해도 그러했다. 높은 사람이 평생 해보지도 않은 고생을 하느라 노고가 많다고 생각하며 일말의 동정심을 느끼다가도 그동안 태연한 얼굴로 자신들을 기만한 것을 생각하면 속에서 뜨거운 것이 올라와 당장 나를 찢어 죽이고 싶어 하는 것이었다. 언제나 그런 것이었다. 멀리서 추상적으로 보면 인생의 굴곡을 이루는 큰 맥락에서 이해할 수 있는, 어쩌면 아름다움으로까지 포용할 수 있는 것들의 얼굴을 가까이서 자세히 들여다보게 되면 평정심을 유지할 수가 없게 되는 것이었다. 그렇게 그들의 마음은 하루에도 수십 번 오락가락하는 듯했고, 해결되지 못한 감정의 소용돌이는 그들의 기쁨 한구석에서 교묘히 몸집을 키워가고 있었다. 나 역시 나만의 입장이 있었지만, 그들이 그것을 이해해 주길 바라지는 않았다. 내가 그들의 입장이었어도 용서하지 못했을 것이기 때문이다. 세상은 어쩌면 어쩔 수 없는 입장들을 교묘히 맞물리게 해 진심을 담은 사건들을 자꾸만 엮어가고 있는지도 몰랐다.

"니보, 네가 말한 모든 뮈스테리온인을 데리고 이곳을 나가겠다는 계획 말이야, 그 계획에 엘로어들도 포함이 되어있는 거야?"

나는 니보에게 물었다. 옆에서 지켜보기에 엘로어들은 아무 계획에도 포함되어 있지 않은 듯 보였기 때문이다. 그들은 숲의 이편이라고 불리었던 곳에 격리된 채 뮈스테리온에서 진행되고 있는 어떤 이야기에서도 소외되어 있었다.

"만약 모두가 힘을 합쳐 이곳을 나갈 것이라면 그들에게도 위로 나아가야 할 명분을 공유해 주어야 하는 게 아닐까."

"형, 형이 바로 봤어. 엘로어들은 나의 계획에 포함되어 있지 않아. 그들은 착취하는 자들이야. 자신의 안위를 위해서라면 가장 소중한 것까지도 아낌없이 희생할 수 있는 그런 사람들과는 숭고한 역사를 함께 쓰고 싶지 않아."

"네 주관으로 사람을 나눈다면 과연 네가 나와 다를 바가 뭐지? 네가 그래서는 안 된다고 그렇게 열변을 토했던 행동을 스스로 하고 있는 것이 아니냔 말이야. 내가 숲의 저편 사람들을 같은 사람으로 보지 않고 부당하게 대우하고 있다고 네가 말했던 게 아직도 생생히 기억나는데. 너 역시 엘로어들을 너와 같은 사람으로 취급하고 있지 않은 것이 아니냐? 네 주관으로 자유를 얻어서는 안 될 사람을 나누어버린 게 아니냔 말이야."

"형, 나를 논리로 설득하려 하지 마. 형이 억눌리고 빼앗긴 자들의 설움에 대해 무엇을 알고 있지? 엘로어들은 이미 내 마음속에서 결정이 난 사람들이야. 권리가 있을 때 그것을 올바르게 행사하지 못하는 사람임이 이미 판명 난 지들이라는 거지. 애초의 그 권리를 얻은 방식마저 뼛속까지 이기적이고 말이야."

"네가 했던 말 기억하니. 사람은 언제나 변한다는 말, 지금의 상태로 사람의 전부를 판단하지 말라는 말. 그럼, 네 손으로 그들이 앞으로 변할 기회조차 박탈해 버리겠다는 거니? 진심으로 네가 그럴 자격이 있다고 생각하고 있는 거야?"

"내가 그들의 변할 기회를 박탈한다고 생각하지 않아. 그들은 다만 그간의 행동으로 이번의 기회를 박탈당했을 뿐이지. 그들이 정말로 변하고 싶다면 진정으로 깨닫고 스스로 변할 기회를 만들어야 해. 이기적인 자들에게 단번에 변화하고 자유를 얻을 기회까지 내가 만들어 주고 싶지는 않아. 그래서도 안 된다고 생각하고. 그들은 이곳에 남아서 그들이 느껴야 할 것을 느끼고 선택해야 할 것을 선택하게 되겠지."

"그렇다면 네가 빛의 기사들이라고 명명했던 숭고한 사람들도 기회가 왔을 때 다른 모습을 보인다면 언제든 내칠 수도 있다는 말이 되겠네. 저들이 이기적인 사람이 아니라는 것은 어떻게 알지? 다만 그럴 기회가 없었던 것이 아닐까? 그렇게 해서 과연 네 곁에 남을 수 있는 사람이 있을지 의문이야. 어쩌면 네가 저들을 사랑하는 이유는 박해받고 착취당한 영혼들이기 때문에, 너의 고통에 공감하고 있기 때문에, 단지 그 이유가 아닐까? 너야말로 자신을 너무 사랑해서 너와는 다른 사람들을 모두 적대시하고 있는 것은 아닌지 묻고 싶네. 지금의 모든 행동도 더 큰 선을 위한 것이 아닌 그간 세월에 대한 복수심이 아니라고 확신할 수 있겠어? 나에게 이기적이라고 말했던 것처럼 너 스스로가 이기적이지 않다고 말할 수 있느냐 말이야. 어쩌면, 이제서야 조금은 알 것 같아. 네가 나를 이기적이라고 말하면서도 끝끝내 놓지 못했던 이유. 네가 나와 아주 닮은 모습의 위선자이기 때문이지."

"형은 지금 형의 위치를 망각하고 있어. 형은 더 이상 이곳의 왕이 아니야. 이곳에서 형의 모든 꿈을 끝내고 싶은 것은 아니겠지? 나는 형을 협박하거나 하는 것이 아니야. 다만, 말은 좀 가려 하는 것이 좋을 거야. 하고 싶은 말을 언제든 할 수 있는 엄청난 특권을 지금도 가지고 있다고 생각하지 말라는 거야. 형은 이제 생각과는 조금 다른 말을 해야 할 때도 있고 때로는 침묵해야만 한다는 것을 배우게 될 거야. 형 외의 모든 사람이 그랬던 것처럼."

니보는 난생처음으로 나에게 얼굴을 붉히며 대들었다. 아름다운 금발을 흩날리며 목소리를 크게 내지 않은 채 속삭임으로 나에게 외쳤다. 내가 황금빛 권좌에 있었을 때, 나는 단 한 번도 니보를 함부로 대한 적이 없었다. 니보의 복잡한 심경을 잘 알고 있기도 하고 의도적인 것이 아니라는 것 역시 잘 알지만 내심 이용당했다는 마음을 감추지 못했다. 사실 내 마음을 표현하기에는 배신이라는 단어가 더 적절할 것이었다. 스스로 잘 알고 있듯, 나의 심장은 나의 약점이었다. 어쩌면 이러한 상황이 닥칠 것을 알았기에 순진한 사람들을 경계했던 것이었다. 본인의 의지가 아닌 상황으로 만들어진 순수함. 언제 돌변할지 모르는 이중성의 씨앗을 품고 있는 자들. 하지만 그 순수함과 연약함은 언제나 나를 끌어당겼다. 그래서일까, 아직 때 묻지 않은 순수함을 보게 되면 나는 언제나 격한 반응을 일으키곤 했다. 푹 빠져 나를 모두 내어주거나, 아니면 격렬한 거부반응을 보이거나. 어쩌면 나는 순수함이 온전히 투영해 주는 나의 세계를 보고 싶었던 것이었다. 하지만 오랜 기간 아무리 노력해서 완벽한 거울을 세워 놓아도, 아름다운 투명함은 곧 사라지고 상대는 자신의 모습을 비추려 나의 거울을 부술 것이 분명했다. 내가 공들여 만들어 놓은 세상을 모두 한순간에 허물어 버릴 것이었다. 아마 이렇게 말한다면 모두 의아해할지도 모르겠지만, 자세히 파고들면 세상에 존재하는 모든 종류의 애정은 이와 비슷한 민낯을 하고 있으리라는 것을 안다. 다만 느끼는 방식이나 설명하는 방식이 조금 다를 뿐인 것이다. 나는 나를 비추는 순수함의 품에 파고들어 사랑받았고, 처음으로 커다란 기쁨을 느꼈다. 하지만 동시에 지금의 행복은 다분히 일시적이며, 나를 온전히 투영해 줄 가능성의 영혼을 다시 찾아 나에게 맞게 다듬는 일은 너무도 고된 작업이 될 것이라는 생각에 벌써 진이 빠졌다. 내가 사랑을 느낄 수 있는 조건이 매우 제한적이라는 것을 알기에 쓸쓸해진 것이었다. 나의 사랑을 받기에 합당한 영혼은 내가 만든 세계의 아름다움을 이해할 수 있을 정도의 지적 혹은 공감 능력이 있어야 하며 동시에 너무 많은 자아를 가지고 있어서도 안 되었다. 내가 만든 세계를 함께 찬양하고 향유할 영혼. 어쩌면 내가 사랑에서 바란 것은 그런 것이었을까? 그렇기에 내가 마음껏 사랑하기에 적절한 영혼은 세상에 존재하지 않으며, 존재하더라도 젊음의 일시적인 현상일 것이라는 것을 알기에 나는 쓸쓸했다. 동시에, 순수한 영혼에 나의 장대한 세계를 보여주는 일이 즐거웠고, 즐거운 만큼 두려웠다. 다른 사람은 절대 알 수 없는 나의 은밀한 세계를 내가 허락한 영혼 위에 세우는 기쁨은 끝이 예견된 행복이기 때문이었다. 니보는 내가 나만을 너무 사랑한다고 했다. 근원을 파고들어 가면 맞는 말일 것이었다. 하지만 그가 간과하고 있는 것이 있었다. 세상의 모든 존재가 그러하다는 것. 자신을 비추기 위한 근원적 행동에서 파생된 여러 이타적인 결과들이 있을 뿐이라는 것. 그것을 깨닫지 못한 자가 대부분 훨씬 이기적인 행동을 할 때가 많다는 것. 나는 니보를 위해 모든 것을 바쳤다. 그가 원하는 것은 모두 들어주었고, 나 자신의 목숨을 걸고 그의 목숨을 구했다. 다만 나는 이러한 애끓는 애정의 근원을 들여다볼 줄 알 뿐이고, 다른 사람들은 그러지 못할 뿐인 것이다. 그래서 그들의 사랑이 원인도 모른 채 번번이 부서져 버리는 것이 아닐까. 그들은 오히려 자신을 들여다볼 줄 아는 사람을 이기적이라고 말할 것이었다. 무지란 그런 것이니까. 가면만이 진짜가 되는 세상이니까. 하지만 아무 말도 할 수 없다. 모든 사람에게 모든 것을 일일이 설명하며 살 수는 없다. 나의 에너지는 조금 더 생산적이고 아름다운 곳에 쓰여야 한다. 사랑하는 일이나 자유를 찾는 일과 같은 것에 말이다. 스스로 고립을 택한 자들의 숙명이었다. 끊임없이 한 사람을 이상화하고 숭배하지 않으면 살아갈 수 없게 되는 것. 완전한 고립을 택하는 선택지를 제외하면 말이다. 마음속에 성전을 짓기 위해 고립을 택했고, 시간이 갈수록 더욱 아름답고 견고해져만 가는 마음속 세상을 다른 영혼의 거울로도 비추어 바라보고 싶었다. 오르페우스는 그토록 바라던 것을 얻게 되기 직전, 고독의 여정 끝자락에 고개를 돌려버리고야 말았다. 나의 상황 역시 그와 다르지 않았다. 세상에 증명하고 싶다는 소망을 품는 순간 바깥에 내놓은 영혼의 세상도, 그 성전을 품고 있던 마음도 산산조각이 나게 되는 것이었다. 오르페우스의 소망도, 나의 염원도 영구적인 해결책은 아니었다. 우리의 목숨이 유한하기 때문이었다. 그렇기에 우리는 다른 방법을 찾아봐야 했다. 그러자 이런 생각이 들었다. 스스로 자신의 세상을 봐주고 증거할 수는 없을까, 스스로 다른 시각을 만들어 낼 수는 없을까. 지금의 상황은 니보를 진정으로 마음에 들이기 시작했던 순간부터 예견된 일이었다. 자신을 보호하기 위해 단단한 성곽을 쌓은 마음에 날아든 한 줄기 따스함에의 소망. 온전히 고립된 마음에는 안도와 함께 외로움이라는 빛이 날아들었다. 마음에 생길 균열을 예감하면서도 문을 활짝 열어 상대방을 들였다. 그리고 예감했듯, 언제나 균열은 점점 커져 내가 고이 지켜온 모든 것을 산산조각 냈다. 이제 내가 할 수 있는 일이라곤 부서짐이 나를 새롭게 하기를 바라는 것뿐이었다. 더 이상 예상하고 계획하고 통제하는 일에는 지쳤다. 내가 알 수 없는 방식으로 세상이 역사하여 새롭게 거듭날 수 있기를 바랐다. 언젠가 돌아봤을 때 모든 부서짐이 다 필요했던 것이라고 생각하며 마음의 평화를 찾을 수 있기를 간절히 바랐다. 그리고 부디 니보가 권력의 맹점에서 안전할 수 있기를, 사람이 가장 피하고 싶은 고통을 모두 피할 수 있게 해주며, 사람의 생각과 마음을 왜곡한 채 마비시키는 권력에서 내가 기억하는 아름다운 모습을 지켜갈 수 있기를 바랐다. 니보가 스스로 깨닫기를 바랐다. 세상에 돌아가는 길이란 없고, 피할 수 있는 고통 역시 없다는 것을.

그때 니보의 측근인 포키온이라는 자가 포스상툼의 카르디아로 들어왔다. 스무 살 남짓 되어 보이는 앳된 얼굴을 한 그는 니보의 추종자 중 한 명이었다. 포키온이라는 이름은 니보가 붙여준 이름이었다. 그는 종종 숲의 식물을 엮고 돌을 갈아 만든 장신구를 니보에게 선물로 가져오곤 했다. 그럴 때마다 니보의 얼굴은 전에 없이 자애롭게 빛났다. 포키온은 니보와 있을때면 마치 정신적 스승을 모시는 듯 언제나 한 손을 가슴에 가지런히 얹고 눈을 빛내며 니보의 모든 이야기를 경청했다. 내가 저런 눈빛의 니보를 사랑했던 것처럼 니보 역시 저 아이가 얼마나 예뻐 보일끼 하는 생각이 문득 들었다. 다른 것 없이 바라보는 대상만을 온전히 담은 눈이었다. 하지만 저 아이는 나처럼 광활한 마음의 세계를 니보에게 보여줄 수 없음을 알고 있었다. 저 아이의 태도는 단지 상대방이 더 나은 무언가로 어떤 면에서든 자신에게 도움이 될 수 있음을 인지하는 데에서 나오는 동경일 뿐이었다. 곱게 포장된 이해관계의 자연스러운 표현일 뿐인 것이었다. 이는 당연히 스스로가 완성된 상태에서 선택을 통해 상대를 특별하게 대하는 것과는 비교할 수 없는 것이었다. 성숙의 빛이 포키온을 찾아오는 때가 온다면 언제 사라져도 이상하지 않을 저런 눈빛에 니보가 그간의 나의 희생과 헌신을 저울질하는 일이 없기를 바랐다. 나는 니보가 고결한 아름다움을 알아볼 수 있는 공정한 눈을 가졌다고 믿고 싶었다. 니보는 환한 미소로 그를 맞았다.

"아까 중앙 광장에 갔다가 0 표시가 되어있는 것을 보았어. 무슨 일이 있는 거야?"

"어머님이 찾아오셨습니다. 엘로어는 모두 출입 금지라는 것은 알지만 어머님이시라 여쭤봐야 한다고 생각했습니다. 어머님이 뵙자고 하시는데 어떻게 할까요."

"그래서 숲을 넘어 여기까지 출입을 허락한거야?"

"무조건 아들을 만나야 한다고 아주 강경한 태도를 보이셨습니다."

포키온은 니보의 어머니가 니보를 찾으러 왔다는 이야기를 전했다. 우리는 왕자의 신분으로 태어났기 때문에 태어나자마자 어머니로부터 격리되어 자랐다. 게다가 왕자는 왕인 자신의 아버지와, 함께 교육받는 더미 외의 다른 혈연은 모르고 살아야 하는 것이 뮈스테리온의 규칙이었다. 그렇기에 나 역시 나를 낳아준 어머니가 엘로어로서 잘 지내고 계실 것이라는 생각을 막연하게 했을 뿐이었다. 애초에 관계를 형성할 기억조차 없었으니까. 그런 니보에게 갑자기 자신이 어머니라고 이야기하는 사람이 나타난 것이었다. 갑자기 나에게 어머니라고 하는 사람이 찾아오면 어떤 기분일지 상상이 되지 않았다. 기쁨? 놀라움? 반가움? 당황스러움? 무덤덤함? 의심? 그 상황이 되어보지 않고서는 알 수 없을 것이었다. 니보의 안색을 살펴보았다. 니보는 불안정해 보였다. 짜증이 난 듯 보이기도 했다. 저 마음에서 무슨 일이 일어나고 있는지 한 단어로는 표현하기 어려운 복잡한 감정이 얼굴 위로 시시각각 떠올랐다. 니보는 포키온에게 어머니를 카르디아로 모셔 오라고 했다. 니보의 어머니라고 자칭하는 여인은 니보를 보자마자 눈물을 흘리며 니보를 껴안으려고 했다. 니보는 놀랐는지 두 팔로 여인을 밀쳐내며 한 발 뒤로 물러섰다.

"당신이 저의 어머니인가요?"

"그래, 니보. 많이 컸구나. 떠나보낼 때는 정말 핏덩이였는데. 그래도 먼발치에서 너의 성장하는 모습을 지켜봤단다. 이렇게 함께 대화를 나눌 수 있다니 정말 꿈만 같구나."

"일단 당신의 말을 믿겠습니다. 당신이 저의 어머니인지는 확인해 보면 금방 알 수 있습니다. 당신을 이 깊은 곳까지 들이도록 허락한 것은 다만 밖에서 큰 소란이 일어나는 것을 원치 않았기 때문입니다. 그동안 저를 지켜봤다고 하셨는데, 왜 이제야 찾아오셨는지 여쭈어봐도 될까요?"

"내가 너를 찾아갈 수 없었다는 것을 알잖니. 하지만 세상도 바뀌었고 하니 이제서야 찾아올 수 있게 된 거지."

"그렇군요. 하지만 앞으로도 멀리서 지켜봐 주셨으면 좋겠습니다. 지금까지와 같은 모습으로요."

"지금 나를 내쫓겠다는 거냐?"

"아뇨, 전혀 아닙니다. 지금까지와 같이 잘 지내자고 말씀드리는 겁니다."

"나는 건너편에 살고 싶지 않구나."

"지금까지는 건너편이 좋다고 잘 사신 것이 아닙니까?"

"지금은 세상이 변했잖니. 모든 것은 이쪽 중심으로 돌아가고 있어."

"그렇다면 어머님과 엘로어들에게 이쪽을 내드리고 저희가 그쪽으로 움직이면 될까요?"

"그런 것이 아니야. 모든 것이 일어나는 곳에 있고 싶단 말이다!"

"누나와 형을 은총행사에 보내 엘로어가 된 것으로는 부족하십니까? 항상 본인이 세상의 중심이 되기 위해 다른 사람을 희생하십니까?"

"내가 그들이 그리될 줄 어찌 알았겠니!"

"그들이 그리될 줄 알았다니요? 그들은 신의 성스러운 은총을 받으러 떠난 것이 아닙니까? 은총행사에서 대략 어떤 일이 벌어지는지 줄곧 알고 계셨나 봅니다. 그러고도 저를 왕자의 더미로 낳으셨죠. 왕자의 더미는 모두 계획된 출산이 아닙니까? 당신이 더 많은 것을 원해서 자원한 것이 아닙니까?"

"나는 다만 나의 아이에게 모든 것을 해주고 싶었다. 그리고 죽지 않았잖니. 지금 번듯하게 살아서 이곳을 이끌어가고 있잖니. 그것이 중요한 것이 아니겠니. 네가 지금과 같이 잘 자라도록 항상 정성으로 신께 기도하고 또 기도했단다. 그리고 나는 내 자식이 한 번쯤은 최고의 대접을 받으며 살기를 바랐다. 이름도 흔적도 없이 멸시 속에 같은 일을 반복하나 결국 사라지는 길고 긴 삶 말고, 조금 짧더라도 사람들의 부러움과 존경을 받는 강렬한 삶을 살게 하고 싶었다. 네 형과 누나의 희생이 없었다면 네가 더미 왕자라도 될 수 있었는지 아니? 지금의 네가 될 기회조차 있었는지 아냔 말이야. 하나의 꽃을 피우기 위해 둘이 죽은 것이다. 그렇지 않았다면 모두 흔적도 없이 죽었을 것이고. 너는 진정한 의미의 고통이라는 것을 모른다. 그래서 이렇게 하나하나 속 편하게 따질 수 있는 거야. 우리는 조금 달랐다. 모두 죽어 없어질 것 가운데 하나만 싹을 틔워도 그것으로 모두 된 것이었다. 나는 아무것도 가진 것이 없는 상태에서 자신의 노력으로 상위 엘로어가 되었다지만, 네가 한 것은 과연 무엇이냐. 왕자로 태어난 것밖에는 없지 않니. 그런데도 너는 이 모든 것을 다 누리게 되었다. 이게 다 누가 만들어 준 것인데 이렇게 타박만 하는 것이냐…."

"그 사악한 혀를 그만 멈추어 줘. 온갖 악행에도 같잖은 이유를 찾고 궤변만을 뱉어내는 더러운 입을 그만 다물어 줘. 세상이 당신 생각대로 그렇게 호락호락 한 줄 알아? 어떤 인생일지라도 원하는 삶을 얻기 위해 걸어가야 하는 고난의 길이 있다고. 자신이 살아보지 못한 인생은 모두 쉬워 보이지? 자신이 걸어온 길만이 가장 힘들어 보이지? 그런 생각이 든다는 것 자체가 인생을 제대로 살지 못했다는 방증이라고. 잘되면 제 탓 안되면 세상 탓하는 것 좀 그만 둬. 내가 보기에 당신은 고통에서 아무것도 배우지 못했어. 악만 키웠을 뿐이지. 그저 당신은 내가 부러운 거야. 당신이 형과 누나를 희생시켜 엘로어가 되었다는 사실을 알았을 때 내 심정이 어땠는지 알아? 그걸로도 모자라 나를 더미 왕자로 낳았다는 사실을 깨달았을 때의 기분을 당신이 느껴봐야 했는데. 당신은 사악한 자야. 모든 엘로어들이 마찬가지고. 다시는 나를 찾아오지 마. 그땐 이렇게 끝나지 않을 거야. 오늘의 만남은 잊을게. 당신도 그래 줘. 서로가 존재하지 않는 것처럼 살아가는 거야. 지금까지 그래왔던 것처럼."

"너희, 뮈스테리온을 버리고 하늘로 올라갈 준비를 하고 있다고 들었다. 나도 꼭 좀 데리고 가다오. 나도 하늘에 무척이나 가보고 싶구나."

"새로운 세상은 순결하고 정결한 세상일 겁니다. 손에 피가 묻은 자들은 들어올 수가 없어요. 특히나 자식의 피가 묻은 자들은요."

*

니보는 녹스상툼 근처에 격리해 둔 엘로어들을 모두 잡아다 포스상툼 쪽으로 옮겨오라고 명했다. 그들이 이쪽으로 오게 된 후 알게 된 사실이지만, 어째서인지 많은 엘로어들은 우리의 계획을 알고 있었다. 그리고 우리가 자신들을 소외시키는 것에 대해 반발했다. 그때 돌연 바르카가 등장했는데, 언제 준비했는지 모를 크리스털 장신구를 목에 두른 채 하늘을 향해 주먹을 꽉 쥐고 갑자기 엘로어들을 향해 일장 연설을 하기 시작했다. 요는 이런 것이었다. 저들은 어차피 우리를 버렸으니 더 이상 구차해지지 말고, 우리끼리 뮈스테리온에 새 나라를 건설하자는 것이었다. 그러자 공간은 분분한 의견으로 웅성웅성 댔다. '하늘로 가는 길이 있다면 우리도 당연히 함께 가야 한다', '우리끼리 남게 되면 그간 이름 없는 자들이 했던 일은 누가 맡아서 할 것이냐'와 같은 이야기들이었다. 니보는 엘로어들이 자신의 계획을 알고 있다는 사실에 초조해했고, 뮈스테리온의 입구이자 출구가 있는 녹스상툼을 그들이 점유하도록 내버려두고 싶지 않아 했다. 그들을 되도록 그곳에서 멀리 떨어뜨려 놓아야 할 필요성을 느낀 것이었다. 그렇게 우리는 다시 녹스상툼이 있는 숲의 이편으로 돌아왔고 엘로어들은 포스상툼이 있는 숲의 저편에 격리되었다. 나와 니보 그리고 디도는 다른 이들을 근처에 쉬게 두고 녹스상툼의 카르디아로 향하고 있었다.

"형, 우리가 위로 올라가려고 한다는 것은 대체 어떻게 알았을까. 우리 중에 스파이가 있는 걸까?"

"니보, 뮈스테리온에 사람이 얼마나 많은데 하나하나 통제할 수 있다고 생각하는 거야. 언제나 그런 사람들은 있게 마련이야. 다른 것에 흔들리지 마. 네가 할 일을 끝까지 완수해야 한다는 목표만 보고 가는 거야. 목표에 도달하면 그런 고민은 더 이상 하지 않아도 될 테니까."

"형, 교활한 엘로어들이 다른 계획을 세우기 전에 계획을 앞당겨야겠어. 하지만 이번 은총행사 까지는 아직도 한참이나 남았잖아. 무슨 좋은 방법이 없을까? 모두를 데리고 판타스마로 가서 관리인이 올 때까지 기다렸다가 열린 문을 통해 나가는 것만이 방법일까? 하지만 관리인은 실수하지 않는걸. 어째서인지 우리가 판타스마에 있을 때는 한 번도 온 적이 없어. 마치 우리가 뮈스테리온에 있다는 것을 확인하고서야 판타스마로 오는 것처럼."

6. 적 (赤)

6

 어둠 속에서 피어난 빛의 검. 인과의 장막을 가르며 세상 속을 부유한다. 빛의 길을 밝히고 어둠의 얼굴을 비추며 순수한 순간을 파고든다. 하늘로 곧게 뻗은 날개 아래로는 무수한 그림자가 지고, 곱게 내민 손끝으로는 마음이 이슬이 되어 맺힌다. 고독하고 무한한 어둠은 끝없는 형과 태를 만들어내기에 부침이 없다. 사랑, 상승하고 하락하며 어둠과 빛을 직시하는 눈길. 마음의 눈동자를 꿈에 바로 맞추고 흔들리지 않고 걷는 길. 깊은 곳에 숨어있던 꿈을 현실로 끌어내어 마음이 빚어낸 세상 속을 걸어가기. 주어진 세상을 정신에서 끌어온 물질로 대체하기. 마음의 선언으로 세상을 하나하나 물들이기. 시간과 공간 곳곳에 나의 이야기를 꾹꾹 눌러 담기. 나와 꿈과 세상이 더 이상 구분되지 않을 때까지 나의 마음을 유입하기. 모든 것을 잊고 영원과도 같은 깊은 잠에 들기. 그리고 다시 꿈을 꾸기.

 대상이 사라진 자리에는 바다 위 홀로 선 섬의 새벽안개와 같은 마음 한 자락이 소슬히 피어올랐다. 하지만 부푼 마음의 안개는 나에게로 미끄러지듯 걸어오는 그녀의 모습에 다시 가지런한 색의 틈으로 자취를 감췄다.

 "디도!"

희미한 불빛으로도 너머에서 걸어오고 있는 여인이 디도라는 것을 알 수 있었다. 나라는 존재가 디도의 에너지를 정확하게 기억하고 있었다. 디도를 감지한 내 몸은 한순간 극도의 긴장으로 굳어지며 오랜 시간 간절히 바라왔던 사람이 바로 눈앞에 있다고 말해주고 있었다. 디도와 두 남자가 나를 바라보았다. 그렇게 하나의 점이었던 우리는 순간 속에서 만나 서로를 얽는 금빛 실을 무한히 자아내고 있었고, 나는 정확하게 스스로가 만든 순간으로 걸어 들어왔다.

  "니보, 우리가 정말 특별한 시기를 지나고 있는 걸까. 우연이라고 하기엔 놀라울 정도로 많은 변수가 생겨나고 있어. 눈앞에서 일어나고 있는 일들이 대체 현실인가 싶을 정도야. 지금의 뮈스테리온은 얼굴을 알아볼 수조차 없을 것 같아. 저 남자는 또 누구지? 디도, 네가 레테이아에서 알던 사람이니? 대체 이곳에는 어떻게 들어온 걸까. 이곳에 있는 것을 보니 설마 판타스마를 통해 내려온 것일까? 솔직히 말하자면 말이야, 나는 오랫동안 평화롭던 뮈스테리온이 어쩌다 이렇게 변했는지 자신에게 묻고 있었어. 내 기억 속 뮈스테리온은 언제나 숨 막힐 정도로 단조로운 모습이었거든. 매일 비슷한 일상에서 오는 권태와 질문의 연속이었지. 도대체 내가 무엇을 했기에 이곳이 이렇게 알 수 없이 변했는지 끊임없이 생각해 봤어. 물론 마음속으로는 급진적인 생각을 한 적도 있었지만, 실제 행동으로 옮긴 적은 없었거든. 물론 어쩔 수 없을 때를 제외하고는 말이야. 왜 나에게만 다른 결과가 생긴 걸까. 과연 이런 생각을 한 사람이 지금껏 나 하나뿐인 것일까? 하지만 아무래도 그렇지는 않을 것 같았어. 그렇기에 이제 이유를 찾는 일은 그만두기로 했어. 어쩌면 정말 시기인지도 모르지. 뮈스테리온과 우리가 정말로 변화할 시기."

녹스상툼의 정적을 깨고 한 남자가 입을 열었다. 남자는 뮈스테리온과 변화에 대해 이야기 했다. 문득, 세상은 변화가 필요한 시기의 사람과 장소를 기막히게 엮어 서로를 나아가게 만든다는 생각이 들었다. 나는 입을 열었다.

"곧 개기일식이라는 것을 알고 계십니까?"

밤색 머리칼에 선이 굵은 얼굴을 가진 남자는 곁에 있던 남자에게 하던 말을 멈추고 나를 바라보았다.

"지금 개기일식이라고 하셨습니까. 개기일식이라니요. 개기일식은 그렇게 쉽게 관측되는 현상이 아닙니다. 뮈스테리온이 있는 이곳에서, 그것도 곧 개기일식이 일어날 거라니요. 니보, 들었니? 개기일식이래. 그렇다면 우리 대에 엘로어십 행사가 진행되겠군요. 곧이라고 하면 정확히 언제를 이야기하는 겁니까? 저는 행사에 대해 아무런 이야기도 듣지 못했습니다."

"형, 우리는 엘로어십 행사의 이름만 알지 어떤 식으로 행사가 진행되는지는 모르잖아. 그도 그럴 것이, 한 번도 본 적이 없으니까. 어쩌면 은총행사와는 아주 다른 방식으로 진행되는지도 모르지. 그래도 행사가 진행된다면 어떻게든 문은 열리겠네. 뮈스테리온 백성들을 모두 데리고 윗사람들의 눈을 피해서 어떻게 나갈지가 문제지만."

"사흘 후라고 알고 있습니다. 개기일식이 일어나는 날이요."

"니보, 우리는 은총행사를 겪을 만큼 겪어봤잖아. 엘로어십 행사가 정확히 무엇을 말하는지 모른다고는 해도, 분명 은총행사보다 더했으면 더했지, 덜하지는 않을 거야. 그들과 우리는 사고방식 자체가 다르니까. 그들이 훨씬 더 '중요하고 성스럽다'고 하는 말에서 좋지 못한 예감이 들어. 이대로는 무슨 일이 벌어질지 몰라. 니보, 어째서 인생은 끝없이 헤쳐 나가야 하는 일들뿐일까? 하나를 지나면 언제나 더 큰 하나가 기다리고 있는 것 같아. 어쩌면 자신의 세상을 스스로 만들고 싶어 하면서부터였던 것 같아. 나를 둘러싸고 있던 세상이 모습을 바꾼 것이. 잔혹한 윗사람들이 오기 전에 모두 도망쳐야 해. 그들은 아마 더 큰 희생을 요구할 거야. 레테이아의 남성분, 이곳에는 어떻게 들어오셨습니까? 차림을 보아하니 디도처럼 전문 장비를 가지고 숲의 하늘을 통해 들어 오신 것은 아닐 테고 말입니다."

"문을 통해 들어왔습니다. 성 밖에서 성의 지하실까지, 그리고 지하실에서 이곳까지 우연히 길을 안내해 주는 사람을 만났습니다. 저는 그저 길을 따라 활짝 열려 있는 문을 통해 들어왔습니다."

"성안에서의 길이라면 저희도 알고 있습니다. 은총행사를 다녀 봤으니까요. 가만, 지금 모든 문이 열려있다고 하셨습니까? 그러니까, 판타스마, 아니 지하실 문을 통해 뮈스테리온에 오셨다는 거죠. 그 말인즉슨, 지금 저희 역시 문을 통해 밖으로 나갈 수 있다는 뜻입니까. 지금 나가도 안전한지를 묻고 있는 겁니다. 바깥에 다른 사람들이 있었습니까?"

"지금 성에는 아무도 없습니다. 당신들의 아버지로 보이는 사람과 저를 이곳까지 안내해 준 남자를 제외하고는 말이죠. 하지만 남자는 곧 있을 엘로어십 행사를 위해 사람들을 초대할 것이라는 이야기를 했습니다. 그동안 닫혀있던 문이 열렸다는 것은, 아마 지금이 밖으로 나갈 때라는 것을 의미하는 것이 아닐까요?"

"니보. 여신의 계시를 활용하든, 뭘 하든 윗사람들이 오기 전에 어서 여길 나가자. 네 말처럼 모두와 함께 나갈 방법이 생겼어. 이건 우리에게 기회야. 솔직히 네가 모두와 함께 나가려고 한다면 분명 올라가는 과정에서 윗사람들과 큰 문제가 생길 것으로 생각했어. 몰래 빠져나갈 가능성도, 그들에게 대적해서 이길 확률도 없다고 생각했으니까. 지금 나간다 하더라도 추후에 백성들과 다른 문제가 생기기는 하겠지만, 모두와 함께 나갈 거라는 결심이 확고한 이상 그나마 지금 나가는 것이 가장 좋은 방법이야. 일단 가장 큰 장벽 하나가 허물어진 셈이니까. 물론, 저 좁은 길을 신뢰할 수 없는 사람들과 함께 가야 한다는 점이 내키지는 않지만, 어쩔 수 없지. 이런 기회는 두 번 다시 오지 않을 테니까."

"형, 정말 놀라운 일이야. 이건 신이 주신 기회야. 마치 세상이 우리를 보고 길을 열어주는 것 같아. 하지만 다시 한번 강조하는데, 엘로어들은 함께 갈 수 없어. 이건 확실히 해두고 싶어."

그때, 불현듯 어둠 속에서 빛나는 장신구를 한 또 다른 남자가 나타나 우리가 있는 쪽으로 걸어오며 말을 받았다.

"엘로어들은 걱정하지 마십시오. 저희는 이곳에서 새로운 세상을 시작할 테니까요. 뮈스테리온을 떠나신다는 소문이 있기에 작별 인사도 드릴 겸 와봤습니다. 아마 녹스상툼의 깊은 곳 어딘가에 바깥과 연결된 문이 있는 거겠죠? 이제서야 모두 말이 되는군요. 매일 밤 니보와 함께 어디를 그렇게 가시나 했습니다. 니보, 안색이 좋지 못하네. 이곳이 숨기고 있는 비밀을 내가 알아버려서 그러니? 카, 하지만 걱정은 마세요. 사람들은 절대 그 사실을 알지 못할 겁니다. 조금이라도 그러한 의문을 품는 자가 있으면 확실하게 의문을 지우도록 하지요. 저에게도 사람들이 필요하니까요. 저도 제가 꿈꾸는 뮈스테리온의 모습이 있답니다. 당신이 두고 보았던 뮈스테리온의 모습과는 조금 다른 모습이죠. 저에게는 비전이 있고 그 비전은 뮈스테리온을 향하고 있습니다. 당신과는 다르게 말입니다. 지금 세대가 아니더라도 다음, 그리고 그다음 세대가 기억하게 될 저의 이야기, 그 이야기가 지금도 머릿속을 맴돌고 있어요. 저는 다른 엘로어들과는 다르게 떠나는 당신에게 이곳에 남아달라고 애원하지도, 함께 데려가달라고 구걸하지도 않을 겁니다. 오히려 뮈스테리온에 믿음이 없는 자는 사라져 달라는 것이 저의 바람입니다. 그리고 당신의 부재가 저의 소망을 실현할 한 번의 기회이기도 하고요. 그동안 제가 당신을 열렬히 섬겼던 것은 당신이 뮈스테리온의 수장이었기 때문입니다. 하지만 당신의 마음이 뮈스테리온에 있지 않다는 것쯤은 진작에 알 수 있었습니다. 떠나세요. 당신의 마음이 향하는 곳으로. 먼 훗날, 우리 모두 각자가 마음으로만 그리던 세상을 실제로 보게 되는 날이 오기를 바랍니다. 당신의 아름다운 장신구들은 제가 잘 사용하도록 하지요. 사람들은 그러한 이미지에 금방 마음을 빼앗기니까요. 그리고 저 역시 마찬가지입니다. 스스로가 존귀하고 고결한 자가 된 느낌입니다. 역시나 중요한 것은 그렇게 믿는 믿음이겠지요? 니보, 빛의 전사들이라고 했나? 너희늘이 빛의 진사로 남을 수 있도록 우리는 뮈스테리온을 잘 지키도록 하지. 그러니 너희도 빛을 잘 수호하도록 해. 우리가 뮈스테리온의 어둠으로 남아있을 수 있도록."

*

 빛으로 향하는 하나의 길을 찾아 어둠 속을 헤매는 작은 것들. 부드럽고 차가운 공간을 가득 메우고 끝없이 늘어서 있는 작은 마음들. 어둠이 그들에게 남긴 것은 아이러니하게도 자신과 같은 모습을 한 무엇이 아니었다. 그토록 자신이 벗어나고 싶어 했던 그것, 어둠은 어느새 가슴 속에 그것을 가득 품고 다른 이들의 가슴에도 그것을 심어두고 있었다. 작은 마음들은 오히려 어둠 속에서 스스로가 그려낸 세상을 더욱 선명하게 볼 수 있었다.

 그렇게 우리는 카와 니보를 필두로 해서 뮈스테리온의 심장을 한 걸음씩 빠져나가고 있었다. 완전한 어둠과 몸을 조여오는 공간에 사람들은 침묵했다. 아마 그들은 마음의 소리를 듣고 있을 것이었다. 세상이 내비친 새로운 소리를 따라 그동안의 인생을 벗어던지고 한 걸음 한 걸음 앞으로 나아가고 있는 그들이 보고 있는 것은 무엇이었을까? 새로운 사명과 새로운 세상, 그리고 새로운 빛으로 향하는 길을 의심 없는 정결한 마음으로 내딛는 그들을 돌아보지 않아도 느낄 수 있었다. 그렇게 뮈스테리온을 움직이고 있던 거대한 무언가는 그곳의 심장을 빠져나가 위로, 위로 상승하고 있었다.

 생각을 잠재우고 환영 속을 걸어가던 사람의 마음에 창

조의 꿈을 꾸게 하는 씨앗 하나가 떨어진다. 씨앗을 틔우는 양분은 생각으로 끊임없이 분열하는 마음이다. 영혼에 뿌리를 내린 새싹은 내면으로 쉼 없이 폭발하는 순수한 에너지를 하나하나 빨아들이며 무성히 자라 열매를 맺는다. 사람은 황금빛 생명나무의 과실을 기쁜 마음으로 한입 베어 물고, 비로소 보이게 된 빛의 문을 열고 들어간다. 베일로 싸인 물질세계의 출구이자, 영혼의 길의 입구인 새로운 문 뒤에서 한 때 사람의 반이었던 것은 더 이상 눈에 보이는 세상이 아닌 영혼의 세상을 배회한다. 녹슬지 않는 심장을 두 손에 꺼내어 들고, 분열과 비바람 사이를 거침없이 헤쳐 나가며 스스로 밝은 빛을 뿜어낸다. 경험으로 빚어낸 고유한 자아가 빛의 실로 자아낼 새로운 순간을 꿈꾸며 길고 긴 방랑길에 올랐던 사람의 반은 더 이상 많은 감정을 느끼지 않았다. 그가 느끼는 것은 모든 것이 한데 어우러져 새어나가지 않는 완전함이었다. 빛나는 영혼이 된 사람은 더 이상 주어진 것을 보지 않았다. 고독하고 긴 영혼의 여정 위에서 사람은 새로운 무언가로 거듭났다. 태초에 있었으나 잠시 잊혔던 완전한 사람으로.

그렇게 자신이 갇힌 줄도, 속한 곳이 어둠인 줄도 모르고 살아온 사람들은 낙원이라고 믿었던 감옥을 빠져나와 전혀 새로운 세상을 마주했다. 판타스마라고 불리는 곳에 도착한 그들의 반응은 모두 제각각이었는데, 이를 하나로 아우르는 단어를 찾자면 아마 '경외심'일 것이었다. 어떤 이는 그대로 돌처럼 굳어 뜨거운 눈물을 하염없이 쏟아냈고, 어떤 이는 땅에 풀썩 주저앉아 머리를 숙인 채 디도를 찬양했다. 디도는 어떤 이유에서인지 이곳의 여신이 되어 있었다. 그리고 몇몇 사람들은 표정을 잃어버린 채 그저 멍하니 판타스마의 모든 것을 바라보고 있었다. 모든 열망을 잃어버린 채 경관의 일부가 되어버린 식어버린 동상들처럼, 비어버린 사람들처럼. 그렇게 하염없이 서 있는 사람들이 있었다. 우리가 도착하고 난 뒤에도 사람들은 문을 통해 끊임없이 판타스마로 쏟아져 들어왔다.

그때, 아까 커피를 마실 때까지만 해도 없었던 작은 봉투 하나가 마치 자신을 열어봐달라는 듯이 테이블 위에 덩그러니 놓여 있는 것을 발견했다. 사람들은 지금의 상황에 압도되어 이에 별다른 관심을 보이지 않았다. 봉투를 열자, 어제 봤던 태피스트리 그림이 금박으로 수놓아진 엽서가 한 장 들어있었다. 엽서의 뒷면에는 한 문장만이 쓰여있었다. <빛의 전사들은 몸을 정결히 하고 흰빛을 입은 채 나아간다.> 숫자가 아닌 문자로도 알아볼 수 있었다. 미술관의 남자가 쓴 것이었다. 나는 엽서를 카와 니보에게 보였다. 곧이어 자신의 방문을 열어본 카는 낮게 탄식을 내뱉고는 다른 방의 문을 차례로 열어보았다. 모든 방에는 셀 수 없이 많은 흰 가운이 행어에 가득 걸려 있었다.

니보는 들어오는 사람마다 욕실에서 몸을 씻게 한 후 하나하나 흰 가운을 입혀 주었다. 백성들을 나선 계단으로 올려보내기 전, 니보는 그들의 젖은 머리 위에 손을 얹고 <이에 카이논 포스 케 카이네 푸쉬케 케 카이노스 코스모스 호무> 라는 문장을 읊어주었다. 그들은 한쪽 무릎을 굽히고 앉아 눈을 감고 니보의 축복을 받았다. 이러한 의식은 하루 남짓 진행되었다. 뮈스테리온의 백성들은 자꾸만 새로 태어나 위로 피어올랐다. 마지막까지 곁에서 니보를 돕던 포키온이라는 자는 뮈스테리온 백성 중에서는 가장 마지막으로 흰 가운을 걸쳤다. 포키온은 문을 나서기 전 바닥에 무릎을 꿇고 니보의 발에 입을 맞췄다. 숨 가쁜 시간을 잠시 뒤로 하고, 바닥에 온몸을 가까이 댄 순간 그의 시간은 잠시 멈췄다. 베이지 브라운의 젖은 머리칼이 니보의 발아래에서 물기를 뚝뚝 떨어내고 있었다. 포키온은 니보를 마치 오랜 세월에 거쳐 빚어낸 성스러운 무언가처럼 대했다. 어쩌면 포키온은 니보를 바라보고 있는 것이 아닌지도 몰랐다. 그가 바라보고 있는 것은 세월로 빚어온 성스러운 가치 그 자체일 것이었다. 그는 순간이 깨어져 흩어질까 조심스러운 동작으로 현재를 대하고 있었다. 남몰래 쌓아온 시간이 더는 희미해지지 않도록 정성스레 이곳에서의 마지막 순간을 완성하고 있었다. 니보는 허리를 숙여 포키온의 머리 위에 손을 얹고 그를 축복했다. <새로운 빛과 새로운 영혼과 새로운 세상이 함께 하기를.> 그리고 무릎을 굽혀 포키온을 마주 보았다.

"정말 긴 여정이였지. 처음 만났을 때 너는 어린아이였는데."

"당신도 그때는 금빛 소년이었죠. 당신이 언제 숲으로 오시나 그것만 하염없이 기다리던 때가 있었습니다. 우리에게 언제나 빛과 지식을 전해주던 당신을요."

"그땐 사람들의 눈을 피하느라 자주 만나지도 못했지. 너도 이제 성인이 되었구나. 이제 정말 어엿한 전사가 되었어. 우리의 작은 모임이 온 뮈스테리온 앞에 당당히 서는 날이 올 줄을 알고 있었니?"

"언제나 믿고 있었습니다. 이날만을 위해 그동안의 모든 날을 살아온 것 같아요. 마치 모두 정해져 있었던 것같이 말입니다."

"언제나 잊지 말아라. 너는 어둠 속에서 피어난 꽃이다. 우리를 끝없는 밤 속에 가두었던 어둠을 닮은 자들에게 우리가 뮈스테리온의 적막을 뚫고 나왔다는 것을 보여주자꾸나."

니보는 포키온의 이마에 가볍게 입을 맞춘 후 그를 일으켜 세웠다. 포키온은 문을 나서기 전 뒤를 돌아 니보를 한 번 바라보고는, 흰 자락을 날리며 공간의 틈으로 서서히 사라져갔다. 그의 눈빛에서 느꼈던 것은 아마 내가 영원히 알 수 없을 뮈스테리온의 고독이었다. 문득 나는 깨달았다. 사람은 수많은 시간과 공간을 담고 있는 그릇이라는 것을. 매 찰나 다른 순간으로의 틈을 열어 보이는 작고 무한한 그릇. 그렇게 나는 잠시 뮈스테리온의 시간을 들여다본 것이었다. 사람이 지나간 곳엔 향기만이 남았다. 깊은 곳의 향기와 은밀한 비밀의 향기가 공간에 가득했다. 뮈스테리온 백성들이 품고 있던 순간의 흔적들만이 여기저기 산발적으로 흩어져 남은 채, 공간은 다시 적막에 휩싸였다.

"올라가면, 너는 이곳을 그냥 나가지 않을 생각이지. 니보, 복수는 아무것도 가져다주지 않아."

"형, 복수가 아니야. 우리에겐 매듭이 필요해. 지금까지의 문을 닫고 새로운 순간으로 걸어 나가게 해 줄 매듭이. 어쩌면 섭리인지도 모르지. 세상이 우리의 계획을 허락했다는 생각이 들지 않아? 언젠가 형이 그랬잖아. 당연하지 않은 일들이 어딘가를 향해 계속해서 일어날 때는 세상의 섭리에 대해 생각해 보라고. 어느 순간, 모든 것이 반전되었어. 그리고 돌이켜보니 원래부터 섭리는 그곳을 향해 있었지."

"섭리는 파괴하지 않아."

"더 큰 창조를 위한 파괴인지도 모르지. 우리는 큰 그림을 알 수 없어. 형이 인제니 말했듯."

"섭리는 파괴를 정당화하지 않아. 매 순간 네가 진정으로 옳다고 생각하는 것을 향해 나아가다 뒤를 돌아보며 가슴으로 느끼는 수밖에 없어. 네가 섭리를 예측하고 정당화하는 것은 오만이야. 너의 의지로 남을 해치는 일은 너 자신을 해치는 일이야."

"그렇게 말하기엔 우리는 언제나 무언가를 부수며 살지 않았나? 눈을 감고 보지 않았을 뿐. 어쩌면 지금과 같은 변화의 순간이 자신까지도 모두 부수고 새로워져야 할 때인지도 모르지."

"너는 위험한 것을 가르치고 있어. 불변할 것 같던 세상의 진리마저 폭력을 통해 해체하고 재조립할 수 있다는 생각을 사람들에게 심어 주었잖아. 가장 치명적인 것은 세상에 절대적이고 영원한 것은 없다는 것을 사람들이 배우게 되는 거야. 니보, 이번 일이 끝나면 무조건 사람들을 떠나. 사람들은 격양되고 고조되어 있어. 처음 한 번이 어려운 거야. 모든 것이 안정되고 나면 지금의 상태를 그리워하는 사람이 분명히 나올 거고 네가 만든 세상에 불만을 품는 이들 역시 생길 거야. 너는 사람들에게 문제를 해결하는 방식을 제대로 알려주지 않았어. 속으로 삼키며 복종만 하던 사람들에게 자신을 표출할 유일한 방법으로 폭력을 쥐여준 거라고. 그리고 폭력은 효과가 있었지. 머지않아 너와 네가 만든 세상이 폭력의 타깃이 될 거라는 것은 불을 보듯 뻔해. 이건 분명히 일어나게 될 일이고 시간의 문제야."

"나는 뮈스테리온의 백성들과 나를 분리해서 생각해 본

적이 없어. 부족한 점이 있다면 보완해 나가면 되는 일이고, 대립하게 된다면 맞춰 나가면 되는 일이야. 나는 우리가 함께 완전해질 수 있다고 믿어. 이미 불가능해 보이는 많은 일을 현실로 이뤄냈는걸. 세상마저 우리의 길을 열어주고 있는 것이 형은 보이지 않는 거야? 우린 선택받은 민족이야. 혹 태초에 선택받은 것이 아니라면 우리가 겪어야 했던 상황과 이를 헤쳐나간 의지가 우리를 특별하게 구분 지은 거겠지. 세상이 우리를 주시하고 있다는 것을 느낄 수 있는걸. 우리는 우리만의 낙원을 만들 거야. 우리라면 할 수 있어, 함께 많은 시련을 견뎌낸 우리라면. 형이 함께할지 말지는 형의 자유야. 다만 나는 이미 오래전에 이 길을 선택했다는 것을 알려주고 싶어."

"완전함을 추구하는 단체치고 슬픈 결말이 아닌 곳을 보지 못했는데, 지금 이야기해 봐야 소용없겠지. 자신이 특별하다고 믿는 그 믿음, 그걸 잘 붙잡고 가라는 말 밖에는. 너는 뮈스테리온의 백성들과 자신을 구분해서 생각한 적이 없다고 했지만, 언제나 자신을 높은 위치에 놓고 다른 사람들을 이끌어 가려고 하고 있지는 않니? 너 자신이 선지자가 되어 말이야."

그들은 서로에게 흰 가운을 입혀주며 말했다. 대립하는 듯 다시 만나고 다시 만나는 듯 대립하는 그들은 끝없이 흐르며 진동하는 듯 보였다. 어느새 나를 뮈스테리온으로 안내했던 남자는 두 아들의 곁에 와 섰다. 그는 팔을 크게 뻗어 두 아들을 감쌌다.

"아버지가 일생을 걸고 지킨 세상을 부숴버렸어요."

카는 아버지를 바라보지 않고 말했다. 서로를 대하는 태도에서 느껴지는 그들의 관계는 애정보다도 연민에 가까워 보였다. 깊은 슬픔을 함께 짊어지고 가는 데에서 나오는 동질감과 연민 같은 것이 그들의 눈과 목소리에서 느껴졌다.

"너희는 내 세상을 부순 것이 아니다. 오래전 떠났던 디도가 우리 앞에 서 있는 것을 보면 모르겠니. 너희는 세상의 부름을 받아 더 큰 뮈스테리온을 완성하러 가는 것이다. 어린 너희가 이곳에서 얼마나 답답했겠니. 카, 니보. 이번 생애에서는 이룰 수 없을 것 같던 너희의 소망이 바로 저 문 뒤에 있구나. 빛은 언제나 알 수 없는 방법으로 역사하시지."

"아버지, 보이세요? 문이 저렇게 활짝 열려 있어요. 아버지도 방법이 없어서 이곳을 수긍하며 지내신 것이 아닌가요? 어째서 함께 가지 않으세요."

"너무 오랫동안 세상을 잃어서 이미 빛을 마음속으로 옮겨둔 지 오래란다. 이제는 세상에 나가봐야 내가 찾을 것이 없어. 나는 이곳에 속한 사람이다. 나는 이미 이곳의 일부야. 원하는 것을 찾아가는 것이 자유가 아니더냐. 내가 원하는 것은 모두 이곳에 있다. 그리고 여기서 아직 내가 해야 할 일이 남은 것 같구나. 너희는 너희의 소명을 찾아가 거라. 훨훨 날아가거라. 뮈스테리온의 작은 나비들처럼."

어느새 곁에 다가온 디도는 하얀 두 손으로 나의 손을 꼭 쥐었다. 흰 가운을 입은 채 디도는 나를 올려다보며 말했다.

"나를 만나러 와 주었어."

"그래, 전엔 알지 못했던 많은 길을 지나 너를 만나러 왔어. 너를 찾는 일은 어렵지 않았어. 네가 나를 부르고 있고 내가 너를 찾고 있었으니까. 이곳에서 잘 지내고 있었니?"

"나는 이곳으로 와야만 했어."

"나도 이제는 알 것 같아. 정확한 말로는 설명할 수 없지만, 아마 너는 과거를 마주하기 위해 이곳에 온 걸 거야. 새롭게 나아가기 위해 이곳에 와야만 했던 거지?"

디도는 고개를 끄덕였다. 나는 근처 화병에 꽂혀있던 아름답게 시들어버린 보랏빛 꽃을 디도의 귀에 꽂아 주었다. 순간, 디도는 아주 환하게 피어났다. 사 년 동안이나 디도와 함께 있으면서도 본 적 없는, 마음 끝까지 웃는 자유로운 미소….

"디도, 그림자를 찾아 완전해졌구나."

"그때의 모습과는 다른 모습을 하고 이곳으로 돌아오기

까지 참 많은 시간이 걸렸어. 어쩌면 사랑해서 돌아섰고, 돌아오기 위해 떠났는지도 몰라. 사랑하는 것을 위해 무언가를 할 수 있는 사람이 되고 싶었어."

"그래서 돌아온 기분은 어때?"

"나도 많이 변했구나, 하고 느껴. 뜨거운 마음보다는 관찰하고 한 걸음씩 나아가려고 하는거지."

"한발짝 떨어져서 보게 되는구나."

"사람은 왜 유년 시절을 떨쳐낼 수 없을까."

"가장 연약했던 시기이기 때문이 아닐까. 물리적으로도, 정신적으로도."

"결국 가장 큰 원동력은 두려움일까?"

"두려움과 사랑. 사람은 두려움 속에서 갈망하던 것을 사랑하게 되던데. 유년 시절 억압받던 사람은 평생 자유를 찾아 헤매고, 사랑받지 못한 사람은 평생 사랑을 찾아 헤매는 것처럼. 두려움이 빚어낸 사랑이라니 참 아이러니하지. 꼭 서로를 위해 존재하는 것 같잖아."

"정말 그렇네. 더 이상 두려운 게 없어지면 열망도 사라질까?"

"글쎄, 두려움과 사랑이 비슷해지고 내가 세상과 비슷해진다면 조금 더 떨어져서 볼 수 있게 되겠지. 나의 주관에서 한 발짝 떨어져 부유하듯 세상을 느끼는 거야."

"그게 자유일까?"

"그러게. 조금 더 자유롭지 않을까? 자신에게 얽매이지 않는다면?"

우리의 이야기를 듣고 있었는지 카는 흰 가운을 툭툭 털며 곁으로 다가와 근처에 있는 소파에 앉았다. 그는 돌연 화병을 들어 보라색 꽃을 가까이 바라보고는, 도자기에 반사되어 탁자 위로 내리는 빛을 이리저리 움직여가며 말했다.

"난 그런 자유 원하지 않을 것 같은데. 그런 완전함이야말로 끝없는 고독의 시작이 아닐까? 나는 조금 불완전해도 무언가를 느낄 수 있는 지금이 좋아. 아름답고 완전한 것을 꿈꿀 수 있는 지금의 상태에 만족한다는 말이지. 완전해져서 모든 것을 평온하게, 혹은 모든 것을 충만하고 특별하게 바라보기엔 한 사람이 너무 특별해서 말이야. 그리고 지금의 상태로 꽤 만족하고 있고. 모든 것을 초월한 상태 말고, 하나를 특별하게 담을 수 있는 그릇. 내가 원하는 인생은 오히려 그쪽이란 말이시."

카는 탁자 위에 다리를 올려두고 머리 뒤로 깍지를 낀 채 눈을 감고 소파 위로 늘어졌다. 그가 나와 다른 점이 무엇일까, 하는 생각이 들었다. 사랑은 고통 속에서 피는 꽃, 아마 그는 더욱 처절한 날들을 견뎌왔을 것이었다.

나는 디도의 손을 꼭 쥔 채 문으로 향했다. 카와 니보는 이곳에서의 나날을 마저 정리한 후 뒤따라올 것이었다. 마음의 지하를 해방하고 마침내 지상으로 향하기 위해, 높은 곳으로 올라 빛의 품에 안기기 위해 우리는 문으로 향했다. 나는 오랜 망각에서 자유로워져 온전한 하나의 인간이 될 것이었다. 구하니 길은 모습을 드러냈고, 두드리니 문은 열렸다. 나의 조각들은 세상 모든 곳에서 나를 기다리고 있었다. 내가 자신을 불러주고 찾아내 주기를 기다리며 세상 모든 빛의 옷을 입고 나를 바라보고 있었다. 내가 부서지고 길을 잃을 때마다 베일 속 빛은 한 꺼풀 벗은 자신을 언뜻언뜻 내비치며 나를 일으켜 세워 주었다. 어쩌면 부서지고 버려졌을 때만 자신을 진정으로 돌아봤는지도 모르겠다. 나이자, 세상이자, 모든 것이기도 한 무엇은 환영이 전부 떠나가고 내가 혼자 남겨졌을 때도 언제나 그 자리에서 나를 지켜봐 주었다. 안락한 환영을 만들어 온 마음을 기대게 하고 그 환영을 거두는 것으로 잠든 나를 깨웠다. 자기 자신과 하는 영혼의 숨바꼭질을 통해 나는 끊임없이 순환하며 새로운 이야기를 차곡차곡 세상에 담았다. 지금의 나는 끊임없이 같은 장면을 재생산하는 데 영혼의 능력을 소진하게 하는 안온한 일상을 부수고 새롭게 거듭나야 할 때였다. 편안하고 안락하며 끊임없이 움직이는 듯 보이지만 완전히 멈추어 버린 채로 가장 중요한 것들을 모두 스쳐 보내고 있던 시간을 묻고 거듭날 차례였다. 환영 세계의 작은 편의와 줄곧 맞바꾸고 있던 진정한 나의 모습과 다시 만날 순간이었다. 나의 일부인 세상은 모든 빛의 모습을 하고 갖은 방법을 통해 나를 깨우고 인도했다. 나는 세상으로 불리는 내 안에서의 여정을 통해 빛을 바로 보는 수용체를 일깨워야 했고, 자신의 능력을 기억해야 했다. 보이는 하나의 환영에 연연할 것이 아니었다. 그런 것은 스스로 무수히 만들어 낼 수 있을 터였다.

나는 미술관의 남자가 했던 것처럼 디도를 한 쪽 나선계단의 입구에 두고 반대쪽으로 향했다. 그리고 우리는 각자의 길을 오르기 시작했다. 때때로 중앙 기둥 너머로 보이는 디도의 모습에 반사되어 비치는 나 자신의 모습을 확인해 가며, 곳곳에 흩어진 조각을 하나하나 그러모으며 그렇게 상승했다.

첫 번째 문이 있는 통로에서 디도는 멈춰 섰다. 나는 검지를 위로 펴 보이며 디도를 더 높은 곳으로 이끌었다. 오랜 시간을 저 아래에 갇혀있었던 디도에게 보여주고 싶었다. 한 층 높은 차원에서 이곳의 진짜 모습을 내려다보게 하고 싶었다. 계단을 오르고 또 오르며 지난날의 고독을 한 겹 한 겹 씻어 날렸다. 머리를 하늘에 깊이 묻고 돌아보지 않으며 완전을 위해 끝없이 고독했던 날들. 마음은 저 아래로 끝없이 침잠해 산산이 분열하며 부서져 가고 있었다. 속

죄의 날들을 추억처럼 하나하나 공간 속으로 흘려보냈다. 완전함만으로는 완전함을 알 수 없다. 분열만으로도 완전함을 알 수 없어. 오직 완전했던 것이 부서져 원래의 모습으로 이끄는 끌어당김이 있을 때야만 완전함을 끝없이 마음에 그려 넣을 수 있다. 카는 그 모습을 보고도 돌아가지 않겠다고 했다. 그가 찾는 자유는 오직 한 사람의 얼굴을 하고 있기 때문이었다.

어느새 탑의 꼭대기에 다다랐다. 나는 디도와 중간에서 만나 탑의 발코니로 나갔다. 구름 한 점 없는 고요한 밤. 어둠이 비밀스럽고도 조용하게 내려앉은 밤에도 높이 때문에 탑의 정상에는 바람이 세차게 불고 있었다. 하늘에는 보일 듯 말 듯 아주 가느다란 그믐달이 떠 있었다. 완전한 자신을 위해 한편으로는 어둠을 자꾸자꾸 축적해 가며, 마지막 남은 마음의 빛으로 우리를 내려다보고 있었다. 개개의 조각들 속에서 일어나는 소용돌이를 모두 삼켜가며 거대한 분열을 준비하고 있는 그가 완전히 분열할 때, 우리는 다시 하나가 될 것이었다. 옆을 돌아보니 디도 역시 달을 바라보고 있었다. 그녀의 금발이 바람에 이리저리 흩날렸다. 마치 사라진 달빛이 모두 그녀의 머리에 가 앉은 듯 보였다. 사라져가는 달이 남긴 메시지를 온몸 가득 안고, 디도는 빛나는 눈동자를 하늘에 맞춘 채 오래도록 그렇게 서 있었다.

"디도."

그녀는 하늘에 맞추었던 눈을 돌려 나를 바라보았다. 흰 가운을 입고 어둠 아래 선 그녀는 마치 밤의 여신 같았다.

"내일 아침이 밝으면 우리 함께 이곳을 떠나자. 다시 예전처럼 함께 살자. 네가 걱정했던 사람들은 모두 자유를 얻었어. 디도, 너는 큰 일을 했어."

나는 진심인지 모를 이야기를 했고, 그녀는 아무런 대답 없이 나를 물끄러미 쳐다보았다. 그녀가 보고 있는 것을 나는 알 수 없었다. 어느덧 땅에서는 점이 되어버린 사람들이 무언가를 향해 분주하게 움직이고 있었다. 열심히 식량을 나르는 개미 떼처럼 정원의 구석에서 무언가를 날라 끊임없이 성안으로 들여오고 있었다. 달은 끊임없이 차고 이지러지고, 우리는 끝없이 새로운 사건 속으로 걸어 들어가고 있었다.

*

바깥에서 들려오는 소리에 잠에서 깼다. 방의 모든 구석에 환한 빛이 비치고 있었는데 어째서인지 디도의 모습은 보이지 않았다. 디도를 찾으러 방에서 나서려는데 포키온이 나의 팔을 잡았다. 창으로 내리쬐는 빛에 눈이 부셔 순간적으로 다른 한 팔로 눈을 가렸다.

"오늘은 저희에게 아주 중요한 날입니다. 오늘은 방에서 쉬시지요."

"디도는 어디있죠? 아직도 무슨 일이 남은 건가요?"

내가 채 말을 마치기도 전에 그는 손가락을 입에 가져다 대며 쉿, 하고는 창밖을 주시했다. 창밖을 바라보니 헬기 한 기가 너머의 헬리패드로 진입하고 있었다.

"사람들이 도착하고 있어요. 엘로어십 행사입니다."

그제야 생각이 났다. 미술관의 남자는 분명 엘로어십 행사를 위해 사람들을 초대할 것이라고 했다. 나도 모르게 미술관의 남자를 까마득히 잊고 있었다. 그는 이미 성을 떠난 걸까? 그때 갑자기 하늘이 부서지는 듯한 굉음이 꽝 꽝 꽝 하고 연이어 들려왔다. 순간 놀라 움츠렸던 몸을 펴 창밖을 바라보니 어느새 헬기는 시뻘건 불길에 휩싸여 있었다. 이후 차들도 하나둘 도착하기 시작했는데, 사람들은 채 내리기도 전에 족족 화살에 맞아 쓰러졌다. 그들을 배웅하던 운전사까지도 붉은 선혈을 하늘로 흩뿌리며 함께 땅으로 고꾸라졌다. 어째서인지 더 밝아져야 할 날은 점점 어두워져만 갔다. 어느 순간부터 사람들은 포도, 활도, 총도 사용하지 않았다. 그들은 마체테와 글라디우스, 그리고 대거와 같은 검을 각각 손에 쥐어 들고 사방으로 광분하며 뛰쳐나갔다. 검이 반사하는 빛 때문이었을까? 검을 들고 여기저기 뛰어다니는 사람들은 묘한 오렌지빛 황금으로 빛났다.

마치 사냥감을 몰듯 사람들에게 겁을 줘 숲으로 몰고 가는 뮈스테리온인도 보였다. 내 눈에는 모두가 집단 최면에라도 걸려 미쳐버린 것처럼 보였다. 그때 칼을 쥐고 있던 뮈스테리온인 하나가 바깥사람의 총에 맞아 쓰러졌다. 이 장면을 본 다른 뮈스테리온인들은 마지막 남은 이성마저 놓은 채 하늘을 향해 포효했다.

하늘은 점점 어두워져 낮임에도 별을 볼 수 있었다. 산의 초입에서 만났던 토성도 저기 보였다. 아름다운 고리를 두른 행성은 이곳을 내려다보고 있었다. 일순간 고요해진 어둠 속, 칠흑을 둘러싼 하얀 고리가 홀로 빛났다. 어둠이 세상 빛의 원천을 집어삼키고 뒤집어쓴 빛의 왕관이자, 공간이 수백 년을 기다려 온 찰나. 개기일식이었다. 한 면이 완전히 밝아지고, 또 다른 한 면이 완전히 어두워진 달이 온몸의 그림자를 이곳 티미테리온에 드리우고 있었다. 태양 빛이 사라지고 달의 어둠만이 세상에 드리운 순간, 뮈스테리온인들은 그간 바라보고 걸어왔던 하나의 빛마저 완전히 꺼뜨린 채 윗사람들의 색과 소리를 하나하나 지워나갔다. 어둠 속 하얗게 빛을 입은 사람들이 분열한 색의 사람들을 자꾸만 멈춰 세우며 침묵을 물들이고 있었다. 고요와 직막 속 들려오는 것은 간헐적 비명, 공간의 균열과도 같은 소리. 스스로에게 선물하는 마지막 음. 윗사람들은 숨을 거둔 채 아래로 고꾸라졌고, 오랫동안 지하 깊은 곳의 어둠에 갇혀있던 사람들을 빛과 힘을 입고 하늘을 향해 선언했다.

빛과 자유, 그리고 새로운 영혼을!

그렇게 일식이 지나가고 있었다.

한차례 광풍이 지나가고, 세상은 마치 무슨 일이 있었냐는 듯 제 모습을 찾았다. 일어난 일은 사건을 목격한 모든 영혼의 그릇에 조용한 비밀로 심기었다. 어둠의 싹이 보드라운 영혼의 대지에 포근히 안긴 것이었다. 그림자는 아무도 모르게 조금씩 몸을 키워갈 것이다. 언젠가 새로운 빛을 다시 한번 찢고 나올 만큼 커지고 선명해질 때까지.

모든 것이 끝나자, 포키온은 더 이상 내 앞을 막지 않았다. 나는 정원 한가운데 서서 이 모든 것을 가만히 바라보고 있던 디도에게로 달려갔다.

"디도!"

다가가 디도의 눈을 살폈다. 디도의 눈은 전에 없이 빛나고 있었다. 그녀의 잔잔한 눈동자 속에서 거센 파도가 치고 있음을 느낄 수 있었다. 그렇게 내가 포함되지 않은 세상으로 그녀는 완전히 떠나버렸다.

"어서 이곳을 빠져나가자. 다들 같이 나가든, 뭘 하든 여길 나가서 세상으로 가자. 다시 전처럼 돌아가는 거야."

디도는 자신의 팔을 잡고 있던 나의 손을 조심스럽게 뿌리쳤다.

"너와의 날들은 현실이라고 믿을 수 없을 만큼 평화로웠지. 하지만 세상엔 아무리 해도 벗어날 수 없는 것이 있어. 아마 숙명 같은 것이겠지. 그런 것은 아마 태어날 때부터 정해져 있는 것 같아. 가장 연약했던 순간, 온 마음이 부서졌던 순간에 마음이 매여버린 거야. 나는 이곳을, 이 사람들을 떠날 수 없어. 이건 나의 선택이야."

"다들 자유를 찾기 위해 세상에 나온 것이 아니었나? 자, 이제 다들 갇혀있던 곳에서 나왔잖아. 왜 아직도 이곳에 미련을 두고 있는 거야. 다들 어디론가 여기서 최대한 멀리 떠나야 하는 게 아니냔 말야."

"우리는 분명 자유를 찾기 위해 나왔지. 그 말인즉, 우리가 우리일 수 있기 위해 나왔다는 뜻이야."

"그게 대체 무슨 뜻이지?"

"저희는 이곳에 저희만의 에덴을 만들 겁니다. 지상에서, 이곳 티미테리온에서 말입니다."

하얀 가운에 온통 피를 뒤집어쓴 니보가 어느새 곁으로 다가와 말을 받았다. 그의 금발은 피와 땀으로 얼룩덜룩했다. 자세히 보니 그의 흰 팔과 얼굴에도 붉은 피가 검게 굳어 있었다.

니보는 디도에게로 가 그녀의 손을 잡았다. 그들은 하얀 가운을 입고 나란히 서서 붉음을 뒤집어쓴 채 황금을 내뿜고 있었다. 어둡고 깊은 땅속을 비집고 올라와 밝은 하늘 아래 우뚝 선 그들을 보자 어쩌면 사람은 그림자 속에서 피는 꽃인지도 모른다는 생각이 들었다. 니보와 디도는 그들이 물질세계로 끌어낸 새로운 세상의 신과 여신이 되어 많은 영혼을 밝은 빛 아래 틔울 것이었다. 디도와 함께 손을 맞잡고 걷던, 영원할 것 같던 길은 어느새 끊겨 사라지고 새로운 길이 앞에 놓여 있었다. 변하지 않을 것만 같던 길은 모습을 바꾸어 새로운 세상으로의 문을 예비하고 있었다. 우연히 서로를 마주 보며 걷게 된 찰나의 아름다운 길이었다. 인생의 길 위에서 나는 디도를, 그녀는 나를 진정으로 바라봐 주며 우리의 길을 끝까지 걸어내었다. 나는 그녀에게서 나의 조각을 찾았고, 그녀 역시 내가 비출 수 있는 그녀의 조각을 모두 찾은 터였다. 하나의 길은 어느새 두 갈래의 새로운 길로 나뉘었고, 우리는 서로 다른 길 위에서 새로운 여정을 준비하고 있었다. 새롭게 앞으로 나아가야 하는 그녀를 붙잡는 일은 더 이상 무의미할 것이었다. 니보를 바라보는 카 역시 이를 깨달았음을 알 수 있었다.

"니보, 나는 여기서 너와 함께 있어 줄 수 없어. 하지만 언제나…. 또 모르지, 우연같이 우리의 길이 또 얽히게 될지. 운명은 언제나 알 수 없는 방식으로 모습을 드러내니까."

카가 니보에게 작별 인사를 건네는 동안 나도 디도에게로 가 작은 포옹을 건넸다. 그녀의 살에서는 은은한 꽃향기가 났다. 꽃 중의 꽃, 일랑일랑. 마지막으로 그녀의 체취를 숨 깊이 들이마시며 진심을 전했다.

"그동안 나를 비춰주어 고마워."

내 말을 들은 디도는 옅은 미소를 띠며 가느다란 손으로 나의 얼굴을 쓰다듬었다.

"나를 깨워주어 고마워."

갑자기 카가 저 너머를 손끝으로 가리켰다. 바라본 곳에는 티리언 퍼플을 입은 나비 떼 수십 마리가 환한 빛 아래에서 팔랑팔랑 날개를 흔들고 있었다. 어쩌면 나비는 잠시 자유롭고 잠시 아름다운 것이 아니었다. 나비의 가능성을 속에 품고 태어난 순간부터 줄곧 자유롭고 또 아름다웠던 것이다. 모든 생명은 자신의 마음이 거하는 세상을 살기 때문이다. 꿈을 꿀 때가 더 행복한지 꿈을 살 때가 더 아름다운지 우리는 영원히 알 수 없을 것이다. 그래서 자꾸만 새로운 가능성으로 나아가는 것이 아닐까? 더 좋은 것으로는 따지기 어렵기 때문에. 그렇게 우리는 영원하고 고결한 순환의 고리를 만든 것이 아닐까.

어느새 카는 내 곁으로 다가와 나를 바라보고 있었다. 이곳에서의 문을 닫고 떠날 시간이었다. 하나를 찾아온 곳에서 나는 다른 하나를 찾아 이곳을 빠져나가고 있었다. 카를 데리고 기억을 더듬어 성의 뒷문으로 향했다. 도착한 곳엔 미술관의 남자가 처음 만났을 때와 같은 말끔한 차림으로 서 있었다.

"성의 뒷문이 유일하게 안전한 길이라고 했던 얘기를 기억하셨군요."

"까마득히 잊고 있다가 막상 필요한 순간이 되니 기억이 나더군요. 그런데 아까 보니 차들도 다니는 것 같던데요. 그 길로는 나갈 수 없나요?"

"찻길은 꼭 필요한 순간에만 개방합니다. 지금은 다시 미래의 필요한 순간을 위해 길을 폐쇄해 두었습니다. 티미테리온이 다시 고요한 고립으로 들어가 이야기를 키울 수 있도록 말입니다. 비슷한 성향으로 항상 정반대의 선택을 하는 당신들이 앞으로 어떤 길을 만들어낼지가 궁금하군요."

"당신을 통하지 않고는 이곳에 다시 올 수 없겠군요."

"걱정 마세요, 또 올 일이 있을 겁니다."

"그렇다면 카는 어디로 가게 되는 건가요? 밖에 아무런 연고도 없을 텐데요."

"당분간은 저와 지낼 겁니다. 디도가 그랬듯 금방 세상에 적응해 홀로 설 수 있을 겁니다. 뮈스테리온이 다시 그를 부르지 않는다면요."

우리는 계곡을 건너고 이름 모를 길을 지나 다시 낯익은 곳으로 돌아왔다. 미술관의 남자와는 떠나오던 날 만났던 담장 높은 집 앞에서 작별했다. 그는 나를 내려주고 카와 함께 높은 담 속으로 유유히 사라졌다. 익숙한 공기와 소리, 거리와 공원, 가게와 간판…. 문득 디도가 다시 돌아오기 위해 떠났는지도 모르겠다고 했던 말이 떠올랐다. 나 역시 익숙한 이곳으로 다시 돌아오기 위해 먼 길을 떠났는지도 몰랐다. 자신을 온몸 가득 끌어안기 위해 이토록 긴 꿈을 꾼 것이었다. 발코니에서 올려다본 달이 자취를 감춘 하늘에는 하얗게 행성과 별이 빛나고 있었다. 나는 어둠과 빛이 공존하는 하늘 아래에서 수많은 나에게 인사를 건넸다.

안녕, 어둠.

안녕, 빛.

안녕, 별.

안녕, 디도.

안녕, 뮈스테리온.

안녕, 세상.

안녕, 나.

안녕, A.D.K.D.N.!

<A.D.K.D.N.! - 영혼의 알레고리> 마침.

에필로그

밤새 내리던 비가 그쳤다. 발코니에 앉아서 아침의 깨끗한 공기를 들이마셨다. 수분을 가득 머금은 공기를 마시며, 언제나 깨끗하게 다시 시작할 수 있어 다행이라고 생각했다. 마음에 내리던 비도, 밤이면 찾아오는 잠도 모두 나를 새롭게 해 주었다. 밤새 무슨 꿈을 꾼 것도 같은데 기억이 나지를 않았다. 편한 자세를 하고 눈을 감았다. 눈을 감고 저마다의 하루를 시작하는 사람들의 소리를 들었다. 내가 무슨 꿈을 꿨더라. 순간 귓가에서 작은 종소리가 들렸다. 나는 꺼풀을 서서히 들어 눈을 떴다. 눈앞에는 티리언 퍼플의 나비가 나푼나푼 날갯짓을 하고 있었다. 나비는 잠시 발코니 테이블에 앉아 쉬다가 어디론가 날아가 버렸다. 순간, 잊고 있던 기억 하나가 떠올랐다. 오늘은 미술관에 가야지.

거리에는 벌써 크리스마스 장식이 조금씩 보이기 시작했다. 색색의 따뜻한 빛과 장식을 하나하나 눈에 담으며 거리를 걸어 내려갔다. 아름다운 공원에는 쌀쌀한 날씨에도 두꺼운 외투를 껴입은 사람들이 많이 나와 있었다. 따뜻한 커피를 마시며 책을 읽기도, 외투를 벗어 둔 채 운동을 하기도 하며 사람들은 변하는 계절을 온몸으로 맞이하고 있었다.

몇 년 만에 온 미술관은 내가 기억하는 모습 그대로였다. 단지 계절이 바뀌어 표정이 조금 달라 보일 뿐이었다. 미술관의 남자와 함께 봤던 작품을 다시 보고 싶었다. 한참을 찾아도 보이지 않기에 시간이 많이 지났으니 배치가 바뀌었을 것이라는 생각을 했다. 나는 미술관 관계자에게로 가 물었다.

"피터르 브뤼헐의 작품 <죽음의 승리>는 어디에 전시되어 있나요?"

"아, 피터르 브뤼헐의 <죽음의 승리> 말씀이군요. 유명한 작품이죠. 문의해 주신 작품은 스페인의 프라도 미술관 소장 작품입니다. 아마 보려면 마드리드로 가셔야 할 것 같네요."

"분명 몇 년 전에 이곳에서 본 적이 있는데요, 이곳에서 작품을 대여한 적도 없습니까?"

"어쩌면 비슷한 주제를 가진 작품과 착각하신 것이 아닐까요? 문의해 주신 작품은 저희 미술관에 온 적이 단 한 번도 없습니다."

내가 무엇인가 오해를 했나 싶어 휴대전화로 작품을 검색해 보았다. 분명 그때 봤던 작품이었다. 지금 서 있는 곳도 미술관의 남자를 만났던 그 장소가 틀림없었다. 고개를 들어 바라본 창밖으로는 그때와 똑같은 풍경이 펼쳐지고 있었다. 아리송해진 나는 어떻게 된 일인지 계속해서 생각해 보다가 그만두기로 했다. 창밖에서 티리언 퍼플의 나비 떼가 금빛 가루를 흩날리며 아름답게 날개를 흔들고 있었기 때문이었다.

작가의 말

<A.D.K.D.N.! - 영혼의 알레고리>는 가슴에 이상을 품고 살아가는 사람들의 이야기입니다. 표면적으로 전개되는 하나의 이야기와 표면적 이야기가 상징하는 두 갈래의 그림자 이야기로 이루어져 있죠. 제목은 두 단어로 이루어진 고유명사의 약어입니다. 독자분들의 추측하는 재미를 위해 말을 아끼겠습니다. 그리고 이런 것은 중요하지 않습니다. 개인적으로 작가의 의도보다도 훨씬 더 중요한 것은 독자와 책의 개별적인 관계라고 생각하니까요. 여러분의 모든 감상과 해석은 그 자체로 고유하고 완전한 이 책의 진실이며, 책에 무수한 생명을 불어넣는 행위라고 생각합니다.

다음 편에서는 새로운 문 뒤에 선 니보와 디도, 그리고 카와 바르카의 이야기가 중점적으로 다뤄질 예정입니다.

글을 위한 글보다는 마음에서 진실로 우러나오는 이야기를 저만의 문장으로 담고자 했습니다. 마음속의 무언가를 쏟아내듯 빠르게 써 내려간 글이기에 미흡한 점이 많겠지만 순수한 마음으로 적어 내려간 글입니다. 흰 종이 위에 한 자 한 자 조금씩 마음을 떼어 담았습니다. 스스로 글을 쓰며 많은 위안을 얻었던 것처럼 단 한 사람이라도 이 글에 지친 마음을 위로받을 수 있다면 더할 나위 없는 기쁨이자 보람일 것입니다.

모든 자유를 꿈꾸는 영혼들에게 이 글을 바칩니다.

A. 레톤